VOLTA PARA CASA

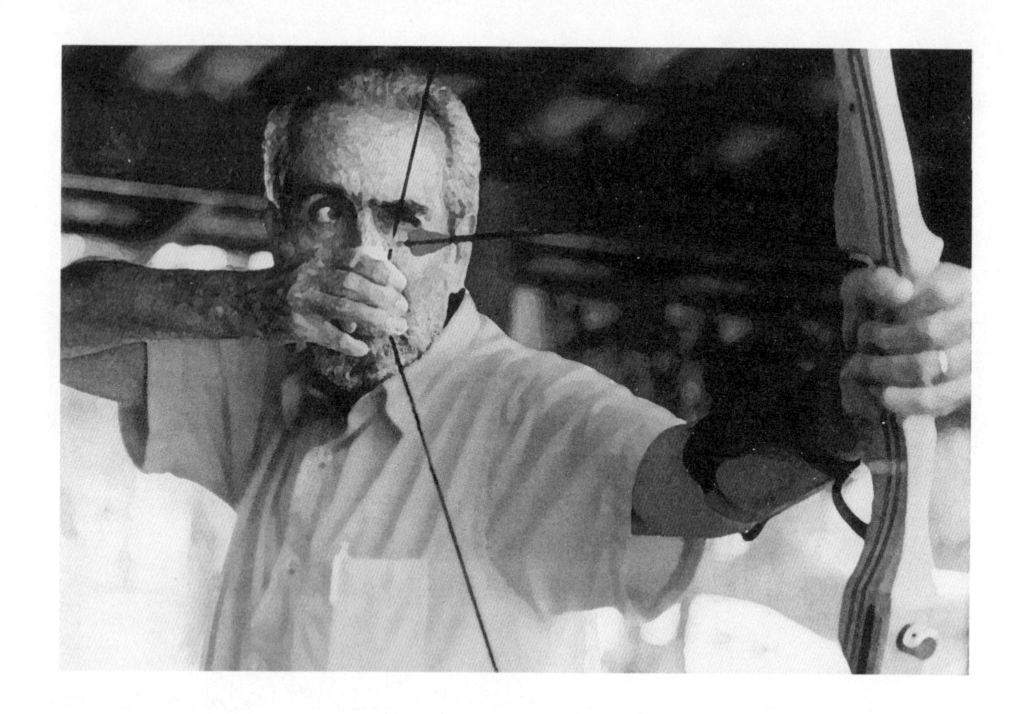

O Arqueiro

Geraldo Jordão Pereira (1938-2008) começou sua carreira aos 17 anos, quando foi trabalhar com seu pai, o célebre editor José Olympio, publicando obras marcantes como *O menino do dedo verde*, de Maurice Druon, e *Minha vida*, de Charles Chaplin.

Em 1976, fundou a Editora Salamandra com o propósito de formar uma nova geração de leitores e acabou criando um dos catálogos infantis mais premiados do Brasil. Em 1992, fugindo de sua linha editorial, lançou *Muitas vidas, muitos mestres*, de Brian Weiss, livro que deu origem à Editora Sextante.

Fã de histórias de suspense, Geraldo descobriu *O Código Da Vinci* antes mesmo de ele ser lançado nos Estados Unidos. A aposta em ficção, que não era o foco da Sextante, foi certeira: o título se transformou em um dos maiores fenômenos editoriais de todos os tempos.

Mas não foi só aos livros que se dedicou. Com seu desejo de ajudar o próximo, Geraldo desenvolveu diversos projetos sociais que se tornaram sua grande paixão.

Com a missão de publicar histórias empolgantes, tornar os livros cada vez mais acessíveis e despertar o amor pela leitura, a Editora Arqueiro é uma homenagem a esta figura extraordinária, capaz de enxergar mais além, mirar nas coisas verdadeiramente importantes e não perder o idealismo e a esperança diante dos desafios e contratempos da vida.

HARLAN COBEN

VOLTA PARA CASA

Título original: *Home*

tradução: Marcelo Mendes

preparo de originais: Magda Tebet

revisão: Luis Américo Costa e Natalia Klussmann

diagramação: Abreu's System

capa: Elmo Rosa

impressão e acabamento: Bartira Gráfica

CIP-BRASIL. CATALOGAÇÃO NA PUBLICAÇÃO
SINDICATO NACIONAL DOS EDITORES DE LIVROS, RJ

C586v

Coben, Harlan, 1962-
Volta para casa / Harlan Coben ; [tradução Marcelo Mendes]. - 1. ed. - São Paulo : Arqueiro, 2021.
304 p. ; 23 cm. (Myron Bolitar ; 11)

Tradução de: Home
ISBN 978-65-5565-235-2

1. Ficção americana. I. Mendes, Marcelo. II. Título. III. Série.

21-72253 CDD: 813
CDU: 82-3(73)

Camila Donis Hartmann - Bibliotecária - CRB-7/6472

Editora Arqueiro Ltda.
Rua Funchal, 538 – conjuntos 52 e 54 – Vila Olímpia
04551-060 – São Paulo – SP
Tel.: (11) 3868-4492 – Fax: (11) 3862-5818
E-mail: atendimento@editoraarqueiro.com.br
www.editoraarqueiro.com.br

A Mike, George e ao amor
entre amigos de meia-idade

capítulo 1

O GAROTO, DESAPARECIDO HÁ DEZ anos, ressurge.

Não sou um sujeito dado a histerias ou sobressaltos. Já vi muita coisa nesses meus 40 e tantos anos de vida. Quase fui morto mais de uma vez. E já matei. Já presenciei desgraças que muitos achariam indigestas, se não inimagináveis, e alguns me apontariam como responsável por outras tantas desgraças de igual quilate. Ao longo do tempo, aprendi a controlar as emoções em situações de risco ou perigo. Não só as emoções, mas, principalmente, as reações. Posso até atacar com rapidez e violência, mas nunca sem saber com exatidão o que estou fazendo.

Em mais de uma ocasião essas qualidades, por assim dizer, já salvaram a minha vida ou a de pessoas que me são caras.

Tudo bem. Confesso que, neste momento, vendo o garoto já adolescente, sinto o coração bater mais forte dentro do peito, a ponto de ecoar nos ouvidos. Num gesto inconsciente, cerro os punhos.

Dez anos, e agora não mais que uns 50 metros, me separam do garoto desaparecido.

Patrick Moore – é esse o nome dele – recosta-se num dos pilares pichados do viaduto. Com os ombros caídos, ele move os olhos à sua volta antes de pousá-los no chão trincado a seus pés. O cabelo é cortado bem rente, o que se costumava chamar de "à escovinha". Outros dois adolescentes zanzam de um lado para outro sob o mesmo viaduto. Um deles traga um cigarro com tanta volúpia que parece estar descontando nele a sua raiva. O outro veste uma regata telada com uma coleira de couro e tachas no pescoço, deixando claro da forma mais óbvia possível sua atual ocupação.

Os carros vão zunindo acima deles, alheios ao que se passa embaixo. Estamos em King's Cross, uma área quase inteiramente "revitalizada" ao longo dos últimos vinte anos, com a chegada de museus e bibliotecas, do Eurostar na estação ferroviária e até de uma placa indicando a Plataforma 9 ¾ onde Harry Potter embarcava no trem para Hogwarts. Boa parte dos clientes da prostituição de rua migrou para a prostituição on-line (bem mais seguro usar os serviços de um site do que ficar circulando de carro de madrugada, mais uma vantagem da internet), mas por trás dessa nova fachada de modernidade e riqueza ainda subsistem alguns antros de decadência e perdição.

E foi num deles que encontrei o garoto desaparecido.

Aquela parte mais afoita da minha personalidade recomenda que eu corra até ele para trazê-lo de volta. Se é realmente Patrick quem está ali, e não alguém muito parecido, ele está agora com 16 anos. De fato, olhando de longe, essa é a idade que o garoto parece ter. Dez anos antes, no bairro riquíssimo de Alpine, Nova Jersey, ele estava brincando na casa de Rhys, filho de uma prima minha. Os dois meninos sumiram.

E esse, claro, é o meu dilema.

Se eu pegar o Patrick neste instante, se atravessar a rua e simplesmente arrastá-lo comigo, o que será do Rhys? Diante de mim está um dos garotos desaparecidos, mas a minha missão é resgatar os dois. Portanto, não posso me precipitar. Preciso ser paciente. O que quer que tenha acontecido dez anos atrás, qualquer que tenha sido o golpe cruel da humanidade (não acredito em golpes cruéis do destino, já que os culpados geralmente somos nós mesmos, homens de carne e osso) que tirou esses meninos da opulência de uma mansão para colocá-los na imundície das ruas, meu receio é dar um passo em falso e fazer com que ele suma de novo, dessa vez para sempre.

Não. Vou ter que esperar pelo Rhys. Assim que ele aparecer, pego os dois e os levo de volta para casa.

Duas perguntas passam pela minha cabeça.

A primeira: como posso ter certeza de que, localizando os dois garotos, vou conseguir levá-los comigo? Nada impede que eles tenham sido submetidos a, sei lá, algum tipo de lavagem cerebral e não queiram me acompanhar. Nada impede que seus sequestradores (ou quem quer que detenha a chave da liberdade de ambos) sejam pessoas persuasivas e violentas.

A isso eu respondo: seja o que Deus quiser.

A segunda pergunta, bem mais relevante que a primeira, é: e se o Rhys não aparecer?

Não faço o tipo "Depois eu penso nessa questão", portanto, tenho em mente um plano de contingência que é não perder o Patrick de vista, seguindo-o discretamente aonde quer que ele vá e procurando antever todos os problemas que possam aparecer no meu caminho.

Os clientes começam a surgir.

Tudo na vida é passível de classificação. Viadutos imundos também. No primeiro vão, a clientela é de homens heterossexuais em busca de companhia feminina. Esse é o mais movimentado de todos. Você pode falar o que quiser sobre a igualdade dos gêneros nas suas preferências e taras sexuais, mas a grande maioria dos sexualmente frustrados ainda é composta de heterossexuais masculinos com a libido em atraso. Caretice minha? Acho que não. Moças de olhos vidrados assumem seus postos contra os pilares de concreto. Quando uma vai embora no carro do cliente, outra logo aparece no mesmo lugar, mais ou menos como as latinhas de refrigerante numa máquina de posto de gasolina.

No segundo vão ficam os travestis, uns mais montados que os outros, e no terceiro, onde está o Patrick, ficam os garotos de programa que atendem a clientela gay.

Fico observando enquanto um homem de camisa cor de melão se aproxima do Patrick.

A esta altura eu já tinha me perguntado o que fazer quando alguém aparecesse e abordasse o garoto. Num primeiro momento achei que o mais lógico seria intervir imediatamente. Isso seria o mais humano da minha parte. Faz dez anos que Patrick e Rhys foram levados, e só Deus sabe o que eles passaram desde então.

No entanto, por maior que seja a vontade de poupá-los de mais um instante de sofrimento, não posso perder de vista o meu objetivo final: resgatar os *dois* garotos. Já analisei todos os prós e contras. Minha decisão está tomada. Não adianta ficar remoendo a questão.

Mas, ao que parece, o Camisa-melão não é um cliente.

Clientes não caminham com tanta segurança e desenvoltura. Clientes não andam de cabeça erguida. Não usam camisas espalhafatosas. Não sorriem. Geralmente sentem vergonha do que estão fazendo. Ou medo. Ou as duas coisas ao mesmo tempo.

O Melão, por sua vez, tem a ginga e a expressão facial de alguém bastante confortável na própria pele, de alguém perigoso. Não é muito difícil perceber esse tipo de coisa. Um instinto de sobrevivência semelhante ao dos animais nos alerta para esse tipo de perigo. Apenas por descuido, ou por medo de passar vergonha, é que não damos atenção a esses avisos. Coisas do homem moderno.

O Melão olha rapidamente para trás. Está acompanhado de dois guarda-costas, duas montanhas de músculos trajando calça camuflada e regata muito justa, tipo Sylvester Stallone. Os outros dois adolescentes (o fumante e o de coleira de tachas) fogem na mesma hora, deixando Patrick sozinho com os três recém-chegados.

Isso não é bom.

Patrick ainda está com os olhos voltados para o chão, com a luz escassa da rua se refletindo na cabeça quase raspada. Só percebe a presença do Melão quando este já está a um passo de distância. Vou caminhando lentamente na direção deles. O mais provável é que Patrick já trabalhe na rua há algum tempo. Penso, por um instante, em como deve ter sido a vida dele até agora, arrancado daquela bolha tão confortável e segura dos subúrbios endinheirados para ser jogado num... só Deus sabe o quê.

Mas também é possível que durante esse tempo ele tenha desenvolvido certas habilidades. Talvez seja capaz de levar os caras na conversa. Talvez a situação não seja tão crítica quanto parece. Preciso esperar para ver.

Quase roçando o nariz no rosto de Patrick, o Melão diz algo que não consigo ouvir. Em seguida, sem nenhum aviso, desfere um murro violento no estômago do garoto.

Patrick vai ao chão, sem ar nos pulmões.

As duas montanhas camufladas se aproximam e eu aperto o passo, dizendo:

– Senhores.

O Melão e seus capangas viram-se assustados, três neandertais ouvindo pela primeira vez uma palavra devidamente articulada, estreitando os olhos para discernir melhor o que veem diante de si. Então abrem um sorriso. Não sou exatamente uma figura intimidante: alto o suficiente, porém mais para magro; cabelos mais grisalhos que louros; um tom de pele que vai do branco-porcelana no verão ao róseo no inverno; feições delicadas, mas de um jeito bonito, assim imagino. Hoje estou usando um terno azul-claro cortado sob medida na Savile Row, uma gravata Lilly Pulitzer, lenço Hermès no bolso do paletó e sapatos Bedfordshire também feitos sob medida pelos melhores artesãos da G. J. Cleverley, da Old Bond Street.

Sou mesmo um dândi, não sou?

Lamentando não ter um guarda-chuva para rodopiar na mão e completar o efeito, sigo adiante e fico feliz ao ver a confiança crescendo no olhar dos três sujeitos sob o viaduto. Em geral tenho uma arma comigo, às vezes duas, mas na Inglaterra a lei é muito mais rígida nesse quesito. O que não chega a me preocupar. É bem provável que pelo mesmo motivo os três não estejam portando armas também. Rapidamente corro os olhos pelo grupo em busca de algo escondido. Difícil esconder uma arma sob camisas e calças tão justas. Talvez os dois capangas tenham facas em algum lugar, mas não armas de fogo.

Facas também não me preocupam.

Patrick (caso seja ele mesmo) ainda está caído e ofegante quando alcanço o viaduto. Paro diante do grupo, estendo os braços e ofereço a eles o mais sedutor do meu repertório de sorrisos. Eles arregalam os olhos como se estivessem diante de um quadro expressionista de um museu qualquer. O Melão dá um passo adiante e diz:

– Está fazendo o que aqui?

– Acho melhor vocês irem embora – retruco, ainda sorrindo.

O Melão olha para o Camuflado Um à minha direita, depois para o Camuflado Dois à esquerda. Faço o mesmo, depois volto a encarar o Melão e pisco para ele. As sobrancelhas do homem vão às alturas.

– Esse aí não tem noção do perigo – diz o Camuflado Um. – Está pedindo para ser retalhado. Em pedacinhos.

– Opa, nem vi você aí – falo, me fingindo de assustado.

– *Hein?*

– Essas calças camufladas... elas realmente funcionam. E caem muito bem em você, diga-se de passagem.

– Está zoando com a minha cara?

– Longe de mim.

Todos os sorrisos se alargam, inclusive o meu.

Os dois capangas se aproximam. Eu até poderia tentar resolver a situação na base da conversa, oferecer dinheiro para que eles nos deixassem em paz, a mim e ao garoto, mas acho que não iria funcionar. Por três motivos. Primeiro: os trogloditas vão querer me depenar; se bobear, vão levar até meu relógio. Segundo: é bem provável que gostem do cheiro de sangue muito mais que do cheiro de dinheiro; quanto mais fácil o sangue, melhor. Terceiro e mais importante de tudo: eu também gosto do cheiro de sangue. E já ando com saudades dele.

Faço um esforço para não sorrir quando eles fecham o cerco. O Melão saca uma faca Bowie, dessas de caça, o que me deixa feliz. Não tenho muitos escrúpulos antes de machucar quem acho que merece ser machucado. Mas, em deferência àqueles que precisam de bons motivos para me achar um "cara legal", posso alegar que foram meus algozes que me ameaçaram primeiro, portanto, estou agindo em legítima defesa.

De qualquer modo, dou a eles uma última chance. Fitando o Melão diretamente nos olhos, repito:

– Acho melhor vocês irem embora.

Os dois Camuflados riem, mas não o Melão. Ele me encara de volta, sabe que não há motivo para rir.

O resto acontece numa questão de segundos.

O Camuflado Um dá um passo adiante, invadindo meu espaço pessoal. É um armário de tão grande. Meu campo de visão agora se resume a um peitoral enorme e depilado. Olhando do alto para mim, o sujeito abre um sorriso como se tivesse à sua frente uma barrinha de cereal que pudesse comer de uma só mordida.

Não vejo motivo para postergar o inevitável: abro um talho na garganta dele com a navalha que trazia escondida entre os dedos.

O jato de sangue faz um arco perfeito antes de me atingir. Droga. Agora serei obrigado a fazer mais uma visita à Savile Row.

– Terence!

É o Camuflado Dois quem grita. Observando-o melhor, percebo certa semelhança física entre ambos. Decerto são irmãos. O sujeito se torna uma presa ainda mais fácil em razão do susto, mas não creio que pudesse fazer muita coisa mesmo que estivesse preparado.

Porque sou bom com navalhas.

O Camuflado Dois acaba do mesmo jeito que Terence, seu possível irmão.

Sobra então o Melão, o venerável líder da gangue. Provavelmente conquistou essa liderança por ser mais brutal e mais ardiloso que os dois companheiros caídos no chão. Como eu imaginara, já havia erguido seu facão durante o ataque aos Camuflados. Com a visão periférica, vejo o brilho da lâmina que agora vem descendo na minha direção.

Um erro da parte dele.

Uma facada nunca deve vir de cima. Fácil demais de defender: podemos nos desviar dela ou repeli-la com o cotovelo. Nas linhas de tiro, os professores nos ensinam a mirar na massa central do alvo antes de dispararmos uma arma de fogo, de modo que, se nossa mira não for muito boa, ainda assim tenhamos uma grande chance de acertar algo. Antevemos a possibilidade de um erro. Com as facas é a mesma coisa: diminuímos tanto quanto possível a distância do alvo, depois miramos no centro e acertamos o que pudermos caso o adversário se desloque.

Não foi isso que o Melão fez.

Desvio a cabeça e, como explicado antes, uso o cotovelo direito para repelir o golpe. Em seguida, com os joelhos flexionados, giro e rasgo o abdômen do sujeito com a minha navalha. Não espero para ver a reação dele. Ergo o tronco e termino o serviço do mesmo modo que fiz com os Camuflados.

Como eu disse, uma questão de segundos.

Agora, o chão trincado é uma piscina de sangue. Uma piscina cada vez maior. Permito-me um segundo, não mais que isso, para saborear a adrenalina. Aposto que você faria o mesmo no meu lugar. Se for honesto o bastante para admitir.

Quando me volto para falar com Patrick, constato que ele fugiu. Olho para a direita, depois para a esquerda. Lá vai o garoto, quase sumindo de vista. Parto ao encalço dele, mas logo vejo que será inútil. Ele entra na estação de King's Cross, uma das mais movimentadas de Londres. Logo estará encoberto pela multidão de passageiros. Além disso, estou imundo de sangue. Sou um homem de muitos recursos, mas, ao contrário de Harry Potter, que se mandava para Hogwarts usando aquela mesma estação, não possuo uma capa de invisibilidade.

Então paro onde estou, reflito sobre a situação e chego à seguinte conclusão: meti os pés pelas mãos.

Agora é minha vez de sumir. Não porque receie que alguma câmera de segurança tenha filmado o que fiz. Não há câmeras de segurança em pontos de prostituição, nem mesmo nesta nossa era digital.

Mas isso não muda nada. Meti os pés pelas mãos. Depois de tantos anos, após tantas investigações infrutíferas, uma pista finalmente desponta no horizonte e eu a deixo escapar.

Preciso de ajuda.

Saio correndo dali e logo digito o número 1 da minha lista de discagem direta. Faz quase um ano que não ligo para esse número.

Ele atende no terceiro toque.

– Alô?

Sinto uma ligeira emoção ao ouvir essa voz, mesmo sabendo de antemão que seria atendido por ela. O número é bloqueado, portanto ele não faz a menor ideia de quem está ligando.

– Você não quis dizer... "Articule"?

– Win? É *você*? Caramba, onde foi que você se...?

– Vi o garoto – digo imediatamente.

– Que garoto?

– Quem você acha?

– Espere aí... Você viu os dois?

– Não. Só o Patrick.

– Uau.

Uau? É só isso que o cara tem para dizer?

– Myron, preciso da sua ajuda. Venha imediatamente para Londres.

capítulo 2

DOIS MINUTOS ANTES DA chamada, Myron Bolitar se achava na cama ao lado da sua belíssima noiva, ambos nus, ambos olhando para o teto, recuperando o fôlego após o êxtase que vem apenas do... bem, êxtase.

– Caramba... – balbuciou Terese.

– Pois é.

– Hoje foi...

– Não foi?

Isso era o máximo que ele conseguia dizer nos seus momentos pós-coito.

Terese saiu da cama e foi à janela do quarto. Myron gostava de vê-la assim, caminhando nua com a sinuosidade e a segurança de uma pantera. O apartamento dava para o lado oeste do Central Park. Se você já viu algum filme rodado em Nova York em que um casal atravessa de mãos dadas uma ponte sobre o lago do Central Park, então você conhece a Bow Bridge, a ponte que Terese agora admirava de sua janela.

– Meu Deus, que vista é essa...

– Eu estava aqui pensando a mesma coisa – devolveu Myron.

– Por acaso está olhando para a minha bunda?

– Olhando não. Vigiando. Tomando conta.

– Para me proteger, certo?

– Não seria profissional da minha parte olhar para outro lado.

– Parabéns, então. Pelo profissionalismo.

– Obrigado.

Sem deixar a janela, Terese disse:

– Myron...

– Oi, meu amor.

– Estou muito feliz.

– Eu também.

– A felicidade me deixa com um pouco de medo, sabe?

– Eu sei – falou Myron. – Agora volte para a cama.

– Tem certeza?

– Tenho.

– Não prometa aquilo que não vai conseguir cumprir, hein?

– Não se preocupe, vou cumprir. – Após um tempo, Myron perguntou: – Será que algum lugar aqui perto entrega ostras e vitamina E em casa?

Terese virou-se para ele com seu sorriso luminoso, e *bum!*, lá se foi o coração de Myron, explodindo em mil pedaços. Terese Collins estava de volta. Depois de tantos anos de separação, angústia e instabilidade, eles finalmente iam se casar. Uma sensação incrível. Maravilhosa. Mas ao mesmo tempo frágil.

E foi aí que o telefone tocou.

Ambos sentiram um frio na boca do estômago, como se já antevissem o que viria. Quando as coisas iam bem demais, eles ficavam com as antenas ligadas, receando algum revés. Preferiam não mexer uma palha sequer por medo de estourar aquela bolha de felicidade.

E aquele telefonema poderia ser justamente isto: uma palha furadora de bolhas.

Myron conferiu o identificador de chamadas. Número bloqueado.

Eles estavam num apartamento no edifício Dakota, em Manhattan. Antes de sumir do mapa, um ano antes, Win havia passado o imóvel para o nome de Myron. Durante boa parte daquele ano, Myron preferira continuar na sua casa de infância nas imediações de Livingston, Nova Jersey, procurando dar a melhor educação possível para Mickey, seu sobrinho adolescente. Mas com a volta do irmão, pai do garoto, ele havia deixado a casa para os dois e se mudara para Manhattan.

O telefone tocou uma segunda vez; Terese virou o rosto como se tivesse levado um tapa, deixando à mostra aquele lado do pescoço em que ficava a cicatriz do seu ferimento à bala. Vendo isso, Myron novamente sentiu no peito aquela vontade premente de protegê-la. Por um segundo cogitou deixar a ligação cair na caixa postal, mas Terese, sem abrir os olhos, sinalizou para que ele atendesse. Melhor não adiar o inevitável.

Myron atendeu no terceiro toque.

– Alô?

Apesar da estática, ele logo reconheceu aquela voz que não escutava havia muito tempo.

– Você não quis dizer... "Articule"?

Myron sentiu um calafrio.

– Win? É *você*? Caramba, onde foi que você se...?

– Vi o garoto.

– Que garoto?

– Quem você acha?

Myron já havia deduzido, mas não ousou dizer em voz alta.

– Espere aí... Você viu os dois?

– Não. Só o Patrick.

– Uau.

– Myron, preciso da sua ajuda. Venha imediatamente para Londres.

Ao se virar, Myron viu retornar ao olhar da noiva aquela mesma sombra que estivera ali desde sempre, ou pelo menos desde que eles haviam fugido juntos anos atrás. Ele estendeu a mão e ela a tomou entre as suas.

– Minha vida está meio complicada neste momento – respondeu ele ao telefone.

– A Terese voltou – disse Win.

Não era uma pergunta. Ele sabia.

– Sim.

– E vocês finalmente vão se casar. – De novo, uma afirmativa.

– Vamos.

– Já comprou o anel de noivado?

– Já.

– Com o Norman da 47th Street?

– Claro.

– Mais de dois quilates?

– Win...

– Fico feliz por vocês dois.

– Valeu.

– Mas você não pode se casar sem a presença do padrinho – argumentou Win.

– Já convidei meu irmão.

– Ele não vai se importar de ceder o lugar. Seu voo sai de Teterboro. O carro já está à sua espera – informou Win, e desligou.

Terese olhou para Myron.

– Você precisa ir – disse.

Myron ficou sem saber se ela estava perguntando ou afirmando.

– Win não faz esse tipo de pedido à toa – declarou ele.

– Não, não faz – concordou Terese.

– Não devo demorar. Volto logo, e a gente se casa. Prometo.

Sentando-se na cama, Teresa falou:

– Pode me dizer do que se trata?

– Até onde você está disposta a ouvir?

– Sei lá. – Após um instante, ela perguntou: – O anel tem mais de dois quilates?

– Tem.

– Ótimo. Então, desembuche.

– Lembra daquele sequestro em Alpine, dez anos atrás?

– Claro que lembro. Noticiamos no jornal.

Ela havia trabalhado por dois anos como âncora num desses canais exclusivos de jornalismo.

– Um dos meninos sequestrados, Rhys Baldwin, é parente do Win.

– Você nunca me disse isso.

– Na verdade, eu não tinha muito a ver com a história – explicou Myron. – Quando a gente se envolveu, o caso já estava mais ou menos velho. Eu já tinha até esquecido dele.

– Mas o Win, não.

– Win nunca esquece de nada. Muito menos de um parente sequestrado.

– E agora encontrou uma pista nova; é isso?

– Mais que isso. Viu Patrick Moore, o outro menino.

– Então por que não chama a polícia?

– Não sei.

– Não sabe nem quis perguntar.

– Confio no julgamento dele.

– E ele precisa da sua ajuda.

– Precisa.

– Então é melhor você arrumar sua mala – disse Terese após alguns instantes.

– Você está bem?

– Ele tem razão.

– Sobre?

Ela se levantou.

– Não podemos nos casar sem o seu padrinho.

Uma limusine preta, enviada por Win, aguardava por Myron diante do Dakota para levá-lo até o aeroporto de Teterboro, na zona norte de Nova Jersey, uma viagem de aproximadamente meia hora. Lá, Myron foi deixado à porta do avião do amigo, um jatinho executivo da Boeing, já pronto para decolar. Nada de passagens, filas de check-in ou esquemas de segurança.

A comissária, uma asiática jovem e adorável, recebeu-o no seu justíssimo uniforme vintage, que incluía até um chapeuzinho.

– Bem-vindo a bordo, Sr. Bolitar.

– Olá, Mee. Que bom ver você de novo.

Para os que ainda não perceberam: Win era um homem rico, muito rico. Seu nome verdadeiro era Windsor Horne Lockwood III. Ele mesmo: o dono da Lock-Horne Investments and Securities e do prédio Lock-Horne, na Park Avenue. Dinheiro de família. Herdeiro de uma longa linhagem de milionários encabeçada, sem dúvida, por alguém que desembarcara do *Mayflower* já com sua camisa polo cor-de-rosa e uma reserva VIP no campo de golfe mais próximo.

Myron precisou curvar o corpanzil de quase 2 metros para atravessar a porta do jatinho, que contava com bancos de couro, acabamentos em madeira clara, carpete verde, papel de parede com estampa de zebra, televisão de muitas polegadas, um sofá-cama e uma cama de casal no compartimento dos fundos. Ao comprar a aeronave das mãos de um rapper, Win decidira mantê-la do jeitinho que estava, dizendo que se sentia mais sexy toda vez que olhava para o papel zebrado.

Inicialmente Myron se sentiu um tanto desconfortável por estar sozinho no avião, mas logo ficou à vontade. Acomodou-se num dos bancos e afivelou o cinto. Mee demonstrou os procedimentos de segurança assim que a aeronave começou a taxiar. Myron achava aquele chapeuzinho engraçado, mas sabia que Win gostava dele.

Dali a dois minutos, já estavam no ar. Mee se aproximou dele.

– Posso lhe servir alguma coisa?

– Você tem visto o Win? – perguntou Myron. – Por onde ele andou esse tempo todo?

– Não tenho permissão para dizer – respondeu ela.

– Por que não?

– Win pediu que eu lhe desse toda a atenção. Providenciei sua bebida predileta – informou Mee, indo buscar uma caixa de achocolatado Yoo-hoo.

– Já me curei desse vício – disse Myron.

– É mesmo?

– Sim.

– Que pena. Que tal um conhaque?

– Por enquanto, não, obrigado. Mas... o que exatamente você tem permissão de me dizer, Mee?

Mee. Myron sempre se perguntara se aquele era mesmo o nome da moça. Win gostava dele, volta e meia a provocava com algum trocadilho infame, do tipo "Quem *Mee* conhece não esquece jamais" ou "Ainda não é hora de *Mee* recolher". Por vezes até citava Shakespeare: "Quem *Mee* escolher, ganha o que muitos querem."

Win.

– O que você tem permissão para me dizer? – insistiu Myron.

– Posso dizer, por exemplo, que a previsão do tempo para Londres é de chuva intermitente.

– Grande novidade. Mas... e o Win? O que pode me dizer a respeito dele?

– Boa pergunta. – Ela apontou para si mesma antes de emendar: – O que *você* pode *Mee* dizer sobre o Win?

– Por favor, nem comece – riu Myron.

Ela riu também, depois disse:

– Temos um link direto para o jogo do Knicks, caso você queira assistir.

– Não me interesso mais por basquete.

Mee fitou-o com tanta comiseração que, por um instante, a vontade dele foi sumir dali.

– Vi seu documentário na ESPN – disse ela.

– Não é por isso – explicou Myron.

Mee assentiu, mas sem grande convicção.

– Bem, se o jogo não lhe interessa, temos um outro vídeo para você ver – informou.

– Que tipo de vídeo?

– Algo a que Win pediu que você assistisse.

– Não é um daqueles...

Seu amigo tinha o hábito de filmar seus, digamos, "encontros carnais" para depois assistir a eles enquanto meditava.

– Não – disse Mee. – Esses são apenas para uso pessoal dele. O senhor sabe disso, Sr. Bolitar. Faz parte do termo de confidencialidade que temos que assinar.

– Termo de confidencialidade? – repetiu Myron, sem entender. – Deixe para lá. Não quero nem saber do que se trata.

– Aqui está o controle remoto. Tem certeza de que não quer beber nada?

– Tenho, obrigado.

Myron virou sua poltrona para a televisão e ligou o tal vídeo, já esperando encontrar uma mensagem de Win, algo do tipo *Missão impossível*.

Mas não. Tratava-se de um programa de televisão bem antigo, daqueles que falavam de crimes reais e geralmente eram exibidos nos canais a cabo. O tema, claro, eram os dois meninos sequestrados dez anos antes.

Myron relaxou e assistiu ao vídeo do início ao fim. Ótimo para refrescar a memória.

A história, em resumo, era a seguinte: Patrick Moore, à época com 6 anos, foi deixado pela mãe na casa de Rhys Baldwin, seu amiguinho de escola, para brincar com ele. A casa, na realidade, era uma mansão em Alpine, um dos subúrbios mais abastados – ou "afluentes", como adjetivavam todos os jornais – de Nova Jersey. Quão "afluentes"? Bem, uma residência em Alpine agora não sairia por menos de 4 milhões de dólares.

Os dois meninos ficaram sob os cuidados da babá (*au pair*) finlandesa Vada Linna, de 18 anos, que viera fazer intercâmbio. Quando Nancy Moore, mãe de Patrick, voltou para buscar o filho, ninguém atendeu à porta. De início ela não ficou preocupada. Achou que a jovem Vada pudesse ter levado os meninos para tomar um sorvete nas proximidades ou algo assim. Então voltou duas horas mais tarde e tocou a campainha novamente. De novo, ninguém atendeu. Mais preocupada que antes, porém não apavorada, ligou para Brooke, mãe do pequeno Rhys. Mas foi atendida pela secretária eletrônica.

Brooke Lockwood Baldwin, prima-irmã de Win, voltou correndo para casa assim que recebeu o recado. Entrou com Nancy e ambas chamaram pelos seus filhos, que não responderam. De repente ouviram um barulho vindo do porão da casa, que na realidade era um amplo quarto de brinquedos, quase um playground.

Lá elas encontraram a finlandesa amordaçada e amarrada a uma cadeira. Ela havia chutado uma luminária para chamar a atenção para o porão. Estava muito assustada, mas aparentemente incólume.

Quanto aos garotos, nenhum sinal deles.

Segundo Vada, ela preparava um lanche para os meninos quando dois homens armados irromperam na cozinha com blusa de gola alta e gorro de esqui na cabeça. Eles a arrastaram para o porão e a amarraram.

Nancy e Brooke logo chamaram a polícia e avisaram aos pais das crianças (Hunter Moore, médico, e Chick Baldwin, gerente de investimentos), que acorreram ao local imediatamente. Por muitas horas eles ficaram no escuro: nenhuma pista, nenhum contato. Até que Chick Baldwin recebeu no seu e-mail de trabalho uma mensagem com um pedido de resgate e a advertência de que não chamassem a polícia se quisessem ver os meninos vivos outra vez.

Tarde demais.

Os sequestradores pediam 2 milhões de dólares ("1 milhão por criança") e diziam que mais tarde enviariam novas instruções. Os pais providenciaram o dinheiro e ficaram aguardando. Foram mais três dias de absoluta agonia. Até que Chick Baldwin recebeu outra mensagem de e-mail, dizendo que ele fosse sozinho ao Overpeck Park e deixasse o dinheiro num local específico junto ao lago.

Chick Baldwin fez exatamente o que eles pediram.

É claro que havia todo um esquema de vigilância implantado pelo FBI no parque, com sentinelas em todas as vias de acesso. Também haviam colocado um rastreador GPS na sacola, muito embora a tecnologia da época fosse bem mais rudimentar que a atual.

Até então, as autoridades tinham conseguido manter o sequestro em sigilo. A mídia ainda não sabia da história. A pedido do FBI, nenhum amigo ou parente, nem mesmo Win, havia sido informado. Nem mesmo os irmãos dos garotos sequestrados.

Chick Baldwin deixou o dinheiro no local marcado e foi embora. Passou-se uma hora. Depois duas. Na terceira, alguém recolheu a sacola, mas no fim das contas tratava-se apenas de um bom samaritano que fazia seu jogging no parque e já ia levando a sacola fechada para o balcão de achados e perdidos.

Ninguém apareceu para recolher o dinheiro do resgate.

Reunidos em torno do computador de Chick Baldwin, os dois casais ficaram esperando por mais um e-mail. Nesse meio-tempo, o FBI realizou algumas investigações. Em primeiro lugar, virou pelo avesso a vida da finlandesa Vada Linna, mas não encontrou nada. Ela chegara ao país fazia só três meses, mal falava inglês e tinha apenas uma amiga. Vasculharam todos os seus e-mails, suas mensagens de texto, seu histórico de navegação on-line. Nada.

Os dois casais também foram investigados. Chick Baldwin, pai de Rhys, era o único que levantava suspeitas. As mensagens dos sequestradores tinham sido enviadas diretamente para ele. Mas não era só isso; o homem, definitivamente, não era um santo. Havia dois casos de *insider trading* (informações privilegiadas na compra ou venda de ações) e outras tantas acusações de desfalque ainda sendo julgadas. Alguns diziam que ele comandava um esquema pirâmide. Certos clientes – gente muito poderosa – estavam bastante descontentes.

Mas a ponto de se vingarem com um sequestro? Dificilmente.

Então eles continuaram esperando por algum sinal dos sequestradores. Dois, três, quatro dias se passaram e nada.

Uma semana, um mês, um ano.

Dez anos.

Até agora.

Myron olhava inerte para os créditos que rolavam no final do vídeo.

– Imagino que agora você aceite aquele conhaque – disse Mee, aproximando-se dele.

– Imediatamente – pediu Myron. Quando ela voltou com a bebida, ele falou: – Sente aí, Mee. Vamos conversar.

– Melhor não.

– Quando foi a última vez que você viu Win?

– Sou paga para ser discreta.

Myron precisou se conter para não fazer uma piadinha.

– Ouvi uns rumores por aí – declarou. – Sobre Win. Fiquei preocupado.

– Não confia nele?

– Cegamente.

– Então respeite sua privacidade.

– Não tenho feito outra coisa nesse último ano.

– Então... o que custa esperar só mais algumas horas?

– É. Tem razão.

– Sente a falta dele, não é?

– Claro.

– Ele gosta muito de você, sabia?

Myron não disse nada.

– Que tal dormir um pouquinho? – sugeriu a comissária.

Mais uma vez ela estava certa.

Myron fechou os olhos, mas sabia que o sono custaria a chegar. Recentemente fora persuadido por um amigo a experimentar a meditação transcendental, e, por maior que fosse o seu ceticismo, achava que a simplicidade da ideia vinha a calhar naqueles momentos em que lutava contra o sono. Então, abriu seu aplicativo de meditação (sim, ele tinha isso no celular) e ajustou o timer para vinte minutos. Fechou os olhos de novo e se deixou levar.

As pessoas acham que meditar é esvaziar a cabeça de pensamentos. Bobagem. Não é possível fazer isso. Quanto mais você tenta *não* pensar numa coisa, mais pensa nela. O truque é deixar os pensamentos fluírem de forma natural e observá-los de longe, sem julgá-los ou reagir a eles. E era isso que Myron estava fazendo naquele instante.

Ele pensou em Win, o amigo que voltaria a ver dali a pouco; pensou em Esperanza e Cyndi; pensou nos pais lá na Flórida. Pensou no seu irmão Brad, no sobrinho Mickey e nas mudanças ocorridas na vida de ambos. Pensou em Terese, que finalmente tinha voltado para seus braços e muito em breve seria sua mulher. Pensou na vida que teriam juntos. Pensou na possibilidade bastante concreta de vir a ser um homem feliz.

Uma possibilidade concreta, mas ao mesmo tempo tão frágil...

Por fim o jatinho pousou e taxiou. Mee abriu a porta e, com um sorriso largo, disse:

– Boa sorte, Myron.

– Para você também, Mee.

– Diga a Win que mandei um abraço.

capítulo 3

UM BENTLEY PRETO ESPERAVA por ele na pista. Myron ainda descia do jatinho quando a porta traseira do carro se abriu e Win saiu por ela. Com os olhos molhados, Myron apertou o passo, parou a poucos metros do amigo e abriu um sorriso.

– Win.

Win suspirou.

– Não vai fazer drama, vai?

– O que seria a vida sem um pouco de drama?

– Tem razão.

Os dois deram um abraço forte e demorado, como se encontrassem um no outro a segurança de um salva-vidas.

– Tenho um milhão de perguntas para fazer – declarou Myron, sem desfazer o abraço.

– Não vou responder a nenhuma – devolveu Win e se afastou. – Precisamos nos concentrar em Rhys e Patrick.

– Claro.

Win sinalizou para que Myron entrasse no carro, que na realidade era uma limusine com um vidro separando motorista e passageiros. Tinha um bar completo e apenas dois bancos com quilômetros de espaço livre para as pernas. De modo geral, as limusines tinham mais que dois bancos, mas Win não via necessidade disso.

– Quer beber alguma coisa? – ofereceu.

– Não, obrigado.

Mee ainda se achava à porta do jatinho. Win baixou a janela e acenou para ela, um brilho melancólico acendendo-se nos olhos dele quando a comissária acenou de volta. Myron só o encarava, receando piscar e vê-lo sumir outra vez. Ali estava seu melhor amigo desde o primeiro ano de faculdade na Duke University.

O carro arrancou.

– Ela tem um *derrière* da melhor qualidade, você não acha? – perguntou Win.

– Aham. Win?

– Diga.

– Você estava em Londres esse tempo todo?
– Não – respondeu Win, sem tirar os olhos da janela.
– Onde estava então?
– Muitos lugares.
– Ouvi uns boatos por aí.
– Eu sei.
– Dizendo que você tinha se tornado um eremita.
– Eu sei.
– Não é verdade?
– Não, Myron. Quem espalhou esses boatos fui eu.
– Por quê?
– Outra hora eu explico. Rhys e Patrick. É neles que precisamos pensar.
– Você disse que viu o Patrick.
– Acho que vi.
– Acha?
– Patrick tinha 6 anos quando foi levado – disse Win. – Hoje estaria com 16.
– Então... você não tem certeza se era ele, é isso?
– É.
– Viu alguém que poderia ser ele.
– Correto.
– E depois?
– Depois perdi o garoto de vista.
Myron se recostou no banco.
– Ficou surpreso, não ficou? – questionou Win.
– Fiquei.
– Está pensando: "Ele não é disso."
– Exatamente.
– Eu calculei mal – confessou Win. Depois acrescentou: – Houve danos colaterais.
Opa, pensou Myron. Em se tratando de Win, "danos colaterais" nunca eram pouca coisa.
– O que foi que aconteceu de verdade?
– Antes, vamos rebobinar a fita um pouquinho. – Win tirou um papel do bolso do paletó e entregou a Myron. – Leia isto.
Tratava-se de um e-mail impresso, uma mensagem enviada para o endereço pessoal de Win. Ao longo do último ano, Myron enviara inúmeras

mensagens para aquele mesmo endereço, mas nunca recebera resposta. No campo do remetente lia-se anon5939413 e o texto era o seguinte:

Você está procurando por Rhys Baldwin e Patrick Moore. Durante boa parte dos últimos dez anos eles estiveram juntos. Separaram-se pelo menos três vezes, mas agora estão juntos de novo.

Não são prisioneiros de ninguém, podem ir aonde quiserem, mas talvez se recusem a acompanhá-lo. Não são mais os mesmos garotos de antes. Não são aqueles meninos que as famílias conheceram. É bem possível que você não goste do que vai ver. Aqui está o endereço onde poderá encontrá-los. Esqueça o dinheiro do resgate. Um dia ainda vou lhe pedir um favor.

Eles não se lembram direito da vida que tiveram antes. Seja paciente com os dois.

Myron sentiu um frio na espinha.

– Imagino que você já tenha tentado descobrir quem mandou este e-mail.

Win fez que sim com a cabeça.

– E não descobriu.

– VPN – confirmou Win. – Impossível de rastrear.

Myron releu a mensagem, depois disse:

– Este último parágrafo...

– Pois é, eu sei.

– Tem alguma coisa nele.

– Um quê de autenticidade – falou Win.

– Por isso você levou a sério o conteúdo, não foi?

– Sim.

– E este endereço, o que é afinal? – perguntou Myron.

– Um canto pequeno e imundo de Londres. Um viaduto sob o qual tudo é vendido. Drogas, prostituição... Já estudei o lugar.

– Ok.

– Vi as imagens digitalizadas de como estaria Patrick nos dias de hoje. Alguém que parecia ser ele estava naquele local.

– Quando?

– Mais ou menos uma hora antes de eu ligar para você.

– Você o ouviu falar?

– Hã?

– Vocês chegaram a conversar? Talvez isso possa ajudar na identificação do garoto. Talvez ele ainda tenha sotaque americano.

– Não conversamos – disse Win. – Ainda não sei de nada. E nada impede que ele tenha passado a vida inteira aqui, nas ruas desta cidade.

Silêncio.

– A vida inteira... – repetiu Myron.

– Pois é – falou Win. – Melhor nem pensar.

– Então você viu o Patrick... E depois?

– Fiquei esperando, observando de longe.

– Esperando que o Rhys aparecesse também.

– Isso.

– E depois?

– Três homens aparentemente descontentes com o menino partiram para cima dele.

– E você interveio.

Pela primeira vez, um pequeno sorriso brotou nos lábios de Win.

– É isso que eu faço – confirmou ele.

Verdade.

– E os três homens?

Win apenas deu de ombros. Myron fechou os olhos.

– Eram três pilantras da pior espécie – disse Win. – O mundo está melhor sem eles.

– Você agiu em autodefesa?

– É, digamos que sim. Mas você não vai começar a questionar os meus métodos agora, vai?

– Tudo bem. Mas e aí? O que aconteceu em seguida?

– Enquanto eu lidava com os três, Patrick fugiu. Quando o vi pela última vez, estava correndo para a estação King's Cross. Pouco depois, liguei para você.

A essa altura eles já se aproximavam do rio Tâmisa e da Westminster Bridge. A famosa roda-gigante, conhecida como London Eye, girava sem nenhuma pressa, quase milimetricamente, contra o sol do entardecer. Myron já andara nela uma vez, anos antes. Quase morrera de tédio.

– Você já entendeu que não podemos perder um minuto sequer, certo? – disse Win.

– Sim. Vão tentar sumir com os garotos de novo.

– Exatamente. Tirá-los do país ou, se entrarem em pânico...

Win não precisou completar o pensamento.

– Você avisou os pais?

– Não.

– Nem mesmo Brooke?

– Não – falou Win. – Achei melhor não alimentar falsas esperanças.

Eles agora seguiam para a zona norte da cidade. Olhando pela janela, Myron disse:

– Eles tinham 6 anos quando foram levados, Win.

Win não falou nada.

– Faz tempo que já foram dados como mortos.

– Eu sei.

– Mas você nunca desistiu de encontrá-los.

– Também achei que já estivessem mortos.

– Mas não parou de procurar.

Win juntou as mãos, os dedos de uma das mãos tocando a ponta dos dedos da outra, um gesto típico que Myron conhecia havia muito tempo.

– Da última vez que vi Brooke, abrimos um vinho caríssimo. Sentamos num deque e ficamos olhando o mar. Por alguns minutos, achei que estivesse ao lado daquela mesma Brooke de antes, da prima querida da minha juventude. Certos indivíduos irradiam tristeza. Brooke era o oposto disso. Sabe essas pessoas que iluminam o ambiente à sua volta?

– Claro.

– É um clichê, eu sei. Mas a Brooke era assim. Praticamente um farol. Bastava lembrar dela para que a gente ficasse mais feliz. Esse tipo de gente... queremos proteger, entende? Não dá para ver uma pessoa dessa sofrendo e ficar de braços cruzados. Queremos logo ajudar. Mais que isso. *Precisamos* ajudar. – Win agora tamborilava os dedos uns contra os outros. – Então estávamos lá, bebendo nosso vinho e olhando o mar. As pessoas costumam usar o álcool para anestesiar essa espécie de dor que acometeu minha prima. Mas o que aconteceu nesse dia foi justamente o contrário. Quanto mais ela bebia, mais ia deixando cair a máscara, os sorrisos forçados, etc. Chegou a me confessar algo.

Win se calou um instante. Myron ficou esperando.

– Por muito tempo ela alimentou a fantasia de que Rhys acabaria voltando. Sempre que ouvia o telefone tocar, sentia um frio na barriga, achando que seria o filho dizendo que estava bem. Às vezes enxergava o rosto dele no meio da multidão. Sonhava que estava resgatando o menino, cobrindo--o de beijos. Volta e meia alterava mentalmente os acontecimentos daquele dia fatídico, imaginando que ficara em casa com os dois ou que levara os meninos consigo em vez de tê-los deixado com a finlandesa, fazendo o que fosse preciso para modificar o curso do destino. "A lembrança nunca vai embora", declarou ela. "Nunca larga do seu pé. A gente até tenta correr e fugir, mas dali a pouco lá está ela, cutucando seu ombro, puxando a manga da sua camisa."

Myron ouvia com a máxima atenção. Nem sequer piscava.

– Eu já sabia de tudo isso, é claro – prosseguiu Win. – Não é nenhuma novidade que os pais sofram numa situação dessas. Brooke ainda é uma mulher linda. Uma mulher forte. Mas as coisas mudaram.

– Mudaram como?

– Um poço sem fundo.

– Como assim?

– Isso que a Brooke disse. Quando o telefone toca, sabe o que mais ela pensa?

Myron fez que não com a cabeça.

– Pensa que é a polícia. Dizendo que finalmente encontraram o corpo do Rhys. Entende o que estou dizendo? A dúvida ou a esperança... isso acaba sendo uma tortura ainda maior que a certeza da morte. O que torna uma tragédia dessas ainda mais obscena. Já é horrível o suficiente que alguém seja capaz de fazer uma mãe sofrer assim. Mas isso, como disse a própria Brooke... esse desejo de colocar um ponto final na história, por pior que ele seja... isso é o pior de tudo.

Eles permaneceram calados por um tempo.

– E aí, o que você achou do jogo do Knicks? – disse Win por fim.

– Engraçadinho.

– Você precisa relaxar um pouco, meu amigo.

– Para onde estamos indo?

– De volta a King's Cross.

– Lá onde você não pode dar as caras.

– Porque sou excepcionalmente bonito. As pessoas lembram de mim.

– Por isso quer minha ajuda.

– Fico feliz em saber que não perdeu seu faro investigativo na minha ausência.

– Então me conte tudo – pediu Myron. – Precisamos de um plano.

capítulo 4

Assim que avistou a placa da estação, Myron disse:
– King's Cross. Não é a estação de *Harry Potter*?
– É.
Myron correu os olhos pela área.
– Mais limpa do que eu havia imaginado.
– Especulação imobiliária – explicou Win. – Mas a sujeira nunca é eliminada por completo. Apenas varrida para o canto.
– E você sabe onde fica esse canto?
– Soube pelo e-mail que mostrei a você. – O Bentley parou. – Não podemos chegar mais perto sem que nos vejam. Tome isto.
Win estendeu um telefone ao amigo.
– Já tenho um, obrigado – disse Myron.
– Não como este. Ele possui um sistema completo de monitoramento. Posso rastrear você via GPS. Posso ouvir suas conversas via microfone. Posso ver o que está fazendo via câmera.
– "Via" sendo a palavra-chave – completou Myron.
– Estou morrendo de rir. Falando em palavras-chave, precisamos de uma para as emergências.
– Que tal "socorro"?
Win plantou os olhos nele, dizendo:
– Rá. Rá. Rá.
– Lembra dos velhos tempos? – Myron não pôde deixar de rir. – Quando eu ligava para você com um daqueles primeiros celulares que apareceram no mercado? Os tijolões?
– Lembro.
– Eu achava aquilo muito high-tech.
– E era – disse Win.
– "Articule" – falou Myron.
– Hein?
– Se eu precisar de ajuda, minha palavra-chave será "articule".
Myron desceu do carro e seguiu na direção do viaduto. De repente, percebeu que estava cantarolando a canção "Ring of Keys", do musical *Fun Home*. O que, diante das circunstâncias, era no mínimo estranho. Afinal tratava-se

de uma situação grave e perigosa, mas ele estaria mentindo se dissesse que não era uma grande felicidade voltar a trabalhar com seu amigo Win. De modo geral, era ele próprio quem dava o pontapé inicial nas missões de resgate da dupla, quase sempre arriscadas e imprudentes. Pensando bem, era *sempre* ele, Myron. Win era a voz da cautela, um coadjuvante arrastado para a confusão, juntando-se a ela mais por diversão do que por vontade real de fazer justiça. Ou pelo menos era isso que ele alegava.

– Você, Myron, tem um complexo de super-herói. Acha que pode tornar o mundo um lugar melhor. É um Quixote lutando contra moinhos de vento – dizia ele.

– E você, é o quê?

– Um colírio para os olhos da mulherada.

Win.

O dia ainda estava claro. E seria uma ingenuidade pensar que esse tipo de comércio ocorria apenas sob o manto da escuridão. Mas, quando chegou ao local sugerido por Win, o mesmo usado por ele na véspera para espiar o viaduto, Myron constatou que não seria fácil.

A polícia estava lá.

No local onde Win vira o suposto Patrick encontravam-se dois policiais fardados e outras duas pessoas de jaleco branco. O sangue esparramado no chão ainda parecia fresco. E era muito. Tinha-se a impressão de que alguém havia deixado cair um galão de tinta vermelha do alto do viaduto.

Nenhum sinal dos três corpos. Nem dos garotos e garotas de programa, espertos o suficiente para não dar mole em situações semelhantes. Um tiro n'água, pensou Myron. Hora de formular um novo plano.

Ele já ia voltando para o Bentley quando algo chamou sua atenção. Numa esquina mais erma, no fim da Railway Street, avistou o que só poderia ser uma prostituta: meias arrastão bem ao estilo anos 1970, botas de cano alto (que tiravam boa parte do efeito das meias), uma minissaia que parecia um cinto e um top roxo tão apertado quanto uma embalagem a vácuo.

Myron caminhou em sua direção e acenou assim que ela se virou para ele.

– Procurando companhia? – perguntou a mulher.

– Hum... não exatamente.

– Pelo visto você não sabe como esse tipo de coisa funciona, não é?

– Acho que não. Desculpe.

– Então vamos tentar de novo: procurando companhia?

– Claro que estou!

A mulher riu. Myron imaginara um verdadeiro desastre odontológico, mas para sua surpresa ela tinha dentes perfeitos e muito brancos. Aparentava uns 50 anos, mas poderia ter 40. Era grande, cheia de curvas, com carnes para todo lado, mas o sorriso arrematava tudo de um jeito mais ou menos harmonioso.

– Você é americano – afirmou ela.

– Sou.

– Muitos dos meus clientes são americanos.

– Pelo que vejo a sua concorrência anda fraca.

– Pois é. Hoje em dia elas preferem ficar longe das ruas. Fazem tudo pelo computador ou pelo telefone.

– Mas você não.

– Eu não. Não é a minha, entende? Acho tudo muito frio, essa coisa de Tinder, de aplicativo. É uma pena. E o calor humano, onde fica? O que aconteceu com o olho no olho, com o contato pessoal?

– Aham. – foi só o que Myron encontrou para dizer.

– Eu gosto da rua. Meu modelo de negócio é o das antigas, sabe? Fico apostando no... – Ela precisou procurar a palavra certa. – Fico apostando na *nostalgia* das pessoas. Sabe como é? O cara está de férias na cidade e vem a King's Cross atrás de uma prostituta. Sem essa história de iPhone, entende?

– Aham.

– Eles querem a experiência completa. A rua, estas roupas, o meu jeito de ser, as coisas que eu falo. Faço o que chamam por aí de... marketing de nicho, não é isso?

– É, a gente tem de saber aproveitar as oportunidades.

– Eu era atriz pornô – informou ela e ficou esperando pela reação de Myron. – Provavelmente você não está me reconhecendo porque só fiz três filmes. Anos atrás. Não vou dizer quantos. Afinal, todo mundo tem seus segredos, certo? Mas a minha cena mais importante foi com aquele italiano famoso, Rocky ou Rocco, sei lá. Depois fui uma *fluffer* super-requisitada. Sabe o que é uma *fluffer*?

– Acho que sei.

– A verdade é que a maioria dos caras, com tanta gente em volta, tantas câmeras, tanta luz, eles têm dificuldade para manter a coisa, digamos, em pé. Aí é que entram as *fluffers*. Para ajudar esses homens no camarim. Puxa, como eu gostava do meu trabalho... Fiz isso durante anos, conhecia todos os atores.

– Que bom.

– Mas depois apareceu o Viagra e... Bem, um comprimido é muito mais barato do que uma mulher de carne e osso. Uma pena. A profissão de *fluffer* nem existe mais. Foi extinta, que nem aconteceu com os dinossauros e as fitas de videocassete. Então, cá estou, batendo meu ponto na rua. Não tenho do que reclamar, certo?

– Certíssimo.

– Antes que eu me esqueça: o taxímetro já está rodando, ok?

– Tudo bem.

– Tem gente que vende o corpo. Eu não. Vendo o meu tempo. Tipo um advogado ou um consultor. O que você faz durante esse tempo é problema seu. Como eu disse, o taxímetro está rodando. Então, bonitão, o que vai ser? Está procurando o quê?

– Bem... um garoto.

Lá se foi o sorriso da mulher.

– Vai, continua – falou ela.

– Um adolescente.

– Não, não acredito.

– Não acredita em quê?

– Você não tem cara de pedê.

– De *quê*?

– Pedófilo. Não vai me dizer que é um desses, né?

– Não, não. Não é nada disso. Só estou tentando encontrar um garoto específico. Não é o que você está pensando.

Ela plantou as mãos na cintura, encarou-o por um bom tempo, depois disse:

– Por que será que acredito em você?

– Meu sorriso? – sugeriu Myron, escancarando os dentes.

– Não. Mas você tem cara de honesto. O sorriso, para falar a verdade, é bem fraquinho.

– Jura? Sempre achei que era o meu forte.

– Não é.

– Só estou tentando ajudar esse garoto – disse Myron. – Ele se meteu numa encrenca e está correndo perigo.

– E por que você acha que posso ajudar?

– Ele estava aqui ontem. Trabalhando.

– Ah.

– Que foi?

– Então foi você quem matou aqueles três filhos da mãe?

– Não.

– Pena – disse a mulher. – Eu já estava preparada para não cobrar nada de você.

– Esse garoto... ele está correndo um grande perigo – repetiu Myron.

– É o que você diz. – A mulher hesitou um instante. Myron já ia tirando a carteira do bolso quando ela falou: – Não quero o seu dinheiro. Bem, quero sim. Mas não para isso.

Ela ainda parecia indecisa. Então Myron apontou para si mesmo, dizendo:

– Cara de honesto, lembra?

– Os garotos vão sumir daqui por um bom tempo. Por causa da polícia. Vão para o outro ponto deles.

– Que é...?

– Hampstead Heath. Geralmente ficam no lado oeste da Merton Lane.

capítulo 5

– HAMPSTEAD HEATH? – DISSE Win assim que recebeu a informação no carro. – Um lugar histórico.

– Em que sentido? – perguntou Myron.

– John Keats andava por aquelas ruas. Kingsley Amis, John Constable, Alfred Tennyson, Ian Fleming... Toda essa gente das artes morava por ali. Mas não foi exatamente por essa razão que o lugar ficou famoso.

– Não?

– Lembra quando George Michael foi preso por fazer sexo num banheiro público?

– Claro. Foi lá?

– Não é de hoje que Hampstead Heath é um local de paquera gay. Mas, até onde sei, não é um ponto de prostituição. Sempre foi um ponto de... banheirão.

– Banheirão?

– Meu Deus, como você é inocente. Banheirão, sexo anônimo entre homens em banheiros públicos, no mato, lugares assim. Não é sexo pago. Mas nada impede que algum garoto apareça em busca de algum programa. Um padrinho rico. Clientes em potencial. Então o melhor a fazer é entrarmos no parque, dobrarmos à esquerda na direção dos banheiros públicos e seguirmos até os lagos. Imagino que seja lá o *point* deles.

– Você está por dentro do assunto, hein?

– Cultura geral, meu caro.

Win era mesmo muito bem informado. A respeito de tudo.

– Além disso – prosseguiu ele, erguendo o celular –, uso esta nova ferramenta chamada Google. Você devia experimentar um dia. Acha que vai precisar disto aqui?

Win entregou a Myron as fotos de progressão de idade de Rhys e Patrick. Em seguida descreveu com uma quantidade impressionante de detalhes o aspecto do suposto Patrick que tinha visto na véspera, inclusive as roupas.

Olhando para as imagens, Myron disse:

– Hoje eles estariam com 16 anos, certo?

– Sim, os dois. Coincidência ou não, 16 é a maioridade penal neste país.

Myron fotografou as imagens com seu telefone, depois as devolveu para Win.

– Tenho a impressão de que estamos comendo alguma mosca, Win – disse ele antes de descer do carro.

– Provavelmente.

– Está sentindo a mesma coisa?

– Estou.

– Acha que pode ser uma arapuca?

– Acho – concordou Win, juntando mais uma vez as pontas dos dedos. – Mas não tem outro jeito: vamos ter que pagar para ver.

O Bentley parou na esquina da Merton com a Millfield Street.

– Então vamos lá – disse Myron e desceu.

O parque Hampstead Heath verdejava com a exuberância de sempre. Myron foi seguindo pelos caminhos, mas não viu qualquer sinal nem de Patrick nem de Rhys. Homens zanzavam de um lado para outro. Eram muitos e de todas as idades: dos 18 aos 80. Como era de esperar, todos se vestiam com discrição. Myron não percebeu nenhuma atividade sexual, certamente porque havia um banheiro nas imediações e bastante mato em torno dos caminhos. Após quinze minutos ele ligou para Win.

– Nada – disse.

– Ninguém tentou agarrar você?

– Não.

– Que baque.

– Pois é – disse Myron. – Será que esta calça está me deixando gordo ou algo do tipo?

– Ainda fazemos piada... – disse Win.

– O quê?

– Nós acreditamos na igualdade total e ficamos putos com a menor demonstração de preconceito, mas...

– Ainda fazemos piada. – Myron completou por ele.

– Exatamente.

Foi então que algo chamou a atenção de Myron.

– Ei!

– Que foi?

– Ontem, quando você descreveu o que viu lá naquele viaduto... falou que tinha mais dois garotos.

– Correto.

– Falou que um deles tinha a cabeça raspada e uma coleira de couro com tachas no pescoço.

– Correto de novo.

Myron apontou a câmera do telefone na direção de um garoto de jaqueta de couro na beira do lago.

– É ele?

– Ele mesmo.

Myron guardou o celular e foi na direção do Coleira, que agora vasculhava os bolsos com muita raiva. Tinha uma tatuagem no pescoço, mas, de onde estava, Myron não conseguiu identificar o que era. Com os ombros caídos, o garoto colocou na boca o cigarro que tinha pegado e, sem acendê-lo, simulou um longo trago.

– Olá – disse Myron do modo mais calmo possível para não assustá-lo.

O Coleira virou-se para ele com uma cara de mau deliberadamente fabricada. Por trás dela brilhava, como Myron pôde perceber, uma discreta chama de medo e fragilidade. De modo geral era isso que se via em pessoas que, primeiro, já haviam apanhado muito da vida, daí o medo, e, segundo, que já haviam constatado que demonstrar fraqueza só fazia piorar as coisas, daí a cara de mau.

– Tem fogo? – perguntou ele.

Myron já ia dizendo que não fumava, mas achou que aquilo talvez fosse algum tipo de código, então se adiantou e disse:

– Podemos conversar um pouquinho?

O Coleira moveu os olhos como se eles fossem passarinhos pulando de galho em galho.

– Conheço um lugar.

Myron permaneceu mudo, cogitando como teria sido a vida daquele menino, onde tudo havia começado, o caminho que ele havia percorrido até ali, em que ponto exatamente as coisas haviam desandado. Teria sofrido abusos na infância ou algo assim? Teria fugido de casa? Teria um pai ou uma mãe? Teria caído na armadilha das drogas? Teria descido àquele inferno degrau por degrau ou teria despencado do alto, vítima de uma porrada irremediável?

– E aí, vai querer ir? – perguntou o garoto.

Avaliando melhor o aspecto dele – a pele muito branca, os braços finos como caniços, o nariz certamente quebrado mais de uma vez, os piercings nas orelhas, os olhos delineados de preto, a maldita coleira –, Myron pensou em Patrick e Rhys, os dois meninos que haviam nascido em berço de ouro para serem arrancados dele aos 6 anos de idade. Nada impedia que hoje fossem mais ou menos como esse outro.

– Ok – concordou Myron, procurando disfarçar a tristeza. – Vamos lá.

– Vem comigo.

Eles subiram a encosta de uma colina onde a vegetação era mais densa. Myron não sabia se devia caminhar ao lado ou atrás do garoto. Calculava que ele tivesse entre 18 e 20 anos, portanto, ainda um menino. Vendo que ele andava a passos largos, resignou-se a segui-lo de perto.

Ainda não haviam falado nada sobre dinheiro. O que era estranho. Preocupado, Myron corria os olhos à sua volta ao mesmo tempo que caminhava. Por ali, o movimento era bem menor. A certa altura, no entanto, um sujeito de calça camuflada passou por eles e Myron pensou ter visto o Coleira trocar com ele um sinal quase imperceptível, um aceno rápido com a cabeça.

Opa.

Talvez fosse o caso de deixar Win preparado para entrar em ação.

– Quem era aquele?

– Hein?

– Aquele cara que você cumprimentou. O de calça camuflada.

– Não sei do que você está falando – disse ele, e depois: – Você é americano?

– Sou.

O garoto contornou um arbusto alto que os escondeu completamente. Myron notou uma camisinha usada no chão.

– E aí, curte o quê? – perguntou o Coleira.

– Conversar.

– Hã?

Myron era um cara grande, mais de 1,90 metro, ex-jogador de basquete, um astro da liga universitária. Na época da universidade pesava 98 quilos; agora devia ter uns quatro ou cinco a mais. Ele se posicionou de modo que o garoto não pudesse fugir. Não pretendia detê-lo à força, mas também não queria facilitar as coisas.

– Você estava lá ontem.

– Lá onde?

– Naquele viaduto. Quando aconteceu aquele... incidente. Você viu o que houve.

– Você é da polícia?

– Não.

– Então por que um americano...? – Ele se calou de repente e arregalou os olhos. – Olha, eu não vi nada, juro.

Myron deduziu o seguinte: o garoto tinha ouvido Win dizer algo sob o viaduto, sabia que era um americano quem havia matado os três sujeitos e agora se achava diante de outro americano à procura de testemunhas. Boa coisa não podia ser.

– Não tem importância. Estou tentando encontrar um garoto que estava lá também, mas fugiu.

O Coleira não parecia muito convencido.

– Escute – disse Myron. – Não estou aqui para fazer mal a você nem a qualquer outra pessoa.

Ele tentou reproduzir a expressão de honestidade da qual tinha falado a prostituta de King's Cross, mas imaginou que, ao contrário dela, era bem provável que aquele garoto jamais tivesse visto um indivíduo honesto na vida. No mundo dele havia apenas algozes e presas.

– Baixe as calças – ordenou o Coleira.

– O quê?

– Não é para isso que a gente está aqui?

– Não, não. Olhe, preste atenção. Você vai ganhar uma grana. Uma grana boa.

Ele hesitou um instante.

– Para quê? – perguntou afinal.

– Você conhece o tal garoto que fugiu do viaduto ontem?

– E se conhecer?

– Vai levar quinhentas pratas se me levar até ele.

O garoto olhou à sua volta.

– Quinhentas libras?

– Sim.

– Você anda por aí com esse dinheiro todo?

Opa. Mas vamos lá. Perdido por um, perdido por mil.

– Ando – respondeu Myron.

– Então provavelmente é muito rico.

Como se obedecendo a uma deixa, dois homens surgiram do nada ao lado deles. O primeiro era o sujeito da calça camuflada que Myron tinha visto antes. O outro era um homem enorme, embalado a vácuo numa camiseta preta, um gorila de testa curta e dois pernis no lugar dos bíceps. Mascando tabaco como se triturasse capim entre os dentes, ele interpretava à risca o seu papel de mau, a ponto de estalar os dedos das mãos antes da ação.

– Pode ir passando a carteira para cá – disse o Camuflado. – Ou então eu mesmo vou pegar. Com a ajuda do nosso Dex aqui, claro.

Myron virou-se para o tal de Dex.

– Não acredito que você esteja estalando os dedos...

– Falou comigo?

– Tudo bem, eu entendo. Você é malvado à beça. Mas daí a estalar os dedos? Meio exagerado, não acha?

Isso confundiu o gorila. Myron conhecia bem o tipo. Daqueles que arrumavam confusão em bar. Sempre com caras menores, nunca com alguém que realmente soubesse lutar. Dex deu um passo à frente.

– Já vi que você não tem noção do perigo.

– Perigo? Onde? – devolveu Myron.

– Cara, isso é muito bom – falou o outro. – Vai ser divertido demais.

– Também não precisa matar o cara, Dex.

Dex abriu um sorriso de dentes pontudos, um predador dos mares circulando em volta do seu almoço.

Não havia motivo para esperar.

Myron curvou um pouco a mão e, fazendo dos dedos uma ponta de lança, desferiu um golpe certeiro e indefensável contra o gorila, fincando-os diretamente na garganta. Dex deu um passo para trás e ficou ainda mais vulnerável quando levou ambas as mãos ao pescoço. Myron, no entanto, não estava disposto a machucá-lo além do necessário. Limitou-se a derrubá-lo com uma rasteira súbita e violenta. Então voltou sua atenção para Camuflado, que fugia em pânico, talvez por ter visto seu amigo musculoso cair tão facilmente, talvez por saber o que havia acontecido na véspera a seus companheiros de camuflagem e profissão.

O problema era que o Coleira também fugira.

Merda.

Myron era ótimo corredor, mas, ao se virar, sentiu uma dor no joelho que havia machucado nos tempos de basquete. Passara muito tempo sentado, tanto no jatinho quanto no Bentley de Win. Deveria ter aproveitado a caminhada no parque para se alongar mais.

O Coleira corria com a agilidade de uma lebre. Myron imaginou quantas vezes o garoto já fora obrigado a fugir daquele jeito em sua curta porém difícil vida. No entanto, por mais que se condoesse dele, não podia deixá--lo abrir uma dianteira muito grande e sumir para sempre. O garoto era a única pista que eles tinham. Se conseguisse voltar à "civilização", certamente pediria ajuda a alguém. Lugares como aquele sempre possuíam algum tipo de policiamento informal.

Por outro lado, era pouco provável que um batedor de carteiras quisesse chamar a atenção para si naquelas circunstâncias.

Talvez isso nem fizesse tanta diferença assim.

Myron agora corria atrás do garoto, mas via claramente que a distância entre eles só aumentava. Se o perdesse de vista, jogaria no ralo mais uma oportunidade de descobrir o paradeiro do suposto Patrick. O vínculo entre o que Win tinha visto no dia anterior e os dois meninos sequestrados era muito tênue. Se o Coleira escapasse, pronto: fim de jogo.

Em um segundo, o garoto contornou um poste de luz e desapareceu. Merda, pensou Myron, ciente de que nunca mais conseguiria alcançá-lo. Porém, assim que deu a volta no mesmo poste, avistou o Coleira estatelado no chão.

Alguém havia feito a coisa mais simples do mundo: esticar a perna para que ele tropeçasse.

Win.

Myron correu ao encontro dos dois, mas Win mal olhou para ele antes de sumir nas sombras. Myron rapidamente se jogou sobre o garoto, imobilizando-o. O Coleira cobriu o rosto e ficou esperando pelos socos.

– Por favor... – suplicou.

– Fique tranquilo, não vou machucar você – disse Myron. – Procure se acalmar.

O garoto ainda levou alguns segundos para descobrir o rosto. Estava chorando.

– Não vou machucar você – repetiu Myron. – Prometo, ok?

Ele assentiu, mas os olhos molhados indicavam que não estava acreditando naquela promessa.

– Vamos começar de novo – falou Myron. – Você conhece o garoto que fugiu do viaduto ontem, aquele que provocou a confusão toda?

– O outro americano... – balbuciou o Coleira. – É seu amigo?

– Isso faz diferença?

– Ele matou aqueles três como se estivesse brincando. Não pensou duas vezes antes de retalhar os caras...

Myron tentou outro caminho.

– Você conhecia os caras?

– Claro. Terence, Matt e Peter. Já apanhei muito dos três. Se eu tivesse uma libra no bolso, eles queriam que eu desse duas. Então... se você tem alguma coisa a ver com o que aconteceu ontem, só digo uma coisa: obrigado.

– Não, não tenho – disse Myron.

– Mas quer saber quem é o garoto que eles estavam incomodando.

– Sim.

– Para quê?

– É uma história comprida. Ele está precisando de ajuda.

O Coleira franziu as sobrancelhas, mas não disse nada.

– Afinal, você conhece o garoto ou não? – insistiu Myron.

– Claro que conheço.

– Pode me levar até ele?

A desconfiança ressurgiu nos olhos do rapaz.

– Você tem mesmo quinhentas pratas na carteira?

– Tenho.

– Então quero agora.

– Como vou saber que você não vai tentar fugir outra vez?

– Porque vi o que seu amigo fez. Ele vai me matar se eu fugir.

A vontade de Myron era dizer que aquilo não aconteceria, mas um pouquinho de medo não faria mal. O Coleira estendeu a mão, recebeu o dinheiro e enfiou-o no sapato.

– Você não vai contar para ninguém que me deu esse dinheiro, né?

– Não, não vou.

– Então vem comigo. Vou levar você até ele.

capítulo 6

ELES TOMARAM O METRÔ na estação de Gospel Oak e Myron ficou se perguntando se o sinal emitido pelo celular ainda estaria sendo recebido por Win. Sua intenção era puxar conversa com o garoto, mas, assim que se acomodou no banco, o arisco Coleira colocou os fones de ouvido e ligou sua música no volume máximo, alto o bastante para que Myron a ouvisse também e identificasse a misoginia da letra.

Eles já haviam trocado de linha em Highbury e Islington quando finalmente o garoto desligou a música e perguntou:

– Qual é o seu nome?

– Myron. E o seu?

– Myron de quê?

– Bolitar.

– Você manda bem com as mãos. Derrubou o Dex como se ele fosse de isopor.

Myron ficou sem saber o que dizer, então disse apenas:

– Obrigado.

– De que lugar dos Estados Unidos você é?

– Nova Jersey.

– Parrudo assim... deve ser jogador de rúgbi.

– Não, eu... Eu jogava basquete na faculdade. E você?

O garoto deu um risinho de sarcasmo.

– Faculdade, eu? Até parece. Onde foi que você estudou?

– Numa universidade chamada Duke. Mas ainda não me disse seu nome.

– Deixe meu nome para lá.

– Como você foi parar nas ruas? – arriscou Myron.

– Por que quer saber? – devolveu o garoto, querendo dar uma de durão, porém lembrando muito mais um adolescente mal-humorado.

Coisas da idade.

– Não perguntei para ofender nem nada. É que hoje em dia, pelo que sei, esse seu... ramo... migrou quase inteiramente para a internet ou para os aplicativos tipo Grindr e Scruff.

Ele baixou a cabeça e disse:

– É castigo.

– O quê?

– As ruas.

– Como assim?

O trem parou.

– É aqui que a gente desce – disse o rapaz, levantando-se. – Vem.

Saíram da estação do metrô. O movimento, tanto de veículos quanto de pedestres, era intenso na rua. Eles seguiram pela Brixton Road, passaram por um supermercado e um pouco mais adiante entraram num fliperama chamado AdventureLand.

Myron se assustou com a barulheira do lugar. Por mais que lhe trouxesse lembranças da sua própria juventude, aquela cacofonia agressiva e irritante era difícil de suportar. De cada canto vinha um ruído diferente: o estrépito dos pinos de boliche derrubados, o barulho das máquinas de pinball, o som das bolas encestadas, a campainha estridente dos pontos perdidos, as explosões dos aviões virtualmente atingidos, os urros dos monstros assassinados. Havia máquinas espalhadas por todo lado, desde o bom e velho Pac-Man até os simuladores mais modernos. Sem falar nas mesas de sinuca e pingue-pongue, na pista de carrinhos bate-bate e no karaokê que rolava no bar. Nas paredes e no teto, luzes de neon de todas as cores. E, no salão inteiro, adolescentes. Muitos adolescentes.

Myron deixou os olhos passearem à sua volta. Dois seguranças ladeavam a entrada, apáticos como se tivessem passado por uma lobotomia. Myron não se deteve neles, percebendo de repente a presença de inúmeros marmanjos circulando entre os adolescentes. Ou melhor, tentando *passar despercebidos* entre os adolescentes.

Todos vestiam calça camuflada.

O Coleira foi abrindo espaço através da multidão até alcançar uma área chamada Laser Maze, que parecia um daqueles emaranhados de raios coloridos do filme *Missão impossível* em que um alarme é disparado sempre que alguém toca num dos raios. Do outro lado havia uma porta com uma placa de SAÍDA DE EMERGÊNCIA. O garoto seguiu até ela e ergueu o rosto para a câmera de segurança que o filmava do alto. Myron se juntou a ele e foi instruído a olhar para a câmera também. Não se contendo, abriu seu sorriso de muitos dentes e deu um tchauzinho para a lente.

– Como estou? – perguntou ao garoto. – O cabelo está meio bagunçado, né?

O Coleira simplesmente desviou o olhar.

A porta se abriu e eles passaram para o outro lado, onde havia mais dois homens de calça camuflada. Apontando para elas, Myron perguntou:

– Foi o quê? Uma liquidação imperdível?

Ninguém riu.

– Está armado? – questionou um dos homens.

– Apenas com o meu sorriso irresistível – declarou Myron, mostrando os dentes de novo.

Mais uma vez, ninguém riu.

– Esvazie os bolsos. Carteira, chaves, telefone...

Myron obedeceu. Eles tinham até uma daquelas bandejas de plástico usadas nas inspeções de segurança dos aeroportos. Em seguida, um dos homens correu um detector de metais pelo corpo dele. Não satisfeito, começou a apalpá-lo. Parecia estar se divertindo mais do que devia.

– Ui, que delícia – disse Myron. – Mais para a esquerda, mais para a esquerda...

Isso bastou para que o homem se afastasse.

– Liberado. Segunda porta à direita.

– Posso pegar minhas coisas de volta?

– Na saída.

Myron olhou para o Coleira. O garoto não tirava os olhos do chão.

– Algo me diz que não vou encontrar aqui o que estou procurando – disse Myron encarando o rapaz.

A segunda porta também estava trancada e também dispunha de uma câmera no alto. O garoto olhou para ela e sinalizou para que Myron fizesse o mesmo. Dessa vez ele conteve seu sorriso irresistível, preferindo posar de mau.

A porta de aço se abriu automaticamente com um *clec* metálico. O Coleira entrou, com Myron atrás.

A primeira palavra que ocorreu a Myron foi: high-tech. Ou seriam duas palavras? O salão que eles haviam acabado de deixar, lá onde ficavam todas aquelas máquinas, era uma enorme caverna de quinquilharias, um pulgueiro. Bem diferente do que ele via agora, onde tudo era moderno, novinho em folha. Devia haver no mínimo uns dez monitores e telas de última geração nas paredes e mesas. E quatro homens. Nenhum deles de calça camuflada.

De pé no centro da sala estava um indiano robusto de cabeça raspada, com fones nos ouvidos e joystick nas mãos. Ele e os outros três se divertiam com um *shooter game* de tema militar. Ao contrário dos demais, que manipulavam furiosamente seus respectivos controles, o indiano parecia relaxado, quase sonolento.

– Esperem aí só um segundo – pediu ele aos recém-chegados, os olhos grudados no jogo. – Esses italianos filhos da mãe estão cantando vitória antes da hora.

Uma tela na parede dos fundos informava o que só poderia ser o placar do jogo. Em primeiro lugar vinha ROMAVSLAZIO. Em segundo, FATGANDHI47. Em terceiro, HUNGSTALLION20 (Garanhão dotado? Vinte centímetros? Um caso típico de autoengano, pensou Myron). Entre as demais equipes havia nomes como UNECHANCEDETROP, GIRTH-VADER (provavelmente amigo do HUNGSTALLION20, se por *girth* ele queria dizer "diâmetro") e MOMMY'S-BASEMENT (finalmente um jogador honesto o bastante para admitir que ainda morava no porão da casa da mamãe).

O indiano robusto ergueu a mão lentamente, um regente de orquestra prestes a começar. Olhou para o negro magrinho que pilotava um teclado e baixou o braço, dizendo:

– Agora!

O magrinho apertou uma tecla.

No primeiro momento nada aconteceu. Mas depois FATGANDHI47 passou para o primeiro lugar no placar.

Os quatro homens festejaram com muitos abraços e tapinhas no ombro. Myron e o Coleira os observavam de longe. Terminados os trabalhos, os três companheiros do indiano voltaram para seus respectivos computadores. Myron podia ver os monitores refletidos nos óculos de cada um. O placar da parede foi desligado e o indiano finalmente veio falar com Myron.

Myron olhou para o Coleira. O garoto estava petrificado de medo.

Chamar o indiano de "robusto" era apenas o politicamente correto. Porque o cara era gordo mesmo, muito gordo, banha para todo lado. A pança era tão paquidérmica que a barra da camiseta mal alcançava a cintura, pairando no ar feito uma saia. O pescoço fluía ininterruptamente para a cabeça raspada, fazendo com que as duas coisas se coadunassem num único volume trapezoidal. O look se completava com óculos de aro prateado, um bigodinho fino e um sorriso que os desavisados veriam como gentil.

– Bem-vindo, Myron Bolitar. Bem-vindo ao meu humilde escritório.

– Obrigado, Fat Gandhi – disse Myron.

Isso agradou o homem.

– Ah, sim, sim. Viu nosso placar, não é?

– Vi.

Ele estendeu os braços para exibir as banhas dos tríceps.

– O apelido é perfeito para mim, não acha?

– Se encaixa como uma luva – concordou Myron, sem saber ao certo se o outro entenderia.

Fat Gandhi olhou para o Coleira e o garoto se encolheu de tal modo que Myron achou por bem colocar-se na frente dele.

– Não vai perguntar como eu sabia o seu nome? – perguntou o indiano.

– No metrô nosso amiguinho aqui perguntou como eu me chamava – disse Myron. – Também perguntou de onde eu era, onde eu tinha estudado. Imagino que vocês estavam ouvindo.

– Estávamos. – Fat Gandhi abriu mais um dos seus sorrisos beatíficos, mas, dessa vez, a menos que estivesse imaginando coisas, Myron pensou ter visto a podridão que ele encobria. – Você acha que é o único que pode usar um celular para bisbilhotar a conversa alheia?

Myron não disse nada.

Fat Gandhi estalou os dedos e um mapa surgiu na tela grande onde antes estava o placar. Nele, pontinhos azuis piscavam por toda parte.

– Todos os meus funcionários carregam celulares que podemos usar como instrumentos de escuta ou de rastreamento via GPS. Sabemos onde todo mundo está, o tempo todo. – Apontando para os pontinhos azuis do mapa, ele disse: – Quando alguém abre um dos nossos aplicativos e gosta de algum dos nossos funcionários... Por exemplo, um cara de meia-idade gostou de um jovenzinho branquelo e desnutrido com uma coleira de cachorro no pescoço. – O garoto começou a tremer. – Sabemos exatamente onde está esse funcionário e podemos agenciar um encontro. Também podemos ouvir a conversa deles se quisermos. Descobrir se estão em alguma situação de perigo ou... se estão tentando passar a perna na gente. – Aqui o sorriso foi acintosamente o de um predador.

Sem dizer uma palavra, o Coleira tirou as quinhentas pratas que havia escondido no sapato e entregou a Fat Gandhi. Vendo que o homem não pegaria o dinheiro, deixou-o sobre a mesa mais próxima e literalmente se escondeu atrás de Myron, que não se opôs.

Os três homens trabalhavam de cabeça baixa nos seus computadores. Apontando novamente para o mapa, Fat Gandhi disse:

– Isto aqui é o nosso centro nervoso.

"Centro nervoso", repetiu Myron mentalmente. "O sujeito mais parece um vilão de filme de James Bond."

– Não tenho nenhum receio de lhe contar essas coisas todas – prosseguiu o indiano. – Sabe por quê?

– Porque tenho cara de honesto? – arriscou Myron. – Não é a primeira vez que me dizem isso hoje.

– Porque não há nada que você possa fazer. Você já deve ter percebido meu esquema de segurança. Claro, a polícia pode invadir isto aqui a qualquer momento. Ou até mesmo quem estiver do outro lado do seu celular, Myron. Aliás, um dos meus homens está passeando por aí com o seu telefone. Só para tornar as coisas mais divertidas, sabe?

– Realmente estou morrendo de rir.

– Mas o negócio é o seguinte, Myron. Posso chamar você de Myron, não posso?

– Claro. Posso chamar você de Fat?

– Rá-rá-rá. Gostei de você, Myron Bolitar.

– Ótimo.

– Você já deve ter notado também que não temos nenhum disco rígido por aqui. Todas as informações sobre nossos clientes, funcionários e negócios... tudo está armazenado na nuvem. Portanto, se alguém entrar aqui, basta apertar um botão e... *voilà* – Fat Gandhi estalou os dedos –, não há mais nada para ser encontrado.

– Muito inteligente.

– Não estou contando isso para me gabar.

– Não?

– Quero que você saiba com quem está lidando antes de fazermos negócio.

Ele estalou os dedos mais uma vez e, quando uma nova imagem surgiu na tela, Myron precisou se conter para não gemer alto.

– Assim que ouvimos seu nome, não foi difícil descobrir o resto.

Fat Gandhi apontou para a tela. Alguém havia pausado o vídeo no título:

COLISÃO: A HISTÓRIA DE MYRON BOLITAR

– Estávamos assistindo ao seu documentário, Myron. É emocionante.

Quem gostasse de basquete, e tivesse passado dos 30, certamente já teria ouvido falar do "lendário" Myron Bolitar, o jogador universitário recrutado na primeira rodada de testes para a equipe profissional do Boston Celtics. Quem não gostasse de basquete, ou fosse mais novo, também já teria ouvido falar dele, graças ao documentário *Colisão*, recém-exibido pela ESPN e viralizado na internet.

O indiano estalou os dedos e o vídeo começou a passar.

– Eu sei, eu sei – disse Myron. – Já vi.

– Ora, ora, não precisa ser modesto.

O documentário começava num clima de grande otimismo: música pulsante, ginásios iluminados, multidão em êxtase nas arquibancadas. De alguma maneira eles haviam conseguido imagens dos jogos de Myron pela liga amadora, quando ele ainda era um estudante de 12 anos. Mais para a frente, mostravam-no já com 16 ou 17, o grande astro saído das quadras de Livingston, Nova Jersey. Na liga universitária sua fama só fez crescer: duas vezes campeão nacional, "Jogador do Ano" outras tantas, cadeira cativa no *dream team*, escalado anualmente pela imprensa especializada.

Quanto mais sucessos, mais pulsante ia ficando a música do documentário.

E os sonhos do jovem atleta aparentemente se concretizaram quando ele foi escalado para integrar a equipe do Boston Celtics. Até que...

"Até que veio a tragédia", dizia agora a voz estrondosa do locutor.

Fim da música pulsante.

Pois bem, a tragédia era a seguinte: num jogo contra o Washington Bullets, seu primeiro com a camisa 34 do Celtics, Myron vinha fazendo uma excelente partida e confirmando todas as expectativas depositadas nele. Estava arrasando, interagindo bem com os companheiros de equipe, deixando-se levar por aquele êxtase que só encontrava no suor das quadras. Já havia marcado dezoito pontos quando, no terceiro quarto...

Dali em diante o documentário exibiria o mesmo replay um milhão de vezes, ora na velocidade normal, ora em câmera lenta, e sempre em ângulos diferentes: do alto, das laterais da quadra, do ponto de vista do próprio Myron. Tanto fazia. O resultado era sempre o mesmo. O novato Myron Bolitar olhava para o lado quando colidiu violentamente com o armador do Bullets, o gigantesco Burt Wesson, e seu joelho se retorceu de um modo jamais pretendido por Deus ou pela anatomia humana. Mesmo de longe era possível ouvir um *crec* sinistro.

Adeus, carreira profissional.

– Ficamos muito tristes quando vimos isso – disse Fat Gandhi, fazendo beiço. – Ficamos ou não ficamos? – perguntou para os companheiros.

Todos fizeram que sim com a cabeça, inclusive o Coleira. Depois olharam para Myron.

– Pois é – disse Myron. – Águas passadas.

– É mesmo?

– O homem faz planos e Deus ri – comentou Myron.

– Gostei – falou o indiano, rindo. – É um ditado americano?

– Iídiche.

– Ah. Em híndi dizemos que buscar o conhecimento é mais importante que debater. Entendeu? Então... primeiro descobrimos seu nome. Depois assistimos a esse documentário. Depois *hackeamos* seu e-mail...

– Vocês *o quê*?

– Não encontramos nada de muito interessante, mas ainda não terminei: também examinamos seu histórico telefônico. Menos de 24 horas atrás você recebeu em Nova York uma chamada de um número bloqueado de celular. Uma chamada originada em Londres. – Espalmando as mãos, ele disse: – E agora está aqui. Com a gente.

– Parabéns pela eficiência.

– Fazemos o possível.

– Então devem saber por que vim a Londres.

– Sabemos.

– E?

– Imagino que esteja trabalhando para a família dos meninos.

– Faz alguma diferença?

– Na realidade, não. Trabalhamos com resgates, claro. Para dizer a verdade, tudo é uma questão de lucro. Aprendi isso com o grande Eshan, que comandava um grupo, ou melhor, uma seita, nas imediações de Varanasi, na Índia. Era um homem maravilhoso. Falava de paz, de harmonia, de caridade. Tinha um carisma incomparável. A garotada o procurava aos bandos, doava a seu templo todas as suas posses terrenas. Eles viviam em tendas, numa propriedade bastante erma e muito bem protegida. Às vezes os pais apareciam por lá para levar os filhos embora. O grande Eshan não se esquivava de atendê-los. Também não pedia muita coisa. Dizia que a ganância era pecado. Mas se pudesse receber dos pais um pouco mais do que receberia com o trabalho dos filhos... tanto melhor. Comigo é mais ou menos a mesma coisa. Tudo depende do talento de cada um dos meus funcionários.

Os que levam jeito para o sexo, é isso que fazem. Os que levam jeito para roubos, como o nosso Garth aqui, é isso que fazem.

Caramba, o homem não parava de falar!

– Quanto você quer?

– Cem mil libras por cabeça.

Myron não disse nada.

– Esse valor não é negociável.

– Não estou negociando nada.

– Ótimo. De quanto tempo você precisa para arrumar o dinheiro?

– Posso pagar já – disse Myron. – Onde eles estão? Os dois garotos?

– Você não anda com um montante desses no bolso.

– Não preciso de mais que uma hora.

Fat Gandhi sorriu.

– Eu devia ter pedido mais.

– Ganância é pecado, esqueceu? Como disse o grande Eshan.

– Sabe o que é Bitcoin?

– Não.

– Não tem problema. Nossa transação será em criptomoeda.

– Também não sei o que é.

– Providencie o dinheiro. Depois explico o que você tem que fazer.

– Quando?

– Amanhã – disse Fat Gandhi. – Entro em contato.

– Quanto antes, melhor.

– Entendo. Mas você também precisa entender uma coisa, Myron. Se aprontar alguma, os dois garotos vão morrer lenta e dolorosamente. Jamais serão encontrados. Não sobrarão nem as cinzas. Fui claro?

– Foi.

– Então vá.

– Só uma coisa.

O indiano ficou esperando.

– Como posso ter certeza de que você realmente está com os garotos?

– Está duvidando de mim?

– Estou perguntando, só isso.

– De repente estou mesmo jogando sujo – disse o homem. – De repente você nem precisa aparecer aqui amanhã.

– Não quero medir forças com você – falou Myron. – Você é inteligente o bastante para saber disso.

Fat Gandhi coçou o queixo e assentiu.

Myron sabia: os psicopatas geralmente se deixavam levar pela bajulação.

– Acho apenas que, por uma quantia tão alta, não custaria nada você fazer essa gentileza para mim – continuou Myron. – Como posso ter certeza de que você está com os garotos?

Fat Gandhi estalou os dedos e o documentário sumiu da tela, que permaneceu escura por alguns segundos. Myron achou que ela estivesse desligada, mas não. Fat Gandhi se dirigiu ao seu teclado e foi pressionando, aos poucos, a tecla que regulava a claridade do monitor.

Uma imagem foi surgindo na tela: uma cela com paredes de cimento e, no centro dela, Patrick. Hematomas nos olhos. Lábios inchados e sujos de sangue.

– Está longe daqui – disse Fat Gandhi.

– O que vocês fizeram com ele? – questionou Myron, procurando manter a voz firme.

O indiano não respondeu. Estalou os dedos e a tela se apagou.

– E o outro garoto, onde está? – perguntou Myron.

– Acho que por hoje basta. Pode ir.

– Temos um acordo, então.

– Temos.

– Então não quero que ninguém encoste nem um dedo nesses meninos. Posso contar com sua palavra?

– Não, não pode – retrucou Fat Gandhi. – Amanhã eu entro em contato. Agora vá.

capítulo 7

NA ÚLTIMA VEZ EM que estiveram em Londres, Win instalou os dois em sua suíte predileta no Claridge's Hotel da Brook Street, a suíte Davies. A viagem terminou mal para ambos; talvez por isso ele tenha escolhido, dessa vez, um lugar bem diferente, algo mais no gênero "hotel boutique": o Covent Garden da Monmouth Street, não muito longe de Seven Dials. Assim que se acomodou no quarto, Myron usou um dos celulares descartáveis que recebera de Win e ligou para Terese.

– Você está bem? – perguntou ela imediatamente.

– Estou.

– Não gosto nem um pouco disso.

– Eu sei.

– Já passamos por essa situação muitas vezes no passado. Mais do que devíamos.

– Concordo.

– Achei que queríamos virar essa página.

– Queríamos. E ainda queremos.

– Não tenho vocação para esposa que fica em casa esperando.

– Adoro o modo como você constrói suas frases.

– Anos como âncora no horário nobre – disse Terese. – Não que eu queira me gabar.

– O poder de construir frases perfeitas é apenas um dos seus muitos talentos.

– Você não tem jeito, não é?

– Quem me ama, ama também os meus defeitos.

– E tem outra coisa para amar? Mas agora me conte tudo.

Myron colocou-a a par dos últimos acontecimentos. Perplexa, Terese perguntou:

– O cara gosta que chamem ele de Fat Gandhi?

– Adora.

– É como se você e o Win vivessem num filme antigo de Humphrey Bogart.

– Sou novo demais para entender a referência.

– Vá sonhando. Mas e aí? Vocês vão entregar o dinheiro do resgate?

– Vamos.

Silêncio.

– Ando pensando numa coisa... – disse Myron.

– O quê?

– Nessa história de família, de filhos.

– Por causa do Patrick e do Rhys?

– Sim.

Silêncio.

– E você quer minha opinião abalizada, é isso?

Terese havia perdido um filho anos atrás. Quase não sobrevivera ao episódio.

– Eu não devia ter tocado nesse assunto – lamentou Myron.

– Está muito enganado – declarou ela. – Pisar em ovos é muito pior.

– Quero construir uma família com você.

– Quero a mesma coisa.

– Então... como é que a gente faz? – perguntou Myron. – Como é que a gente faz com um amor desses? Como viver com a possibilidade de que a qualquer momento uma tragédia aconteça a essas pessoas que a gente ama tanto?

– Eu poderia dizer que a vida é assim – respondeu Terese.

– Sim, poderia.

– Ou poderia argumentar: que escolha nós temos?

– Aposto que vem um "mas" por aí.

– Tem razão. Mas acho que a resposta é outra. Uma resposta que levei anos para entender.

– Que é...?

– A gente bloqueia – disse Terese.

Myron ficou esperando que ela continuasse. Mas Terese permaneceu calada.

– Só isso? – questionou ele.

– Você esperava alguma coisa mais profunda?

– Talvez.

– A gente bloqueia – repetiu ela. – Caso contrário, nós não conseguiríamos nem sair da cama.

– Amo muito você, sabia?

– Eu também. E, se um dia perder você, a dor vai ser excruciante. Você sabe disso, não sabe?

– Sei.

– Se eu não amasse você, não teria medo de perdê-lo. Quem quer viver o amor tem que estar disposto a sofrer. Uma coisa não existe sem a outra. Feito as gargalhadas e as lágrimas.

– Faz sentido – falou Myron. Depois: – Quer saber de uma coisa?

– Diga.

– Por você eu enfrento qualquer coisa.

– Esse é o espírito da coisa.

Myron ouviu a chave na porta e viu Win entrar no quarto. Então despediu-se e desligou.

– Como ela está? – perguntou Win.

– Preocupada.

– Que tal comermos alguma coisa? Estou morrendo de fome.

Eles saíram à rua e foram caminhando na direção de Seven Dials. *Matilda, o musical* estava em cartaz no Cambridge Theatre.

– Sempre quis ver isso – disse Myron.

– Ver o quê?

– *Matilda*.

– O momento não é muito apropriado, não acha?

– Eu estava brincando.

– Eu sei. O humor é seu mecanismo de defesa. Aliás, um traço de personalidade bastante simpático. – Win puxou Myron para atravessar a rua. – E o espetáculo é bem mais ou menos.

– Espere aí. Você viu *Matilda*?

Win continuou caminhando sem responder.

– Foi ver um musical sem me levar junto?

– Pronto, chegamos.

– Você odeia musicais! Precisei arrastar você para ver *Rent*, lembra?

Como antes, Win não respondeu. Seven Dials é, na realidade, uma rotatória para a qual convergem sete ruas; no centro dela fica uma coluna com seis relógios de sol no alto. Numa das esquinas fica o Cambridge Theatre. Noutra, se espreme um pequeno pub chamado The Crown, e foi nele que Win entrou.

O lugar era um típico pub inglês: balcão envernizado, lambris escuros nas paredes, alvo de dardos com pouco ou nenhum espaço para ser usado. O ambiente era aconchegante, com muita gente bebendo em pé. Win sinalizou discretamente para o barman e não demorou para que, por milagre, dois bancos vagassem junto ao balcão com dois copos de Fuller's London Pride já esperando por eles.

Win e Myron se acomodaram.

– *Cheers, mate!* – disse Win, erguendo sua cerveja para um brinde à inglesa.

– *Cheers.*

O barman voltou dali a pouco com dois pratos de *fish and chips* – a porção de peixe e batatas fritas tipicamente inglesa – que fizeram Myron salivar.

– Pensei que não servissem comida aqui – comentou.

– E não servem.

– Você é um gênio, meu amigo.

– Eu sei, eu sei.

Eles começaram a comer e beber. O que quer que Win tivesse para dizer, a conversa poderia ficar para depois. Um jogo de rúgbi passava na TV. Myron não entendia muito do jogo, mas assistia mesmo assim. Lá pelas tantas, já numa segunda rodada tanto da comida quanto da bebida, Win disse:

– Quer dizer então que nosso amigo Fat Gandhi viu o seu documentário na ESPN?

– Viu. – Myron virou-se para ele. – Você viu também?

– Claro que vi, que pergunta mais idiota. Mas... tenho uma curiosidade: o que *você* achou?

Com a caneca em punho, Myron deu de ombros e disse:

– Achei... correto.

– Deu uma entrevista a eles.

– Sim.

– Nunca tinha feito isso antes. Falar sobre a sua contusão.

– É verdade.

– Não gostava nem de ver replays do acidente.

– Pois é – concordou Myron. Realmente para ele não era nada fácil relembrar aquele capítulo triste do seu passado. Nada mais natural, certo? Quem poderia gostar de assistir a seu grande sonho de vida se evaporar, por causa de uma contusão estúpida, aos 22 anos de idade? – Não achava necessário.

– E agora?

Myron deu um gole demorado na cerveja.

– Todo mundo dizia que essa contusão me "definia".

– E, em dado momento, definia mesmo.

– Exato. Em dado momento. Não mais. Quando vi o documentário...

quando finalmente revi aquela trombada com o Burt Wesson... senti uma pontinha de tristeza, só isso. Mas o narrador filho da mãe ficava repetindo sem parar que aquela contusão "destruiu" a minha vida – disse ele, abrindo e fechando as aspas com os dedos. – Agora entendo que aquilo foi apenas uma encruzilhada na minha estrada. Aqueles caras que começaram junto comigo e que acabaram virando astros do basquete profissional já estão todos aposentados. Quer dizer, a luz se apagou para eles também.

– Mas nesse meio-tempo passaram o rodo na mulherada.

– Pois é, tem isso.

– E a luz não se apagou para eles de uma hora para outra. Foi se apagando aos poucos.

– Tem razão. Mas talvez tenha sido mais difícil assim.

– Mais difícil como?

– Do mesmo modo que arrancar um curativo aos poucos é mais difícil que arrancá-lo com um puxão só.

– Entendi – falou Win.

– Também posso acrescentar aquele velho clichê de que tudo tem um lado positivo. Aquele acidente me obrigou a agir. Por causa dele fui fazer uma faculdade de direito. Por causa dele abri meu negócio de agenciamento de atletas.

– Bobagem. Aquele acidente não o obrigou a nada.

– Não?

– Você sempre foi um cara competitivo. Mais que isso: sempre foi ambicioso. Um filho da mãe muito ambicioso.

Myron riu e ergueu sua cerveja para um segundo brinde.

– *Cheers, mate!*

Win bateu sua caneca na dele, depois limpou a garganta e disse:

– *Der mentsh trakht un got lakht.*

– Uau! – exclamou Myron.

– Aprendi iídiche sozinho – confidenciou o anglo-saxão de olhos azuis. – Só para pegar judias. Elas adoram quando falo alguma coisa em iídiche.

Der mentsh trakht un got lakht. Tradução: "O homem planeja e Deus ri."

Puxa, como era bom ter Win de volta.

Eles permaneceram em silêncio por um tempo, ambos pensando na mesma coisa.

– Talvez seja isso – disse Myron. – Aquela contusão não tem mais tanta importância porque sei que existem coisas muito piores na vida.

Win assentiu.

– Patrick e Rhys, por exemplo.

– Exatamente. O que você sabe sobre essa história de criptomoeda? – perguntou Myron.

– Muitos resgates já foram pagos dessa maneira. Mas hoje, com toda essa legislação para cercear a lavagem de dinheiro, ficou bem mais difícil. Segundo explicou meu especialista, você compra a moeda, deposita numa espécie de carteira on-line, depois efetua a transferência. Tudo isso é feito pela *dark web*.

– Você sabe exatamente como funciona essa tal de *dark web*?

– Sou um homem que sabe de tudo, esqueceu?

Myron ficou esperando.

– Mas desta vez não faço a menor ideia.

– É, meu caro... acho que estamos ficando velhos.

O telefone de Win vibrou e ele tirou o aparelho do bolso para ver o que era.

– Pedi informações sobre nosso amigo Fat Gandhi a um amigo na polícia.

– E?

– Seu nome real é Chris Alan Weeks.

– Sério?

– Vinte e nove anos. A polícia sabe da existência dele, mas, segundo está escrito aqui, o cara opera basicamente na *dark web*.

– Caramba.

– Sua carteira de negócios é bastante diversificada: prostituição, escravidão sexual, furtos, chantagem...

– Carteira de negócios?

– Palavras minhas, não deles. Ah. Claro. O sujeito também é um hacker. Ele e sua gangue são responsáveis por um sem-número de golpes on-line.

– Tipo aquela história do príncipe nigeriano que quer doar milhões de dólares?

– Suponho que seja um pouquinho mais sofisticado que isso. Fat Gandhi... Prefiro usar o *nom de plume*, o pseudônimo, do nosso amigo, se você não se importar.

– Não me importo.

– Fat Gandhi é um expert em computadores. Formado em Oxford. Como você sabe, a polícia detesta se referir a seus criminosos como "gênios", mas pelo visto o indiano chega bem perto disso. Hum...

– Que foi?

– Fat Gandhi também é conhecido por ser, nas palavras deles, "criativamente violento".

Win ergueu a cabeça com um sorriso estampado nos lábios.

– Mais ou menos como você – observou Myron.

– Daí o sorriso.

– Ele também opera com sequestros?

– Tecnicamente o tráfico de humanos para fins de exploração sexual é uma modalidade de sequestro. – Win ergueu a mão antes que Myron pudesse interrompê-lo. – Mas, se você está perguntando se ele sequestra crianças ricas para depois escravizá-las sexualmente, a resposta é "não". Não há nenhum indício de que ele faça isso. Além do mais, Fat Gandhi tinha apenas 19 anos quando Patrick e Rhys foram levados. Até onde se sabe, era um universitário em Oxford.

– Nesse caso... como você acha que Patrick e Rhys foram parar nas mãos dele?

– Não sei. É possível que o sequestrador original os tenha vendido para o indiano. Nada impede que nesses últimos dez anos eles tenham passado de mão em mão diversas vezes. Fat Gandhi talvez não seja o predador original.

– Meu Deus...

– Pois é. Também é possível que de algum modo eles já estivessem vivendo nas ruas há tempos quando foram levados por Fat Gandhi. Esses parasitas também operam dessa maneira: oferecem trabalho, drogas... depois é só esperar a dependência química para escravizar as vítimas em troca de mais drogas. Há muitas explicações possíveis para o caso de Patrick e Rhys.

– Todas muito horríveis – disse Myron.

– Acho difícil que seja de outra forma. No entanto, sabemos que os jovens costumam ser pessoas resilientes, guerreiras. Então acho melhor nos concentramos nisto: no resgate deles.

– Você viu o Patrick na rua – observou Myron, os olhos fixados no copo de cerveja.

– Sim.

– Se ele tinha esse tipo de liberdade...

– Por que não pediu socorro ou tentou fugir? – Win completou por ele. – Você sabe a resposta. Síndrome de Estocolmo, medo... De repente estava sendo vigiado por alguém. E o mais provável é que nem se lembre mais da vida que tinha antes. Estava com 6 anos quando foi levado.

– Certo. Mas... e agora, o que faremos?

– Coloquei um pessoal vigiando o fliperama.

– Para que exatamente?

Win não respondeu, mas disse:

– Alguém vai seguir Fat Gandhi quando ele sair à rua. O dinheiro chegará em aproximadamente dez minutos. Nossos quartos são contíguos. Quando ele ligar para você, entramos em ação. Fora isso...

– Esperamos.

A ligação veio às quatro horas da madrugada.

Myron acordou assustado e procurou o telefone. Ainda com as roupas da véspera, Win surgiu à porta do quarto, sinalizou para que Myron atendesse e levou o próprio telefone ao ouvido para interceptar a conversa.

– Bom dia, Sr. Bolitar.

Era Fat Gandhi. Sem dúvida havia ligado àquela hora deliberadamente para desconcertá-lo, para pegá-lo de surpresa no meio do sono, ainda meio zonzo. Uma cartada clássica.

– Bom dia – disse Myron.

– Conseguiu o dinheiro?

– Consegui.

– Perfeito. Então vá à agência do NatWest Bank na Fulham Palace Road.

– Agora?

– O mais cedo possível, sim.

– Mas são quatro da manhã.

– Eu sei. Uma funcionária chamada Denise Nussbaum estará à sua espera na porta. Ajudará você a abrir uma conta e fazer o depósito.

– Não estou entendendo.

– Vai entender depois. Faça o que mandei. Denise Nussbaum também vai ajudá-lo a fazer a transferência.

– Você quer que eu faça essa transferência *antes* de receber os garotos?

– Não. Quero que faça o que estou mandando. Os garotos vão aparecer quando você abrir a conta. Assim que os vir você transfere a grana para a nossa conta em criptomoeda. E aí recebe os garotos.

Myron olhou para Win, que assentiu.

– Tudo bem – disse Myron ao telefone.

– O que esperava, Sr. Bolitar? Que fizéssemos nossa transação à moda antiga? Que obrigássemos você a pular de telefone público em telefone público para depois ir de metrô até um bosque qualquer e deixar o dinheiro dentro de uma árvore oca? – Fat Gandhi riu. – Acho que você tem visto muita televisão, Sr. Bolitar.

Paciência, Myron, paciência.

– Isso é tudo?

– Infelizmente, não. Ainda tenho algumas, digamos, solicitações.

Myron ficou esperando.

– Nem pense em levar alguma arma consigo – disse o indiano. – Nenhum tipo de arma.

– Ok.

– Vá sozinho. Será seguido e vigiado o tempo todo. Sabemos que você conta com alguma espécie de apoio local. Tem outras pessoas trabalhando com você. Se farejarmos qualquer trapaça, Sr. Bolitar, haverá consequências.

– E sou eu quem vê muita televisão.

Fat Gandhi gostou do que ouviu e deu uma risada.

– Só estou dizendo para você ficar esperto – ameaçou. – Você não quer me ver com raiva.

– Fique tranquilo, não vou fazer nada.

– Ótimo.

– Só mais uma coisa – disse Myron.

– Fale.

– Sei que você é muito malvado e tal. Mas nós também somos.

Myron ficou esperando por uma resposta que não veio. Ele e Win cruzaram olhares.

– Desligou? – perguntou Win.

– Desligou.

– Grosso.

capítulo 8

ELES SE ACOMODARAM NO banco traseiro do Bentley. Win colocara o dinheiro do resgate numa elegante mala de couro. Identificando a logomarca, Myron disse:

– Uma Swaine Adeney Brigg? Para entregar um resgate?

– Eu não tinha nada mais simples à mão.

– Sabe onde fica a Fulham Palace Road?

– Mais ou menos.

– Então onde você acha que deve me deixar para que não nos vejam juntos?

– Atrás do Claridge's Hotel.

– O banco fica perto de lá?

– Não, pelo contrário. Fica a uns 25 minutos de carro.

– Não estou entendendo.

– Ontem à noite peguei seu telefone.

– Eu vi.

– Quando nosso amigo robusto confiscou temporariamente esse mesmo telefone, colocou um chip de rastreamento nele.

– Sério?

– Sério.

– Então ele sabe onde estou hospedado.

– Não exatamente, porque pedi a um dos meus homens que fosse com o aparelho para o Claridge's e se registrasse lá com o nome de Myron Bolitar.

– Na suíte Davies, espero.

– Não.

– Myron Bolitar está acostumado com coisas boas.

– Já terminou?

– Quase. Quer dizer então que Fat Gandhi acha que estou hospedado no Claridge's.

– Sim. Você vai entrar pela porta de serviço, que fica na rua lateral. Meu homem vai devolver seu telefone... e colocar dois dispositivos de escuta na sua pessoa.

– Dois? Por que dois?

– Não sabemos ainda para onde vão levá-lo. É bem possível que submetam você a uma revista como fizeram da outra vez. Dificilmente procurarão por um segundo grampo.

Myron entendeu de imediato. Sempre que precisava rastrear um carro, Win colocava um primeiro dispositivo sob o para-choque, o lugar mais fácil de ser encontrado, e outro num lugar menos óbvio.

– Use a mesma palavra como sinal de emergência – prosseguiu Win.

– "Articule".

– Parabéns. Pelo visto sua memória ainda está operante. – Win virou-se, fixou os olhos no amigo e falou: – Use mesmo se achar que não vai adiantar de nada.

– Hein?

– Vigiamos o fliperama a noite inteira – disse Win. – Fat Gandhi ainda não saiu de lá. E ninguém com o aspecto físico de Patrick ou Rhys entrou.

– Alguma teoria?

– Talvez ele esteja mantendo os garotos lá mesmo. Encontramos sinais de... de vida humana no porão.

– Tipo... tinha alguém lá dentro?

– Mais de uma pessoa.

– Vocês usaram um scanner térmico?

– Sim, mas as paredes do porão são muito espessas. Mesmo assim...

– Mesmo assim o quê?

Win não respondeu. O carro parou.

– Meu homem estará esperando quando você entrar. Pegue o telefone com ele, coloque as escutas e vá de táxi para o tal endereço na Fulham Palace Road.

Assim que atravessou a porta de serviço do hotel, Myron lembrou-se da última vez que estivera ali, da destruição, das mortes e do caos que se seguiram. Logo avistou o comparsa de Win, um sujeito que ele nunca tinha visto antes. O homem se adiantou e, sem dizer uma palavra, instalou a primeira escuta no peito de Myron, sob sua camisa.

– Nossa, está frio – disse Myron.

Nada.

Myron esperou o sujeito terminar de colocar a segunda escuta no seu sapato, então foi para o saguão e saiu à rua. Um porteiro de cartola se aproximou.

– Posso ajudá-lo em alguma coisa, senhor?

Apertando os dedos na alça da mala, talvez menos discretamente do que devia, Myron correu os olhos pela rua à procura de alguém que pudesse estar espreitando. A rua ainda estava deserta: ninguém recostado na fachada de um prédio fingindo ler jornal, ninguém agachado na calçada fingindo amarrar o sapato. A única coisa passível de suspeita era o carro cinza de vidros escuros parado mais adiante à esquerda.

– Um táxi, por favor.

O porteiro soprou seu apito, embora um táxi já se encontrasse a poucos metros de distância. Com grande pompa, ele abriu a porta do carro e ficou esperando. Myron vasculhou os bolsos à procura de algum dinheiro trocado e, não encontrando nada, desculpou-se com uma careta de pesar que pouco impressionou o porteiro. Myron acomodou-se no banco traseiro e, satisfeito com a abundância de espaço para as pernas, deu ao motorista o endereço do banco.

Dali a três quarteirões ficou mais do que claro que o carro cinza o seguia. Myron sabia que poderia se comunicar com Win por meio dos grampos, mas achou melhor usar o telefone.

– Está me ouvindo?

– Estou.

– Tem um carro cinza me seguindo.

– Marca?

– Não sei. Não entendo muito de carros, você sabe disso.

– Então descreva.

– O logotipo parece um leão furioso em pé.

– Peugeot. Uma marca francesa. Você adora a França.

– Adoro mesmo.

Apesar da hora, cinco da madrugada, o tráfego já estava relativamente pesado na Fulham Palace Road. Myron pagou o motorista, saltou na frente do banco e ficou esperando feito um idiota com sua mala em punho. As cédulas dentro dela eram "marcadas", isto é, Win sabia o número de série de cada uma, mas Fat Gandhi não havia exigido cédulas não marcadas. Ou seria isso mais um clichê cinematográfico? Quem dava bola para números de série ao gastar seu dinheiro?

Dali a um ou dois minutos, o celular de Myron tocou. A chamada era de um número bloqueado, mas só poderia ser Fat Gandhi. Myron atendeu. Com um sotaque britânico bastante duvidoso, fazendo-se passar pelo famoso mordomo Alfred, disse:

– Residência do Sr. Wayne. Vou chamá-lo imediatamente, senhor.

Fat Gandhi riu.

– Gosto do Batman. Qual deles é o seu favorito? Christian Bale, claro.

– Só existe um Batman, e o nome dele é Adam West.

– Adam *de quê*?

– Deixe para lá.

Ah, os jovens.

– Está vendo aquele carro cinza com os vidros escuros? – perguntou Fat Gandhi.

– O Peugeot? – disse Myron, exibindo sua recém-adquirida cultura automobilística.

– Esse mesmo. Entre nele.

– Mas e a tal Denise Nussbaum, do banco?

Fat Gandhi desligou.

O Peugeot se aproximou. O negro magrinho do fliperama abriu a porta traseira e disse:

– Vamos.

Myron correu os olhos pelo carro antes de entrar. Além do Magricela, apenas o motorista.

– Onde estão os dois meninos?

– Vamos levar você até eles.

O Magricela deslizou no banco para que Myron entrasse. Myron hesitou um instante, mas entrou. Só então percebeu que o homem estava com um laptop aberto.

– Me dê seu telefone – ordenou o sujeito.

– Não.

O Magricela riu e disse:

– Você não vai poder fazer nada com ele mesmo... Acabei de bloquear seu sinal.

– Você o quê?

– Está vendo este laptop aqui? – disse ele, dando um sorriso largo. – Estou usando para embaralhar o seu sinal. Tipo ontem, quando encontrei aquele monte de dados indo e vindo entre você e a pessoa do outro lado da linha. Então. Essa pessoa agora não pode mais ouvir você. Ah, e se você estiver grampeado com algum dispositivo de escuta... mesma coisa, não vai funcionar.

– Deixe eu ver se entendi direito – falou Myron. – Seu laptop está bloqueando os meus sinais, é isso?

– Exatamente – disse o Magricela, sorrindo de novo.

Myron não pensou duas vezes: abriu a janela, pegou o computador das mãos do garoto e arremessou-o janela afora.

– Ei, o que diab...? – Olhando pelo vidro de trás, o Magricela viu no asfalto da rua o que havia sobrado do seu adorado computador. – Você não pode... Sabe quanto custou aquilo?

– Um bilhão de libras?

– Meu irmão, não estou achando a menor graça.

– Imagino que não. Agora chega de palhaçada. Quero falar com o Fat Gandhi.

Faltava pouco para que o garoto começasse a chorar.

– Você não precisava ter feito isso, cara – choramingou. – Eu só estava cumprindo ordens...

– Então agora cumpra as minhas – devolveu Myron. – Ligue para o Fat Gandhi já. Diga a ele que estou com o dinheiro e quero os garotos.

Murcho, o Magricela falou:

– Sabe quanto desembolsei por aquele computador?

– Não me interessa. E, se não fizer o que estou mandando, é *você* que vai sair por essa janela daqui a pouco. Vai, liga logo para o cara.

– Não preciso ligar, já chegamos. Você bem que podia ter sido um pouquinho mais paciente, não podia?

Myron olhou pela janela. Mais adiante estava o fliperama de Fat Gandhi.

O Peugeot parou e Myron desceu sem se dar o trabalho de pedir desculpas. Dois capangas de calças camufladas abriram a porta para que eles entrassem. O Magricela ainda choramingava:

– O filho da mãe jogou a porra do meu computador pela janela!

Era como se alguém tivesse desconectado da tomada o lugar inteiro, e de repente era isso mesmo que haviam feito, pensou Myron. Nenhuma luz acesa, nenhum ruído, nenhum movimento. Antes tão cheio de cores e sons, tão espalhafatoso e barulhento, o fliperama agora era uma caverna sombria e silenciosa onde se via apenas o contorno das máquinas desligadas, o que dava ao ambiente um aspecto estranho, grotesco, ameaçador, quase pós-apocalíptico.

– Venha comigo – disse o Capanga Um.

– Aonde? – quis saber Myron.

– Sala dos fundos.

Myron não estava gostando nem um pouco daquilo.

– O lugar está deserto. Podemos fazer a troca aqui mesmo.
– Não é assim que a coisa funciona – informou o Capanga Dois.
– Então acho que vou embora.
O Capanga Um cruzou os braços e, tentando flexionar os bíceps, disse:
– Então acho que vamos cobrir você de porrada e ficar com o dinheiro de qualquer jeito.
Myron apertou os dedos na alça da mala. Não temia os dois gorilas, poderia enfrentá-los se quisesse; na realidade já estava até preparado para golpear a cabeça de um deles com a mala de couro, mas... e depois? Para o bem ou para o mal, ele teria que fazer o jogo dos caras, exatamente como havia feito da última vez que estivera ali com o Coleira. Então se deixou escoltar até a porta dos fundos e novamente escancarou um sorriso para a câmera de segurança que havia no alto. Regra número 14 do manual de entrega de resgates: jamais demonstre medo.
A porta se abriu. Os capangas esvaziaram os bolsos dele e não demoraram para encontrar o grampo do peito com o detector de metais. Estavam prestes a arrancá-lo quando Fat Gandhi abriu a porta da sua sala, espichou o pescoço para fora e perguntou:
– Armas?
– Não, nenhuma.
– Então tudo bem, podem deixar ele passar.
Myron ficou sem saber se isso era bom ou ruim. Sem mais o que fazer, entrou na sala do indiano, a mesma em que havia estado antes, com inúmeros computadores e telas. Já sentado à sua mesa, o Magricela não se conteve.
– Ele jogou meu laptop pela janela do carro como se fosse lixo!
Fat Gandhi resplandecia no que parecia ser um *zoot suit* amarelo, paletó e calças bem mais largos que o normal.
– O dinheiro está na mala? – perguntou.
– Na minha cueca é que não está – disse Myron.
Dessa vez o indiano não riu. Com toda a razão.
– Alguém está escutando nossa conversa por intermédio do seu telefone – afirmou ele.
Myron não disse que sim nem que não.
– Como você já deve ter percebido, este covil tem apenas uma entrada – prosseguiu Fat Gandhi.
– Covil? Foi isso mesmo que ouvi?

– Temos câmeras em todos os lugares. Derek e Jimmy, levantem a mão. – Dois marmanjos ergueram a mão para se identificar, cada um com o próprio monitor. – São eles que monitoram as câmeras de segurança. Ninguém entra aqui sem ser visto. As duas portas pelas quais você passou são de aço reforçado, como você também já deve ter percebido. Portanto, não fique esperando que alguém venha em seu socorro, mesmo que ele seja rápido como um raio ou que esteja armado até os dentes.

Regra número 14, relembrou Myron: jamais demonstre medo.

– Ok, já entendi. Mas será que a gente pode acabar logo com isto? Você falou de um depósito em criptomoeda.

– Não.

– Não falou ou...?

– Não faz sentido, Sr. Bolitar. Em primeiro lugar, você teria que converter esse valor em Bitcoins ou qualquer outra criptomoeda que esteja mais na moda atualmente. Depois, teríamos que gerar um endereço de chave pública, que é basicamente uma conta bancária particular. Depois você faria a transferência on-line e... *puf*, caso encerrado. Esse era o meu plano inicial.

– Não é mais?

– Não, não é. Esse tipo de transferência funciona melhor com valores pequenos, mas uma tão grande assim... poderia ser rastreada. Transações em criptomoeda já ficaram conhecidas demais. – Fat Gandhi se inclinou para a frente como se fosse confidenciar um segredo. – Acho até que já virou uma armadilha para a polícia espionar as operações de caixa 2. Então fiquei pensando: por que será que os piratas da Somália sempre exigem pagamentos em dinheiro vivo?

O indiano ficou olhando para Myron como se esperasse uma resposta. Myron achou por bem responder, receando que o homem parasse de falar:

– Porque é mais simples, mais fácil, imagino.

Fat Gandhi estendeu a mão na direção da mala de couro.

– Espere aí – disse Myron. – Fizemos um acordo.

– Não confia na minha palavra?

– Vou explicar como as coisas vão ser – começou Myron, procurando tomar as rédeas da situação. – Você vai mandar alguém levar os dois garotos para a rua. Assim que eles saírem eu entrego o dinheiro.

– Para a rua? Onde?

– Você disse que sabia que tem alguém nos ouvindo.

– Continue.

– Essa pessoa sabe onde estou. Então virá de carro buscar os garotos. Assim que eles entrarem nesse carro entrego o dinheiro e saio também.

Fat Gandhi balançou a cabeça, dizendo:

– Não vai funcionar.

– Por que não?

– Porque contei a você uma mentirinha.

Myron ficou esperando.

– Seu amigo não está ouvindo nada. Todos os dispositivos, inclusive nossos próprios celulares, estão bloqueados neste momento. Foi assim que projetamos e construímos esta sala: segurança total. O wi-fi está funcionando, mas é protegido por senha. Uma senha que infelizmente você não possui. Portanto, se estiver com alguma engenhoca escondida num buraco qualquer, não vai funcionar.

Os dedos digitando no teclado pareceram diminuir a velocidade ao ouvir isso.

– Não importa – disse ele.

– Hein?

– Destruí o laptop do seu amigo.

O Magricela:

– Me custou uma fortuna! O filho da p...

– Silêncio, Lester – ordenou Fat Gandhi. Depois virou-se novamente para Myron. – E daí?

– E daí que o meu sinal não estava bloqueado quando cheguei aqui. Meu pessoal sabe onde estou. Estão esperando lá fora. Portanto, basta despachar os garotos. Simples, não é?

Myron agraciou a todos com seu sorriso número 19, aquele que dizia "Aqui somos todos amigos".

Fat Gandhi estendeu a mão de novo.

– A mala, por favor.

– Os garotos.

O indiano acenou com a mão, sua pulseira apertada no pulso, e fez se acender o monitor grande da parede.

– Satisfeito? – perguntou.

A mesma cela de antes. Dois garotos sentados no chão com a cabeça caída nos joelhos.

– Onde eles estão?

Fat Gandhi abriu um sorriso que teve sobre Myron o efeito de cobras subindo em suas costas.

– Vou mostrar a você. Espere aqui.

Fat Gandhi digitou um código no teclado da porta, tapando-o com o corpanzil para que Myron não visse. Quando ele saiu da sala, outros dois camuflados entraram.

Hum... para quê?

Um silêncio desceu sobre a sala. Ninguém digitava nada. Myron procurou ler o rosto das pessoas. Havia algo errado ali. Dois minutos depois ele ouviu:

– Sr. Bolitar?

Era Fat Gandhi no monitor da parede. Estava na cela, junto com os dois garotos.

– Traga-os para cá – disse Myron.

Sorrindo para a câmera, Fat Gandhi disse:

– Derek?

– Sim – respondeu o outro.

– Algum movimento nas câmeras de segurança?

– Não, nenhum.

Com o indicador em riste, Fat Gandhi disse:

– Nenhuma cavalaria vindo salvá-lo, Sr. Bolitar.

Ops.

– Me salvar do quê? – perguntou Myron.

– Você matou três dos meus homens.

A temperatura na sala mudou, e não para melhor. Ninguém dava um pio.

– Eu não tive nada a ver com aquilo.

– Por favor, Sr. Bolitar. Um marmanjo desse tamanho, mentindo?

Os dois capangas sacaram suas facas simultaneamente.

– Está vendo meu dilema, Sr. Bolitar? Teria sido bem diferente se você e seus parceiros tivessem me procurado de modo respeitoso...

Um terceiro levantou-se do computador, também com uma faca em punho.

Myron precisava urgentemente de um plano: "Roubar a faca do primeiro capanga, partir para cima do segundo..."

– Poderíamos ter negociado como cavalheiros, conversando até chegarmos a um acordo satisfatório para ambas as partes...

"Não, isso não vai dar certo. Estou muito longe deles. E a porta está trancada..."

– Mas não foi isso que vocês fizeram, Sr. Bolitar. Preferiram matar três funcionários meus.

Derek sacou sua faca. Jimmy também. Lester, o Magricela, sacou um machete. Seis homens armados numa sala pequena.

– Depois disso, como posso deixar você sair daqui como se nada tivesse acontecido? Meus funcionários nunca mais confiariam em mim como protetor deles, concorda comigo?

"Talvez um coice rápido... Não. Primeiro preciso pegar aquele machete. Mas o cara está longe demais. O espaço é pequeno... Um contra seis..."

– Eu até teria ficado para ver o espetáculo de perto, mas... com este terno? Gosto muito dele. Acabei de comprar, sabe?

Os seis começaram a se aproximar. Agora só um milagre.

– Articule! – berrou Myron.

Todos ficaram imóveis por um segundo. Myron jogou-se no chão e preparou o espírito para o que estava por vir.

Foi então que a parede explodiu.

O barulho foi ensurdecedor. A parede cedeu como se o Incrível Hulk a tivesse atropelado. Os outros foram tomados de surpresa, Myron nem tanto. Ele sabia que Win faria algo. Imaginara que o amigo encontraria um meio de ludibriar as câmeras de segurança, mas ele havia tomado outro caminho. Seu pessoal com certeza tinha espionado o fliperama na noite anterior. Havia encontrado a parede externa daquela sala e instalado nela um grampo poderoso para saber o momento certo de entrar em ação.

O que teriam usado? Dinamite? Uma granada de autopropulsão?

Myron não sabia.

Surpresa e impacto. Esse era o forte de Win.

Os funcionários de Fat Gandhi não faziam a menor ideia do que estava acontecendo. Mas logo descobririam.

Myron agiu com rapidez. De onde estava no chão, passou uma rasteira no Capanga Dois e imediatamente imobilizou a mão com a qual ele segurava a faca. O grandalhão, obedecendo ao mero instinto de sobrevivência, agora apertava o cabo da arma com todas as forças que tinha. Tudo bem. Myron já contava com isso. Sua intenção não era roubar a faca para si. Em vez disso, surpreendendo-o com um golpe súbito e poderoso, ainda o agarrando pelo pulso, ele usou a mão do próprio homem para esfaqueá-lo na garganta. O sangue jorrava copiosamente quando o capanga desfaleceu e só então largou a faca. Myron pegou-a e se levantou com ela em punho.

O resto foi um grande pandemônio. Pouco se via em razão da poeira espalhada pela explosão. Alguns tossiam, outros berravam.

A confusão chamou a atenção do sentinela que montava guarda no corredor. Assim que viu o sujeito abrir a porta da sala, Myron partiu para cima dele, empurrou-o de volta para o corredor e desferiu um soco certeiro em seu rosto. Preferia não ter que matar mais ninguém. Então desferiu um segundo soco e esperou o homem cambalear para trás até bater com as costas na parede. Em seguida, apertando-o pela garganta, aproximou a faca ensanguentada do olho dele e disse:

– Como chego ao porão?

– Por favor, por favor...

– O porão!

– Porta da esquerda. Código 8787.

Myron despediu-se do homem com um soco no estômago e correu enquanto ele escorregava para o chão. Encontrou a porta e digitou o código para abri-la.

A primeira coisa que o tomou de assalto, por pouco não o derrubando, foi o mau cheiro.

Poucas coisas provocam mais sensações de déjà vu que os cheiros fortes. Era mais ou menos o que estava acontecendo naquele momento. Myron mentalmente foi lançado de volta aos seus dias de jogador de basquete, ao fedor dos vestiários após os jogos, a caçamba da lavanderia transbordando de camisetas, meias, shorts e suportes empapados de suor adolescente. O cheiro era terrível, mas, em se tratando de algo tão puro e inócuo quanto um jogo ou treino de basquete, era tolerável.

O que não era o caso ali, onde a fedor era agourento, sinistro.

Olhando do alto da escada, ele mal acreditou no que viu: vinte adolescentes, talvez trinta, recuavam no porão feito ratos assustados pela luz de uma lanterna.

Que diabo seria aquilo?

O lugar mais parecia um acampamento de refugiados, com sacos de dormir, macas e cobertores espalhados pelo chão. Mas não havia tempo para reflexões e conjeturas. Myron disparou escada abaixo e a meio caminho avistou a cela.

Ela estava vazia.

Pisando no porão, Myron virou à direita e estranhou quando viu os adolescentes correrem na mesma direção feito zumbis num filme de terror, atropelando uns aos outros com a pressa e a ânsia de famintos em busca de comida. Myron correu até a cela, abrindo caminho entre eles. A maioria era de meninos, mas também havia algumas meninas. Todos o fitavam com olhos vidrados e perdidos, mas sem interromper a corrida.

– Para onde foi o Fat Gandhi? Onde estão os garotos que estavam com ele na cela?

Nenhuma resposta. Apenas correria e tumulto.

A certa altura Myron avistou o que parecia ser... uma porta, um alçapão? Os garotos agora iam sumindo um a um através de um buraco no concreto.

Myron apertou o passo e foi abrindo caminho na confusão, valendo-se da força sempre que necessário, por mais que lhe doesse o coração. Atropelado por ele, um dos garotos começou a gritar e a arranhá-lo no rosto. Myron empurrou-o para o lado e seguiu adiante com o furor e a determinação de um jogador de rúgbi, usando ombros e tronco para derrubar obstáculos até alcançar o tal buraco pelo qual fugiam os adolescentes.

Tratava-se de um túnel.

Myron agarrou pelas costas o garoto que ia à sua frente, virou-o para si e perguntou:

– Foi por este túnel que o Fat Gandhi fugiu? Ele levou os dois garotos com ele?

O garoto fez que sim com a cabeça, depois disse:

– Todo mundo tem que fugir. Senão a polícia vai pegar a gente.

Os garotos que vinham por trás agora empurravam Myron para alcançar o túnel. Ou ele dava um passo para o lado ou...

Sem titubear, ele se jogou no buraco e aterrissou num chão frio e úmido. Ao ficar de pé, bateu com a cabeça numa superfície de concreto e viu estrelas por alguns segundos. O teto era muito baixo. Os garotos menos desenvolvidos talvez pudessem correr túnel afora, mas ele não.

Empurrado pela tropa que vinha às suas costas, Myron seguiu adiante.

– Patrick! – chamou. – Rhys!

Por um instante não ouviu mais que a correria dos garotos através do túnel escuro, até que alguém gritou:

– Socorro!

O coração de Myron disparou dentro do peito. Naquela única palavra ele havia conseguido discernir uma coisa: o sotaque era claramente americano.

Ele tentou correr mais rápido, mas a garotada, meninos e meninas, atravancava o caminho. Desviando-se como era possível, ele seguiu adiante, gritando:

– Patrick! Rhys!

Muitos ecos, mas nenhuma resposta.

As dimensões do túnel, tanto na altura quanto na largura, eram variáveis e mudavam de forma aleatória. O caminho dava guinadas súbitas e estranhas. As paredes eram escuras, úmidas e velhas. A luz escassa conferia ao lugar um ar ainda mais fantasmagórico.

Myron via adolescentes por todo lado: à sua frente, às suas costas e dos lados. A contragosto, mais uma vez ele usou a força para imobilizar um deles e perguntar:

– Onde esse túnel vai dar?

– Em muitos lugares.

Myron soltou o garoto e repetiu para si mesmo: "Em muitos lugares... Era só o que me faltava."

De repente ele se viu diante de uma bifurcação. Alguns seguiram para a direita, outros para a esquerda.

– Patrick! Rhys!

Silêncio. E dali a pouco o mesmo sotaque americano:

– Socorro!

Para a direita.

Myron disparou na direção da voz, correndo tanto quanto possível, cuidando para não bater a cabeça no teto baixo. O ar fétido começava a embrulhar seu estômago, mas não havia o que fazer senão seguir em frente. Aqueles túneis com certeza eram muito antigos, talvez seculares. Poderiam ter saído das páginas de Dickens. Era nisso que Myron pensava quando de repente avistou dois garotos mais adiante. E um gordo de terno amarelo.

Fat Gandhi virou-se para ele e sacou uma faca.

– Não! – gritou Myron.

À frente deles havia ainda mais adolescentes. Myron agora corria no limite das suas forças, baixando a cabeça, procurando alargar as passadas.

Fat Gandhi ergueu sua faca.

Por mais que se apressasse, Myron sabia que estava longe demais.

A faca baixou e ele ouviu um grito.

Um dos dois garotos caiu no chão.

– Não!

Myron se jogou na direção do corpo caído. Viu o indiano fugir, mas não se importou. Outros adolescentes vinham chegando por trás, então ele foi obrigado a deitar sobre o garoto esfaqueado para protegê-lo.

Onde estaria o outro?

Então Myron o viu. Estava próximo o bastante para que Myron o agarrasse pelo tornozelo. Myron agora protegia um enquanto segurava outro. Em meio à confusão crescente, ele rapidamente localizou o ferimento do que estava caído e tentou estancar o sangue com o antebraço direito. Não demorou para que alguém pisoteasse o esquerdo, por muito pouco não fazendo com que ele soltasse o tornozelo do segundo garoto.

– Aguente firme! – gritou, achando que não conseguiria manter aquela situação por muito tempo.

O tornozelo do rapaz já começava a ficar escorregadio em razão do suor. Além disso, para se desvencilhar, ele agora dava coices com a perna livre. Myron trincava os dentes, fazendo o possível para não sucumbir. Levou um chute no rosto, depois outro, e no terceiro não aguentou: acabou soltando o garoto, que fugiu em disparada, levado pelos demais.

– Não!

Myron continuou protegendo o que fora esfaqueado, pressionando o talho com o antebraço enquanto pensava: "Você não pode morrer, ouviu bem? Não chegamos até aqui para que você..." Tão logo se viu livre da manada de adolescentes, ele rapidamente rasgou a própria camisa e improvisou uma bandagem. Só então pôde olhar direito para o rosto do garoto.

Não havia dúvida de que era ele.

– Aguente firme, Patrick. Vamos levar você para casa.

capítulo 9

TRÊS DIAS DEPOIS.

A polícia cobria Myron de perguntas que ele ia respondendo apenas com meias respostas. Além disso, na qualidade de advogado habilitado pela Ordem norte-americana, ele recorria ao direito de confidencialidade advogado-cliente para omitir o nome de Win. Sim, ele viera para Londres num jatinho da Lock-Horne a pedido de um cliente. Não, ele não podia dizer se havia estado ou falado diretamente com esse mesmo cliente. Sim, ele havia entregado o dinheiro na esperança de resgatar Patrick Moore e Rhys Baldwin. Não, ele não fazia a menor ideia do que tinha acontecido àquela parede. Não, ele não fazia a menor ideia de quem havia esfaqueado a garganta de Scott Taylor, um homem de 26 anos com uma longa folha corrida na polícia. Não, ele não sabia nada a respeito do assassinato recente de três homens num viaduto próximo à estação de King's Cross; afinal de contas, ainda estava em Nova York nesse dia.

Nenhum sinal de Fat Gandhi. Nenhum sinal de Rhys.

Myron não poderia continuar detido indefinidamente. Não havia provas concretas de nenhum crime, nenhuma contravenção mais séria. Alguém (Win) havia despachado um jovem advogado chamado Mark Wells para representá-lo, o que ajudou bastante. Ele não demorou a ser liberado pelo contrariado delegado de polícia.

Passava um pouco do meio-dia. Myron agora se achava de volta ao The Crown, sentado no mesmo banco e junto ao mesmo balcão da véspera, esfriando a cabeça. Win entrou e sentou-se ao lado dele. O barman imediatamente trouxe duas cervejas.

– Sr. Lockwood – disse ele. – Faz meses que o senhor não aparece... Que bom revê-lo por aqui.

– É muito bom revê-lo também, Nigel.

Myron olhou para o barman, depois para Win, então arqueou as sobrancelhas numa silenciosa interrogação.

– Cheguei hoje dos Estados Unidos – informou Win. – Vim assim que soube do acontecido.

O barman olhou para Myron. Myron olhou para o barman, depois para Win e só então disse:

– Entendi.

O barman se afastou.

– A polícia britânica não vai saber que você entrou no país muito antes? – perguntou Myron.

Win respondeu apenas com um sorriso.

– Claro que não – concluiu Myron. – Aliás, obrigado por ter mandado aquele advogado, o tal de Wells.

– Procurador.

– Hein?

– Nos Estados Unidos ele seria um advogado. No Reino Unido ele é um procurador.

– Nos Estados Unidos você é um mala. Já no Reino Unido eu diria que você é um...

– Ok, ok, já entendi. Falando em advogados e procuradores, o meu está neste exato momento falando com a polícia. Vai atestar que realmente fui eu quem contratou os seus serviços e que você, na qualidade de meu procurador, estava defendendo os meus interesses.

– Cheguei a falar de direito de confidencialidade advogado-cliente.

– Pois é. Vamos confirmar isso. Também vamos entregar o e-mail anônimo que deflagrou toda esta história. Talvez a Scotland Yard tenha mais sorte que eu e descubra a identidade do remetente.

– Você acha?

– Claro que não. Eu estava me fazendo de modesto.

– O que não combina nem um pouco com sua pessoa – disse Myron. – Mas e aí? Como você fez aquilo?

– Falei que tínhamos esquadrinhado o fliperama, não falei? Pois é. Não foi apenas pelo lado de dentro.

– Claro. Então acabaram descobrindo onde ficava a sala secreta do nosso amigo. O "covil", como ele mesmo disse.

– Sim. Depois instalamos um dispositivo de escuta Fox MJ. Basta encostar na parede para que você ouça tudo que é dito do outro lado. Ficamos esperando até você mandar o sinal de emergência.

– E a explosão?

– Uma granada RPG-29, lançada por morteiro.

– Muito sutil.

– A sutileza é o meu forte.

– Obrigado, Win.

Win fez que não ouviu.

– Então, como está Patrick? – prosseguiu Myron. – Os caras da polícia não quiseram me contar nada. Li nos jornais que os pais do garoto vieram para cá, mas, pelo que sei, ainda não há nenhuma confirmação de que seja mesmo Patrick.

– Uma questão de tempo.

– O quê?

– Logo, logo vamos obter informações adicionais sobre tudo isso de uma fonte muito melhor que a polícia.

– Quem?

Win não quis responder. Em vez disso, falou:

– Você deve estar se perguntando por que a polícia não pressionou você um pouco mais sobre o cara esfaqueado na garganta.

– Na verdade, não.

– Não?

– No meio da confusão, ninguém viu nada. Deduzi que você tinha recolhido a faca, então eles não tinham nada para me incriminar.

– Não é bem assim. Para início de conversa, a polícia confiscou suas roupas.

– Puxa, eu gostava tanto daquelas calças...

– Sim, elas deixavam você bem mais magro. Mas, quando testarem o sangue das manchas, vão descobrir que é o mesmo do morto.

Myron finalmente deu um gole demorado na cerveja.

– Acha que isso pode ser um problema?

– Imagino que não. Lembra daquele seu outro amigo? O que segurava um machete?

– O negro magricela?

– Você e seu vocabulário politicamente incorreto. Qual será o nome certo? Anglo-africano? Realmente não sei. Vamos ter que consultar o manual.

– Foi mal. Mas o que tem ele?

– Lester Connor, é assim que ele se chama.

– Ok.

– Quando a polícia chegou ao local, Lester estava inconsciente e, quem diria?, apertava a faca ensanguentada na mão. Naturalmente ele alegou que alguém a tinha plantado ali...

– Naturalmente.

– Mas você poderia dizer que viu Lester esfaquear Scott Taylor na garganta.

– É, poderia.

– Mas...?

– Mas não vou – disse Myron.

– Porque...

– Porque não seria verdade.

– O Sr. Connor tentou matar você.

– Sim, mas, para sermos justos... quebrei o computador dele.

– Falsa equivalência – disse Win.

– Melhor do que falso testemunho.

– *Touché.*

– Se perguntarem, vou dizer que alguém esfaqueou o cara e que ele caiu em cima de mim. Na confusão, não vi quem era.

– Acho que pode colar – concordou Win.

– E quanto a Rhys? Alguma pista?

– Lembra que eu disse que tinha uma fonte melhor?

– Sim, quem é ele?

Win balançou a cabeça.

– Puxa, Myron, além de racista você também é machista? Não é ele, mas *ela*. Que, aliás, acabou de chegar.

Virando-se na direção da porta, Myron imediatamente reconheceu Brooke Baldwin, a prima de Win e, mais importante, mãe do ainda desaparecido Rhys. Fazia uns cinco anos que a vira pela última vez.

Um banco adicional materializou-se entre Myron e Win. Ambos se afastaram para abrir espaço. Brooke se acomodou, pegou o copo de cerveja que Nigel já havia trazido, bebeu o quanto pôde de um único fôlego e largou o copo já semivazio sobre o balcão. Nigel abriu um sorriso, satisfeito com o que viu.

– Eu estava precisando disso – confessou Brooke.

Myron já estivera com muitos parentes e amigos de desaparecidos; eram geralmente pessoas fragilizadas e abatidas, o que fazia todo o sentido. Mas Brooke era o contrário disso. Ela tinha um aspecto saudável, um ar de valentia, uma energia acumulada como se tivesse acabado de sair de um treino numa piscina olímpica ou de uma aula de boxe. O corpo compacto, além de bronzeado, era só músculos. Guerreira – essa era a palavra que ocorria a Myron sempre que ele via ou pensava na prima de Win.

Brooke Lockwood Baldwin, embora tivesse sido criada em mansões e estudado em escolas de elite, encaixava-se com perfeição num pub como aquele. Dava a impressão de que a qualquer momento desafiaria alguém para uma partida de dardos ou uma queda de braço e sairia vencedora tanto numa coisa quanto na outra. Sem dar nem um bom-dia, ela se virou para Myron e disse:

– Conte-me exatamente tudo que aconteceu.

Myron relatou toda a história, desde sua chegada a Londres até o interrogatório na polícia. Brooke ouvia com atenção, cravando nele os olhos verdes e brilhantes.

– Quer dizer então que você chegou a segurar meu filho pelo tornozelo – disse ela ao final da narrativa de Myron.

– Acho que era ele, sim.

– Você... tocou o Rhys – falou, emocionada, as palavras pairando no ar por alguns segundos.

– Sinto muito; não consegui detê-lo.

– Não estou acusando você de nada. Mas você viu o rosto dele?

– Não, não vi.

– Então não podemos ter certeza de que era o Rhys...

– Infelizmente não – concordou Myron.

Brooke olhou para Win, que permaneceu calado.

– Mas também não temos motivo para achar que não era ele, temos? – acrescentou ela, virando-se para Myron.

Só então Win abriu a boca para dizer alguma coisa.

– Depende.

– Do quê?

– Será que o outro garoto é mesmo o Patrick?

– Parece que sim – disse Brooke. – Pelo menos é o que afirma Nancy, a mãe dele.

– Ela tem certeza? – perguntou Myron.

– É o que ela e Hunter estão dizendo. Eles acabaram se separando. A Nancy e o Hunter. Não muito depois. – Ela não disse depois do quê. Nem precisava. – Viemos para cá no mesmo voo. Os dois casais, juntos outra vez. Nem lembro a última vez que a gente tinha se falado. Ainda somos vizinhos. Acho que a gente devia ter mudado, mas... A Nancy sempre me culpou.

– O que não é muito justo – declarou Myron.

– Myron...

– Sim.

– Por favor, sem condescendência, ok?

– Não foi essa a minha intenção.

– Os meninos estavam lá em casa com a babá finlandesa. Eu não devia ter saído. Se tivesse sido o contrário... se eles tivessem ido para a casa da Nancy... Deixe para lá. Não adianta querer mudar o passado.

Win interveio novamente.

– Foi tomada alguma providência para confirmar que o rapaz é mesmo o Patrick?

– Tipo o quê?

– Um teste de DNA.

– Perguntei a mesma coisa. Acho que vão fazer o teste em algum momento, mas só depois de resolverem um entrave legal: como o garoto é menor de idade, eles precisam de uma autorização formal dos pais.

– Acontece que não há nenhuma prova concreta de que Nancy e Hunter sejam realmente esses pais – concluiu Win.

– Irônico, não é?

– Mas o que o Patrick falou? – quis saber Myron. – Para onde o levaram? E quem levou?

Brooke pegou seu copo, fitou-o por uma fração de segundo e, sob o olhar de Myron e Win, bebeu o que ainda havia de cerveja nele.

– Patrick ainda não teve condições de falar nada – disse ela.

Silêncio.

– Caramba. Está tão machucado assim? – perguntou Myron.

– É o que parece. Não me deixaram falar com ele. Só os familiares tiveram permissão de entrar no hospital.

– A facada... foi grave?

– Nancy falou que ele vai sobreviver, mas que, por enquanto, está sedado. O que também não deixa de ser uma grande ironia. Faz dez anos que não temos uma mísera pista sobre o paradeiro do Rhys. Quando enfim aparece alguém para nos dar algumas respostas, não podemos nem chegar perto dele.

Brooke baixou a cabeça, fechou os olhos e começou a massageá-los com o indicador e o polegar. Myron chegou a erguer a mão para tocá-la no ombro, mas Win balançou a cabeça para detê-lo. Recompondo-se, Brooke informou:

– Hoje à tarde vamos dar uma coletiva para a imprensa. Uma parte da história já está circulando na mídia, como vocês já devem ter visto. Então agora vamos contar o resto.

– Já se passaram três dias – observou Myron. – Por que a demora?

Brooke levantou-se do banco e se recostou no balcão.

– Bem, no primeiro dia, dois detetives da Scotland Yard conversaram comigo e com o Chick, dizendo: "Estamos diante de um dilema. Se divulgarmos a foto computadorizada do seu filho, duas coisas podem acontecer: ou encontramos o garoto a tempo de salvá-lo, ou os raptores o matam e desovam o corpo em algum lugar."

– Eles falaram desse jeito? – perguntou Myron, boquiaberto.

– Com essas mesmas palavras. Aconselharam que esperássemos um pouco até que eles conseguissem descobrir algo.

– Imagino que não tenham descoberto nada.

– Correto. Pelo visto, Rhys sumiu sem deixar rastro. De novo.

De novo.

E de novo ela fechou os olhos. E de novo Myron ergueu a mão com a intenção de consolá-la. E de novo Win balançou a cabeça para detê-lo. Não por frieza, mas porque não queria ver a prima desabar sob o peso das emoções. Myron acabou compreendendo.

– Quer dizer então que os investigadores... mudaram de opinião? – questionou Win.

– Não. A decisão foi minha. Vamos falar com a imprensa. Se isso vai ajudar a encontrar meu filho ou induzir à morte dele, aí eu já não sei.

– Foi a decisão certa – disse Win. – A única possível.

– Acha mesmo?

– Acho.

Myron viu a mulher cerrar os punhos. Seu rosto foi ficando vermelho; e quanto maior o rubor, maior a semelhança física com Win e mais se viam nela os traços da família.

– Você acha então que cabe a mim decidir o que vai acontecer com meu filho? – indagou ela, com um tom de voz ríspido.

Win não respondeu.

– Você recebeu um e-mail anônimo – disse Brooke.

– Recebi.

– Depois foi lá e matou aqueles três caras.

– Mais alto, por favor. Acho que os clientes lá de trás não ouviram.

Brooke ignorou a provocação.

– Por que você não me contou sobre esse e-mail?

– Porque era anônimo. Porque podia dar em nada.

– Mas isso não impediu que você fosse correndo verificar.

– Não, não impediu.

– Então, Win, por que você não me contou?

Nenhuma resposta.

– Porque não queria alimentar minhas esperanças? Porque achou que eu não aguentaria o tranco?

Silêncio.

– Win?

Ele enfim se virou para encará-la.

– Sim. Exatamente isso.

– Não cabia a você tomar essa decisão.

– Mas tomei assim mesmo, ok?

– Porque quis me poupar de mais dor, não é?

– Mais ou menos isso.

Brooke se inclinou na direção do primo, cravando os olhos nele.

– Você não sabe nada a respeito da minha dor, Win. Nunca mais faça isso. Nunca mais tome uma decisão por mim, ouviu bem?

Win não respondeu.

– Win?

– Tudo bem – disse afinal. – Eu devia ter contado.

– Isso não é suficiente.

– Vai ter que ser, Brooke.

– Desculpe, mas não vou deixar você se safar assim tão facilmente. Se eu soubesse desse e-mail, poderia ter vindo para cá com você. Poderia ter ajudado de alguma forma. Talvez... talvez, não... *certamente* as coisas teriam tido outro desfecho.

Win não disse nada.

– Em vez disso – prosseguiu Brooke, apontando para a janela do pub –, meu filho continua lá. Sozinho. Você meteu os pés pelas mãos, Win. Mais que isso, fez uma bela cagada.

– Também não é assim – interveio Myron. – Não sabemos se as coisas teriam sido diferentes se...

Brooke conseguiu silenciá-lo apenas com a dureza do olhar.

– Rhys está mesmo em Londres, Myron?

Dessa vez foi Myron quem ficou mudo.

– Isso é o que realmente importa: meu filho está aqui ou não está? – Ela se virou para Win. – Tivemos nossa primeira pista em dez anos. Em dez longos anos de muito sofrimento. E agora...

– Brooke – era Win interrompendo a prima –, já deu para entender: você está furiosa.

– Como você é perspicaz...

– Mais que isso, você está tentando me motivar. Não é necessário. Você sabe disso.

Por um bom tempo eles não fizeram mais do que olhar um para o outro. Certamente ficaria sem dedos quem ousasse cortar com a mão o espaço entre os dois, tamanha era a eletricidade acumulada ali.

O celular de Brooke tocou.

– Encontre o meu filho, Win.

– Vou encontrar.

Só então eles desviaram o olhar. Brooke atendeu a ligação e desligou pouco depois.

– Era a polícia – disse.

– O que eles queriam?

– Patrick acordou.

capítulo 10

Win não os acompanhou até o hospital, preferindo ficar longe da polícia. Eles haviam debatido se não seria prudente que Myron fizesse o mesmo (afinal, a Scotland Yard não ficara exatamente satisfeita com as explicações dele sobre a violência no fliperama), mas acabaram decidindo que era melhor tê-lo por perto no caso de surgir algum problema.

Na viagem de táxi, Brooke sacou o celular e não o largou mais. Ligou para o marido, Chick, e pediu que ele a encontrasse no hospital. Em seguida fez várias ligações que a deixaram ainda mais agitada. Não se contendo, Myron perguntou:

– Algum problema?

– Estão dizendo que ainda não posso falar com o Patrick.

– Quem está dizendo?

– A polícia.

Myron refletiu um instante.

– A decisão é deles?

– Como assim?

– Bem... quem decide se você pode ou não pode falar com o garoto? A polícia? A opinião dos pais não conta?

– Não sei se Nancy e Hunter têm algum respaldo legal como pais.

– Você tem o número de telefone deles, não tem?

– Só o da Nancy.

– Não custa nada tentar.

Brooke ligou para Nancy. Não foi atendida. Enviou uma mensagem de texto. Não recebeu resposta.

Quando Brooke e Hunter desceram do táxi à porta do hospital, Chick zanzava de um lado para outro na calçada. Num gesto teatral, ele jogou o cigarro no chão e o apagou com a sola do sapato. A cara era de poucos amigos.

E azedou ainda mais quando ele avistou Myron.

– Você é o amigo do Win. O jogador de basquete. O que está fazendo aqui?

Win não gostava daquele homem, o que bastava para que Myron não gostasse também.

Chick olhou para a mulher e repetiu a pergunta:

– O que ele está fazendo aqui?

– Foi ele quem resgatou o Patrick.

Com o mesmo azedume de antes, Chick virou-se para Myron e disse:

– Você estava lá?

– Estava.

– Então por que não resgatou meu filho também?

Myron observou que ele disse "meu filho" e não "nosso filho".

– Ele tentou, Chick – explicou Brooke.

– Qual o problema? O jogador não pode responder por si mesmo?

– Eu tentei, Chick.

Chick deu um passo ameaçador na direção de Myron, a raiva a pleno vapor. Myron chegou a se perguntar se aquilo era uma situação de exceção ou se ele era sempre assim.

– Está de gracinha para cima de mim? Vai encarar?

Myron não preparou o murro que sua mão estava implorando para dar, mas também não recuou. Embora tivesse sido chamado às pressas pela mulher, o sujeito vestia-se impecavelmente com um terno de seda e uma gravata que parecia postiça, tamanha era a perfeição do nó. Os sapatos brilhavam de um jeito quase sobrenatural, como se de algum modo pudessem ser mais do que novos. Os cabelos, penteados para trás com gel e talvez compridos demais, tinham apenas a quantidade certa de fios grisalhos. A pele mostrava aquele brilho artificial de quem acabara de sair do consultório da dermatologista. Myron podia jurar que o camarada se depilava.

– Não temos tempo para isso – interveio Brooke.

Chick continuou encarando Myron, mas Myron ficou na dele. Sabia que não devia julgar ninguém pela aparência. Win era tão engomadinho quanto o sujeito. Além disso, o cara tinha lá as suas feridas e cicatrizes. Por mais que fosse um almofadinha vaidoso e marrento, passara os últimos dez anos com a lembrança e o peso de um filho sequestrado. Via-se isso no semblante dele. Por um lado, Myron sentia pena do cara. Por outro, lembrava que Win não gostava dele. De qualquer modo, achou por bem jogar água na fervura.

– Fiz o que pude – falei. – Mas ele acabou fugindo. Sinto muito.

Chick hesitou um instante, depois disse:

– Desculpe. Isso tudo tem sido um... – Ele apertou o braço de Myron num gesto de paz, depois virou-se para a mulher.

– Vamos entrar? – disse Brooke.

Chick assentiu e seguiu caminhando com ela.

– Myron, você não vem? – indagou Brooke.

– Vou ficar esperando aqui. Se precisar de alguma coisa, mande uma mensagem.

Olhando à sua volta, Myron localizou um café Costa do outro lado da rua e para lá se dirigiu. Costa era uma rede de cafés que se parecia com todas as outras redes. Bastava trocar o vermelho da decoração pelo verde para que você pensasse estar num Starbucks. Myron imaginou que os defensores mais ferrenhos desta ou daquela marca ficariam ofendidos com a observação, mas decidiu que não perderia noites de sono por conta disso.

Ele pediu um café ao barista e de repente, dando-se conta de que estava faminto, conferiu as opções de comida. No quesito variedade, o Costa inglês parecia levar certa vantagem sobre o concorrente americano Starbucks. Myron pediu um *toastie* de presunto e queijo e achou graça na palavra. *Toastie.* Nunca a tinha ouvido antes, mas deduziu (corretamente, tal como viria a constatar) que se tratava de um misto quente.

Impressionante, o poder de dedução de Myron Bolitar.

Dali a pouco ele recebeu uma mensagem de Brooke: "Não deixaram a gente falar com ele. Mandaram esperar."

Myron respondeu: "Quer que eu vá aí?"

Brooke: "Ainda não. Te mantenho informado."

Myron foi para uma das mesas e se acomodou. Gostou do sanduíche. Devorou-o rápido, cogitou pedir mais um. Nem lembrava quando havia comido pela última vez. Recostando-se na cadeira, bebericou o café enquanto lia os artigos salvos no celular. O tempo foi passando. O lugar agora estava bem mais silencioso, talvez até demais. Myron correu os olhos pelas mesas, observando as pessoas à sua volta. Uma gente triste, de cara amarrada. Quase era possível sentir no ar o desgosto geral. Claro, o café ficava nas imediações de um hospital e talvez isso explicasse a carranca daquelas pessoas, algumas esperando por notícias, outras digerindo as más notícias recebidas, outras tantas buscando refúgio na normalidade e na constância de uma rede de cafés.

O celular vibrou. Outra mensagem, agora de Terese: "Oferta de emprego em Jackson Hole. Âncora no horário nobre. Entrevista amanhã."

Feliz com a notícia, Myron escreveu de volta: "Uau, isso é ótimo!"

Terese: "O dono da emissora vai mandar o jatinho dele me buscar."

Myron: "Caramba. Parabéns!"

Terese: "O emprego ainda não é meu."

Myron: "Você vai arrasar nessa entrevista."

Terese: "Sei não. O cara é meio pegajoso."

Myron: "Vai morrer se pegar no que não deve."

Terese: "Amo muito você, sabia?"

Myron: "Também amo você. Mas estou falando sério. Quanto ao pegajoso."

Terese: "Você sempre sabe o que dizer, Myron Bolitar."

Myron sorriu. Estava prestes a digitar a resposta quando algo chamou sua atenção. Ou melhor, alguém: Nancy Moore, a mãe de Patrick, acabara de entrar no café. Rapidamente ele escreveu: "Preciso ir."

Ao contrário de Brooke Baldwin, que era uma mulher forte e decidida, Nancy Moore tinha um aspecto frágil, cansado, os cabelos amarrados num rabo de cavalo apressado, as raízes já um tanto grisalhas. Usava um moletom largo com a palavra LONDRES escrita na frente, sendo que o L era formado por uma cabine de telefone antiga e um ônibus de dois andares. Certamente não tivera tempo ou cabeça para fazer as malas antes de viajar e comprara a primeira coisa que vira ao chegar.

Nancy pediu algo ao barista, mas tão baixinho que o rapaz não ouviu. Ela repetiu o pedido e agora vasculhava a bolsa à procura de algum dinheiro.

Myron ficou de pé e disse:

– Sra. Moore?

Assustada, Nancy deixou cair as moedas que tinha na mão e fechou os olhos, já antevendo o martírio que seria agachar-se para pegá-las de volta. Myron se adiantou, recolheu as moedas e devolveu-as à mulher.

– Obrigada – agradeceu ela.

Nancy o encarou por alguns segundos com uma expressão estranha no olhar. Reconhecimento? Surpresa? As duas coisas?

– Você é Myron Bolitar – falou.

– Sim.

– Já nos vimos uma vez...

– Sim, uma vez.

– Lá na... Você é amigo do Win, não é?

Eles haviam se conhecido na casa de Brooke e Chick em Nova Jersey, local do terrível episódio, mais ou menos um mês após o sequestro. Win e Myron haviam sido convocados, porém tarde demais.

– Sim, sou.

– Então foi você que... – engasgada, ameaçando chorar, Nancy baixou os olhos – salvou meu menino... Nem sei como uma mãe pode agradecer uma coisa dessas...

Myron fez que não ouviu.

– Como está o Patrick?

– Fisicamente vai ficar bem.

O barista voltou com os dois copinhos de café para viagem e os colocou no balcão, diante de Nancy.

– Você salvou a vida do meu filho – repetiu ela. – Você salvou a vida dele...

– Fico feliz em saber que ele vai ficar bom – disse Myron. – Soube que ele já acordou. É isso mesmo?

Nancy não respondeu. Emudeceu por alguns segundos, depois disse:

– Posso perguntar uma coisa?

– Claro.

– O que você lembra da sua vida antes dos 6 anos de idade?

Myron sabia perfeitamente aonde a mulher pretendia chegar. Mesmo assim respondeu:

– Não muito.

– E entre os 6 e os 16?

Dessa vez Myron preferiu se calar.

– Aposto que você se lembra de tudo, não é? Os anos de escola... Esses são os mais importantes, certo? Os anos de formação. Os que fazem de nós aquilo que somos.

O barista informou o total da conta. Nancy pagou com suas moedas e recebeu o troco junto com outra embalagem para viagem. Antes que fosse tarde demais, Myron falou:

– Não quero ser indiscreto ou inconveniente, mas... Patrick chegou a dizer alguma coisa sobre o que aconteceu com eles? Sobre o paradeiro do Rhys?

Nancy Moore guardou o troco com gestos lentos e fechou a bolsa.

– Nada de muito útil.

– Como assim?

Ela apenas balançou a cabeça.

– O que ele disse exatamente? – insistiu Myron. – Quem foi que levou os dois? Onde eles estiveram esse tempo todo?

– Você quer respostas – disse Nancy. – Eu quero apenas meu filho.

– Quero respostas porque Rhys continua desaparecido – devolveu Myron.

– Você acha que não me importo com Rhys? – rebateu ela com um olhar duro.

– Não, não acho. Tenho certeza de que se importa, sim. E muito.

– Acha que não sei o que Brooke e Chick estão passando?

– Pelo contrário. Ninguém melhor que você sabe o que eles estão passando.

Nancy fechou os olhos.

– Desculpe. É que... Patrick mal consegue falar. Ele não está muito bem. Psicologicamente. Não falou muita coisa ainda.

– Não quero parecer insensível, mas... você tem certeza de que é mesmo Patrick?

– Tenho.

Nenhuma dúvida. Nenhuma hesitação.

– Já fizeram um teste de DNA?

– Não, mas vamos fazer, se necessário. Ele reconheceu a gente, eu acho. Pelo menos a mim. Tenho certeza de que é Patrick. É o meu filho. Sei que é um lugar-comum, mas uma mãe sabe.

Lugar-comum? Talvez sim, talvez não. De qualquer modo, também havia este outro: as pessoas enxergam aquilo que querem enxergar, sobretudo uma mãe aflita, ansiosa para dar fim a uma década inteira de muito sofrimento.

Com os olhos molhados, Nancy falou:

– Patrick foi esfaqueado por um psicopata, mas você o socorreu a tempo... Não só encontrou meu menino como salvou a vida dele. Se você não tivesse ajudado, o pobrezinho teria morrido de hemorragia. Todos os médicos disseram isso. Você...

– Nancy? – Alguém chamava à porta do café. Era Hunter Moore, o ex-marido de Nancy, pai do Patrick. – Venha. A gente precisa ir – disse ele e voltou rapidamente para a calçada.

Se Hunter Moore havia reconhecido Myron, não demonstrou. Por outro lado, que motivo teria para reconhecê-lo? Nunca fora apresentado a ele. Não estava na casa dos Baldwins naquele dia. Além disso, parecia aflito para falar com a ex-mulher.

Nancy pegou suas compras e se dirigiu a Myron:

– Acho tão pouco dizer obrigado outra vez... Meu filho é encontrado vivo depois desses anos todos, e a ideia de que ele poderia ter morrido justo agora se você não tivesse...

– Não precisa agradecer.

– É uma dívida que nunca poderemos pagar – declarou ela, e saiu ao encontro do ex-marido.

Myron permaneceu onde estava, olhando para a porta.

– Mais um café? – perguntou o barista.

– Não, obrigado – respondeu ele, mas não deu nenhum sinal de que pretendia sair dali.

– Algum problema, senhor?

– Não, não. Problema nenhum – disse Myron.

De repente lhe ocorreu um pensamento curioso: o hospital ficava para a direita, mas Hunter havia saído com Nancy para a esquerda. Isso teria alguma importância?

Num primeiro momento, não. Nada impedia que eles tivessem ido comprar algo na farmácia da esquina ou que precisassem caminhar um pouco para esfriar a cabeça. Só havia um meio de descobrir.

Myron saiu à rua e olhou para a esquerda a tempo de ver Nancy Moore entrando numa van preta.

– Espere! – gritou. Mas Nancy estava longe demais e a rua era barulhenta. A porta da van já se fechava quando ele começou a correr. – Ei, Nancy, espere aí!

A van preta arrancou e sumiu ao virar na primeira esquina. Myron sacou seu celular. Aquilo não devia ser nada. Talvez eles estivessem sendo levados para um interrogatório nas dependências da polícia. Talvez estivessem voltando ao hotel para descansar um pouco.

Os dois juntos?

Pouco provável. Nancy Moore jamais pensaria em descanso naquele momento, jamais sairia do lado do filho finalmente encontrado após dez anos de sumiço. O mais provável era que não quisesse nem piscar, por medo de perdê-lo outra vez.

Indiferente à possibilidade de que estivesse sendo rastreado, Myron ligou para o primeiro nome na sua lista de discagem direta. O número ricochetearia de cá para lá até cair num telefone descartável.

– Articule – disse Win.

– Acho que temos um problema.

– Diga.

Myron foi contando sobre Nancy, Hunter e a van preta enquanto atravessava a rua na direção do hospital. Já no saguão, ligou para Brooke, mas não foi atendido. Só então percebeu os inúmeros avisos que o cercavam: PROIBIDO O USO DE CELULARES. As pessoas o encaravam com olhares de censura. Envergonhado, ele guardou o telefone e se dirigiu para a recepção.

– Eu gostaria de visitar um paciente.

– Nome do paciente?

– Patrick Moore.

– Seu nome?

– Myron Bolitar.

– Só um minuto.

Passeando os olhos pela sala de espera, Myron não demorou para localizar Brooke e Chick sentados junto à janela. Correu ao encontro deles.

Assustada, Brooke ficou de pé e disse:

– Algum problema?

– O que a polícia disse a vocês?

– Nada. Ainda não tivemos permissão para subir.

– Você sabe qual é o número do quarto?

– A Nancy me disse ontem: 322.

– Então vamos lá – falou Myron, puxando-a pelo braço.

– O que aconteceu? – quis saber Brooke.

Um segurança controlava a entrada para os elevadores e escadas.

– Seu crachá, por favor – pediu ele.

– Não.

– Como? – disse o homem, confuso. Segundo seu próprio crachá de identificação, chamava-se Lamy.

Myron era um cara grande: mais de 1,90 metro e 100 quilos. Sabia a hora certa de se fazer ainda maior. Como agora.

– Preciso ir ao terceiro andar para ver um paciente.

– Então pegue seu crachá na recepção, por gentileza.

– Olhe... Lamy. Temos duas opções. Podemos resolver isso na base da ignorância, isto é, eu lhe dou um cascudo e você paga o mico de apanhar na frente dessa gente toda. Só Deus sabe as consequências. Se você for mais valente do que aparenta ser, vou ser obrigado a machucar para valer. Talvez mais do que gostaria. Ou então a gente resolve isso na paz: você sobe comigo, para ver que só quero dar uma espiada num paciente para ter certeza de que ele está bem, depois descemos juntos, eu e você, amigos para sempre.

- Sinto muito, senhor, mas...

- Você é que sabe.

Myron não deu ao segurança tempo de reagir. Passou direto por ele rumo à escada. O homem partiu atrás, mas não era muito ágil.

- Pare! - gritou. - Ajudem aqui! Intruso na Portaria Dois!

Myron agora disparava escada acima sem dar atenção nem ao homem, nem ao joelho que já começava a doer, o mesmo que anos antes havia abortado sua carreira de atleta. Não sabia dizer se Brooke e Chick vinham atrás, o que tanto fazia. O segurança já havia chamado reforços. Esses reforços viriam ou não. Ele seria levado preso ou não. Mas ninguém conseguiria detê-lo antes que chegasse ao quarto 322.

Chegando ao terceiro andar, rapidamente ele decifrou a numeração das portas e seguiu correndo pelo corredor da direita, ouvindo os gritos distantes do obstinado segurança, que ainda não havia desistido da perseguição. Assim que localizou a porta do 322, entrou no quarto e ficou imóvel, recuperando o fôlego.

Exatamente como ele havia suspeitado: não havia nenhum Patrick no quarto. Nem sequer havia uma cama.

capítulo 11

MYRON VOLTOU AO CORREDOR e ergueu os braços voluntariamente. Nem o segurança nem os policiais que chegaram em seguida souberam ao certo o que fazer com aquele intruso que afinal havia entrado num quarto vazio. Não havia motivo para detenção, havia? Myron disse que não pretendia ir a lugar nenhum, e isso os apaziguou.

Chick, por sua vez, espumou de raiva quando ouviu a plácida argumentação dos policiais: Patrick não era nenhum criminoso; pelo contrário, era a vítima de um crime, portanto eles nada haviam podido fazer quando o menino concordou em ir embora com os pais.

– Mas vocês nem perguntaram sobre meu filho? – urrou Chick.

Claro que sim, respondeu o chefe deles, calmamente. Os pais haviam dito que o garoto não contara nada de relevante, que estava traumatizado demais para falar.

– E vocês deram o caso por encerrado? – insistiu Chick, furioso.

O policial inglês deu de ombros e exalou um civilizado suspiro. Eles não haviam dado o caso por encerrado, mas também não podiam obrigar um adolescente ferido a responder a perguntas. O garoto concordara em voltar com os pais para os Estados Unidos. Os médicos disseram que isso talvez fosse o melhor a fazer. Não havia meio legal de reter o rapaz ali contra a vontade dele.

A conversa ainda se estendeu um pouco, mas sem grande proveito.

Agora, duas horas depois de descobrirem que a família Moore já voltava para casa a bordo de um jatinho fretado, Brooke e Chick davam sua entrevista coletiva num dos salões de festa do Grosvenor House, na Park Lane.

Myron e Win acompanhavam nos fundos da sala.

– Nem parece uma mãe torturada... – observou Win, referindo-se à prima.

– As aparências enganam.

– Eu sei. Mesmo assim pedi a ela que chorasse um pouquinho diante das câmeras.

– É, isso seria bom.

– Mas não sei se vai conseguir. Falei que o público precisa ver lágrimas. As pessoas acham que não há sofrimento onde não há lágrimas.

– Lembro quando os garotos foram levados – recordou Myron. – Todos aqueles comentários na imprensa sobre a "compostura" dela... – disse, gesticulando para indicar as aspas.

– Nem mesmo naquela época ela se dispunha a baixar a guarda diante das câmeras.

– Pois é. Inclusive teve aquele jornalista que começou a suspeitar do envolvimento dela. O sequestro aconteceu na casa dela. A babá trabalhava para ela. E o pior de tudo: ela não dava nenhum sinal de que estava sofrendo.

– Um absurdo.

– Exatamente. Mas, se Brooke tivesse desabado na frente de todo mundo, a coisa teria sido bem diferente. As pessoas teriam desabado junto. Em vez disso, usaram sua prima para fazer todo tipo de sensacionalismo.

– Eu lembro. Sempre havia alguém dizendo que ela era uma dondoca mimada e negligente, uma ricaça que preferia entregar os filhos à babá.

– Pois é. Ninguém gosta de admitir que uma tragédia dessas pode acontecer com qualquer um – disse Myron.

– Então ficam procurando culpados – acrescentou Win. – Assim é a natureza humana.

Dos entrevistados à mesa, eram os policiais que respondiam à maioria das perguntas. Brooke permanecia imóvel, olhando para o nada. Recusava-se a chorar, por mais que Win tivesse recomendado o contrário. Embrulhado em seu terno de bacana, Chick também não despertava lá muita compaixão, mas pelo menos demonstrava no rosto todo o seu pesar.

Inclinando-se para o amigo, Myron disse:

– É muito bom ter você de volta, Win.

– É, sim.

A polícia foi muito vaga ao relatar toda a história. Patrick Moore, um dos garotos americanos desaparecidos por dez anos, havia sido resgatado em Londres. Como? Isso eles não disseram. Não tomaram o crédito para si, mas também não o deram a Myron. Ele não ficou aborrecido com aquilo. Em seguida disseram que Rhys Baldwin, o segundo desaparecido, filho daquele casal tão sofrido, talvez se encontrasse na cidade também.

– Como vocês sabem disso? – gritou um dos repórteres.

O chefe de polícia ignorou a pergunta. Quando ergueu uma foto de Rhys aos 6 anos de idade e em seguida a imagem computadorizada e os desenhos que o mostravam mais velho, Myron pensou ter visto um primeiro sinal de emoção no rosto de Brooke. Mas ela não chorou.

– Eles voltam para os Estados Unidos ainda hoje – disse Win.

– Não querem ficar?

– Não. Preferem voltar para casa. Sabem que não podem fazer nada em Londres. Você vai ter que voltar com eles. Preciso que descubra uma maneira de soltar a língua do Patrick. Comece lá do início, depois vá refazendo todo o caminho até o dia de hoje.

– Do início onde? Desde a cena do crime?

– Sim.

– Acha mesmo necessário?

– A história pode ter terminado aqui, mas começou lá atrás, naquela casa.

– O que você acha dos Moores terem voltado para casa na encolha, levando o Patrick junto?

– Boa coisa não pode ser – respondeu Win.

– Mas é possível que o garoto realmente esteja traumatizado demais para falar.

– Sim, é possível.

– O que mais poderia ser? – perguntou Myron.

– Aquilo que você disse antes.

– O quê?

– Estamos comendo alguma mosca.

Nesse momento a polícia exibia uma foto de Fat Gandhi, informando que o nome verdadeiro dele era Chris Alan Weeks e dizendo que o homem não era exatamente um suspeito, mas uma pessoa de interesse para a investigação. O indiano da foto ainda tinha cabelos e era uns 20 quilos mais magro que aquele homem que Myron encontrara no fliperama.

– Será que a gente quer que a polícia encontre o sujeito? – aventou Win. – Ou a mim?

– Por que não? – disse Myron.

Win olhou para ele.

– O que você acha que vai acontecer se ele for capturado?

– Bem, se ele estiver com Rhys... pronto, caso encerrado.

– Acho pouco provável que isso aconteça. Fat Gandhi é um cara esperto, cauteloso. Ou vai matar Rhys, e aí, sim, podemos dar o caso por encerrado, ou vai escondê-lo em algum buraco seguro, algum lugar que não tenha nenhum vínculo com ele.

– Certo.

– Então repito: o que você acha que vai acontecer se a polícia acabar encontrando o cara?

– Bem, em primeiro lugar, vão prendê-lo.

– Sim.

Só então Myron viu aonde Win queria chegar.

– Claro, depois ele vai convocar seu exército de advogados. Ninguém vai encontrar nada contra ele, pois está tudo escondido numa dessas nuvens que há por aí. Nenhum daqueles garotos vai ter coragem de testemunhar contra. A polícia tem o meu depoimento sobre o cara esfaqueado, mas ele pode alegar que estava escuro, que eu não podia ter visto nada, o que é verdade.

– Acha que ele vai entregar o ouro?

– Como você mesmo disse há pouco: acho pouco provável.

– Mas... e se eu encontrar o cara antes da polícia?

Myron voltou os olhos para a entrevista e não disse nada.

– Você não aprova, não é? – falou Win.

– Sabe que não.

– Mas você me conhece. Sabe quem sou e o que faço.

– Pode até ser que no passado, sei lá... que eu tenha concordado. Em razão das circunstâncias, mas...

– Mas não agora, neste nosso admirável mundo novo.

– Acha aceitável, por exemplo, que o governo torture alguém para obter informações?

– Claro que não! – exclamou Win.

– Mas você pode?

– Sim. Porque confio no meu juízo e nos meus motivos. Não confio no governo.

– As regras são diferentes para você?

– Claro que são – disse Win. – Será que é tão difícil assim de entender?

– Tem mais uma coisa – observou Myron.

– O quê?

– Você sumiu esse tempo todo.

Win se calou.

– Se eu voltar para os Estados Unidos... não quero perder você outra vez.

– Você ouviu o que a Brooke disse.

– Ouvi.

– Meti os pés pelas mãos. Preciso me redimir e encontrar o filho dela. Custe o que custar.

* * *

Uma hora depois, eles já estavam embarcando no jatinho de Win quando Brooke recebeu uma mensagem de texto. Ela parou diante da escadinha e leu. Myron e Chick pararam às costas dela.

– O que foi? – perguntou Chick.

– Uma mensagem da Nancy.

Brooke entregou o telefone ao marido e ele leu em voz alta:

– "Estou fazendo o que penso ser melhor para o meu filho. E para o seu também. Confie em mim. Em breve volto a procurar você." Que diabos ela está querendo dizer com isso? – questionou ele em seguida, azedo como sempre.

Brooke pegou o telefone de volta e tentou ligar para Nancy, mas não foi atendida. Então mandou uma mensagem pedindo mais detalhes e esclarecimentos. De novo, nenhuma resposta.

– Ela nunca gostou de nós – disse Chick. – Culpa a gente pelo que aconteceu, embora nosso filho tenha sido levado também.

Eles entraram no avião. Mee estava a postos, impecável no seu uniforme justíssimo. Cumprimentou-os com um sorriso discreto, próprio às circunstâncias, e recebeu os casacos de todos.

– Ela age como se a culpa fosse nossa – prosseguiu Chick, falando com a mulher. – Eu já disse isso, não é?

– Já, Chick. Um milhão de vezes.

– Mesmo antes dessa história toda. Quer dizer... hoje em dia, Hunter é um alcoólatra, mas sempre foi um inútil. Recebeu de bandeja tudo que tem. Chato pra caramba. Conversar com ele é o mesmo que conversar com uma pedra. Mas a Nancy... O que será que ela está aprontando agora? – Na ausência de uma resposta, ele chamou Mee e indagou: – Alguém vai usar o quarto?

– Não, senhor. Está à sua disposição.

– Ótimo. Você pode me trazer uma água, por favor?

– Agora mesmo, senhor.

Chick tirou do bolso um frasco de comprimidos e sacudiu dois deles sobre a mão. Refletiu um instante, sacudiu um terceiro. Assim que recebeu a água, abocanhou os três comprimidos de uma única vez e virou o copo. Depois perguntou à mulher:

– Você se importa se eu...

– Não, não. Durma bem.

Dali a três minutos eles já podiam ouvir os roncos do homem. Mee fechou a porta do quarto para silenciá-los. O jatinho zuniu pista afora e decolou. Myron e Brooke estavam sentados lado a lado.

– Então – quis saber Brooke –, qual é o plano do Win?

– Ele quer pegar Fat Gandhi antes da polícia.

– Isso realmente seria bom. Acha que ele consegue?

– Se Win estivesse aqui, aposto que diria: "Vou fingir que não ouvi."

Brooke enfim abriu um sorriso e declarou:

– Ele nos ama.

– Eu sei.

– Ele não é de gostar de muita gente – observou Brooke –, mas quando gosta... é ao mesmo tempo feroz e gentil.

– Já salvou minha vida não sei quantas vezes.

– Você também já salvou a dele. Ele me contou. Vocês se conheceram na universidade, não foi? Em Duke?

– Foi.

– Quando exatamente?

– Logo no primeiro ano.

– Então me diga: qual foi sua primeira impressão ao conhecê-lo?

Myron desviou o olhar, controlando o riso.

– Papai me deixou no campus. Eu estava nervoso, primeiro dia de faculdade, essas coisas. Então o velho ficou falando um monte de besteira, procurando me distrair. Depois insistiu em me ajudar a levar as malas para o dormitório. Quatro lances de escada. Sabia que ele estava fora de forma, então fiquei preocupado e disse que me viraria sozinho. Chegando ao quarto, encontramos um daqueles livros com a foto de todos os calouros. Lembra desses livros?

– Claro que lembro – disse Brooke, um sorriso triste despontando nos lábios. – Também tivemos o nosso. Eu e minhas amigas folheamos o livro do início ao fim, avaliando os garotos e dando notas de 1 a 10.

– Puxa, nunca pensei que você fosse assim, tão superficial.

– Pois eu sou.

– Bem, voltando à história: depois de recuperarmos o fôlego, papai e eu começamos a folhear nosso livro também. Até hoje me lembro da foto do Win. Louríssimo, olhos azuis, parecia estar posando para a capa de uma revista. Ou para o *anuário dos mauricinhos*. Fazendo aquele bico característico dele... aquela cara de superior que você conhece muito bem.

Brooke arqueou uma das sobrancelhas, imitando o primo com perfeição, e Myron exclamou:

– Essa mesma!

– Como se tivesse o rei na barriga.

– Pois é. E abaixo da foto vinha o nome dele, mais o nome da escola chiquérrima onde ele tinha estudado antes. Mal acreditei quando vi aquilo: Windsor Horne Lockwood III. Quase morri de tanto rir. Mostrei a papai e ele também riu à beça. Lembro de ter dito: "Nestes quatro anos de faculdade não vou ver nem a sombra desse cara."

Brooke riu e disse:

– Sei como é.

– Acontece que a gente se conheceu naquele mesmo dia. E ficamos amigos imediatamente. As pessoas veem o Win e se encrespam na mesma hora. Acham que ele é um cara arrogante, um filhinho de papai que nunca brigou na esquina, incapaz de machucar uma mosca.

– Um banana.

– Exatamente – concordou Myron. – No entanto... por mais que ele tentasse segurar a onda, mesmo naquele primeiro momento eu já percebia um outro lado dele, um lado mais... sombrio.

– Talvez tenha sido isso a dar a liga na amizade de vocês.

– Isso o quê? O lado sombrio?

– Sim. O lado yin dele, e o seu yang.

– Pode ser – concedeu Myron.

– Mas quando foi que você descobriu, de verdade, os... talentos dele? Você lembra?

Myron lembrava com perfeição.

– Logo no primeiro ano, depois de um mês de aulas, mais ou menos. Um bando de marmanjos do time de futebol resolveu raspar a cabeça do Win. Você pode imaginar por que, não é? Aquele cabelo todo certinho, sem um fio fora do lugar. Eles não iam perdoar.

– É, imagino.

– Certa noite, esses caras entraram no quarto do Win enquanto ele dormia. Acho que eram cinco. Quatro para segurá-lo pelos braços e pernas e outro para raspar sua cabeça.

– Meu Deus...

– Pois é.

– Mas o que aconteceu?

– Bem, digamos que... nesse ano a equipe de futebol fez uma péssima campanha. Cinco jogadores contundidos de uma vez só.

Brooke suspirou e declarou:

– Que bom que ele está do nosso lado.

– É verdade.

– E quanto a nós, Myron? Qual é o nosso plano?

– É como Win disse. O que quer que tenha acontecido àqueles dois meninos, não foi em Londres que tudo começou, mas na sua casa. Win já está cuidando da ponta londrina, então cabe a nós cuidar dessa outra ponta, a doméstica. Vamos voltar ao início e examinar tudo de novo, na esperança de descobrir o que aconteceu.

– Já fizemos isso um milhão de vezes e não chegamos a lugar algum – argumentou Brooke.

– É, mas agora será diferente porque temos mais informações, por menores que sejam. É como uma viagem de carro quando não sabemos para onde estamos indo. Até a semana passada, a gente sabia apenas onde começou essa viagem. Agora sabemos onde ela termina. Então acho que vale a pena tentar outra vez.

– É. Tenho que concordar com você. Realmente não custa nada tentar – afirmou Brooke.

– E o mais importante de tudo: precisamos fazer Patrick falar.

– Isso.

– Essa última mensagem da Nancy... O que você acha que pode ser?

– Sei lá.

– Chick não confia muito nela. E você?

Brooke refletiu um segundo, depois falou:

– Ela é mãe.

– Sim, e daí?

– E daí que, no fim das contas, ela fará o que for melhor para o filho dela, não para o meu.

Mee se aproximou com água e potinhos de castanhas aquecidas. Deixou-os nas mesinhas e se afastou novamente.

– Você acha que ela não vai querer ajudar? – perguntou Myron.

– Não é bem assim. Nancy sabe o que é sofrimento. Talvez mais do que ninguém. Mas os interesses próprios sempre têm um peso grande nas decisões. Sobretudo nas decisões de uma mãe preocupada com o filho. Na mensagem ela escreveu "Estou fazendo o que penso ser melhor para o meu filho. E para o seu também" e não "...o que penso ser melhor para *os nossos* filhos". Entendeu?

– Entendi.

– E então? O que é que a gente faz com isso?

– A gente faz o que for melhor para o seu filho – disse Myron. – E para o dela também.

capítulo 12

ASSIM QUE POUSARAM, BROOKE recebeu mais uma mensagem de Nancy. Brooke leu a mensagem para Myron e Chick: "Amanhã, às nove horas, passamos na sua casa. Pode ser?"

– Porra, "nós" quem? – questionou Chick.

– Sei lá.

– Pergunte a ela.

– Não sei se é uma boa ideia – disse Brooke. – De repente isso pode assustá-la.

– Assustar como?

– Também não sei, Chick. Myron, o que você acha?

Myron respondeu, incisivo:

– Melhor não perguntar.

Brooke digitou sua resposta: *"Ok, nos vemos amanhã."*

Duas limusines esperavam por eles, uma para os Baldwins e outra para Myron. Antes de partir, Brooke disse a Myron:

– Acho que você também devia estar presente amanhã. Salvou a vida do Patrick. Eles devem isso a você.

– Ok – concordou Myron, sem muita convicção.

Ele esperou os Baldwins saírem e só então entrou na sua limusine. O motorista informou:

– Tenho ordens para atendê-lo até a hora que o senhor precisar.

– Ótimo.

– Então... direto para a escola?

Myron conferiu as horas no relógio.

– Sim, pode ser – confirmou ele, recostando-se no banco.

O mundo viria abaixo no dia seguinte, mas a noite prometia ser, se não revigorante, normal. Eram seis e meia da tarde quando enfim eles chegaram à esplanada diante da escola, um amplo gramado oval (embora fosse apelidado de "o Círculo") em torno do qual as pessoas gostavam de correr, caminhar ou simplesmente jogar conversa fora. A delegacia local ficava logo ali, do outro lado da rua. A biblioteca pública também, à direita, não muito distante do centro recreativo. A igreja ocupava um bom espaço à esquerda, e, no centro de tudo, erguia-se o prédio amplo da escola.

Delegacia, biblioteca, centro recreativo, igreja, escola... tudo no mesmo lugar. Praticamente uma cidadezinha do interior.

O motorista estacionou nas imediações do ginásio. Myron abriu a pesada porta metálica e entrou. Encontrou um recinto vazio, escuro. De início ficou surpreso, mas depois se lembrou que a escola havia construído instalações novas atrás do campo de futebol. Aquele era o "ginásio velho", onde estavam enterradas tantas boas lembranças. O lugar realmente parecia velho, centenário, um daqueles ginásios que ainda usavam um cesto de vime no lugar de um aro de basquete.

Myron deu alguns passos, os sapatos ecoando contra as ripas velhas da quadra. Parou no centro e ali ficou por alguns minutos. O ar recendia àquele cheiro de suor que ele conhecia tão bem. Provavelmente ainda havia aulas de educação física no local, mas também era possível que esse cheiro, somado à química forte dos desinfetantes, estivesse impregnado há muito na madeira do piso. Para alguns, tratava-se de um ranço insuportável. Para Myron, era quase um perfume.

Cheiros geralmente desencadeavam viagens no tempo. "Déjà-vu" era pouco se comparado ao que Myron estava sentindo naquele momento. Ele agora passeava os olhos à sua volta, absorvendo todos os detalhes. A placa continuava lá, acima da porta.

RECORDISTAS DE PONTUAÇÃO NO BASQUETE
1. MYRON BOLITAR

A avalanche de lembranças foi tão forte que quase o derrubou. As velhas arquibancadas se achavam recolhidas contra a parede, mas aos olhos de Myron elas se abriam feito o fole de uma sanfona, lotadas de cima a baixo. Na quadra estavam os seus velhos companheiros de equipe, os técnicos; por um instante, ele tentou calcular quantas horas da sua vida haviam sido passadas ali naquele ginásio, nos limites daquela quadra de basquete que tantas alegrias lhe dera. Segundo diziam, o esporte devia ser um reflexo da vida, uma lição de vida, um teste de força e resistência, uma excelente preparação para o mundo real. Isso era o que diziam. Mas esse não havia sido o caso para Myron.

Para Myron, tudo rolava com facilidade na quadra de basquete. Na vida real, nem tanto.

Voltando à limusine, ele disse ao motorista:

– Ginásio errado. Acho que o novo fica do outro lado do campo de futebol.

E para lá se dirigiram.

Abrindo a porta das novas instalações, Myron se deparou imediatamente com a cacofonia natural de uma quadra de basquete: bolas quicando, tênis derrapando no piso, música para animar. O novo ginásio era de última geração, o que quer que isso significasse. Holofotes no alto, placar eletrônico, cadeiras confortáveis em vez de arquibancadas. Tudo ali reluzia de tão novo. Mas o cheiro de suor e desinfetante continuava o mesmo, o que fez Myron sorrir.

Tratava-se de um treino da equipe do colégio, metade dos garotos jogando de branco, a outra metade, de verde. Myron sentou-se na primeira fileira e precisou se controlar para não escancarar um sorriso. Gostou do que viu: os jogadores tinham um preparo físico muito maior do que no seu tempo, pareciam mais agressivos também. Naquela temporada, os Lancers ainda estavam invictos e, se os boatos fossem verdadeiros, tinham uma ótima chance de quebrar o recorde de invencibilidade estabelecido mais de 25 anos antes, quando ainda contavam com a ajuda do último jogador local a ser convocado para a equipe nacional da liga All-American.

Quem seria esse jogador? Esse mesmo que você está pensando.

Todos os garotos ali eram muito bons, alguns eram excelentes, mas um em particular – que estava começando o ensino médio – se destacava do resto.

Mickey Bolitar, sobrinho de Myron, aluno do décimo ano.

O garoto correu para um canto, recebeu o passe, driblou os três da defesa e dali mesmo fez uma cesta de três pontos. "Poesia em movimento", pensou Myron. Impossível olhar para outro jogador. Percebia-se claramente o talento, a excelência do menino. Observando melhor a expressão do sobrinho, Myron viu que o garoto estava "em transe", focado mas ao mesmo tempo relaxado, movido pela adrenalina mas sem perder o controle sobre ela. Em suma, Mickey estava em seu elemento.

Do mesmo modo que seu tio anos antes, Mickey realmente se sentia em casa quando estava na quadra. Tudo ali fazia sentido. Tudo se resumia a um grupo de amigos, outro de inimigos, uma bola e dois aros metálicos. Dentro de uma quadra era possível controlar a vida. Havia regras. Havia lógica. Ali ele podia ser ele mesmo. Ali ele se sentia seguro.

Ali ele estava em casa.

O treinador Grady avistou Myron e veio falar com ele. Certas coisas não mudavam nunca. Como os técnicos do basquete do colegial e suas bermudas sempre justas demais e suas camisas polo com o logotipo da escola. Grady apertou a mão de Myron, depois puxou-o para um abraço.

– Puxa, quanto tempo... – disse Myron.

– É verdade. – Grady apontou vagamente para a quadra. – E aí, gostou do ginásio novo?

Myron olhou ao redor.

– Para falar a verdade, acho que prefiro o outro.

– Eu também.

– Será que estamos ficando velhos e rabugentos? Será que já é hora de vestir o pijama, sentar na varanda e ficar advertindo os moleques para não pisarem no gramado?

– É bem provável – falou o técnico rindo.

Ambos se viraram para a quadra e ficaram observando. Mickey fintou um arremesso a distância, atraindo para si a defesa, depois lançou a bola para o companheiro que esperava no centro da quadra e deixou que ele finalizasse o ponto.

– O garoto é especial – declarou Grady.

– Também acho.

– Talvez seja melhor que você.

– Também não vamos exagerar.

Grady riu e soprou o apito para encerrar a partida. Só então Mickey percebeu a presença do tio. Não acenou. Myron também não. Comandados pelo técnico, os garotos se juntaram no centro da quadra, ouviram o que ele tinha a dizer, depois juntaram as mãos para gritar o bordão final:

– Tudo pelo time!

Enquanto os outros saíam para o vestiário, Mickey trotou ao encontro de Myron com a toalha pendurada no pescoço. Embora tivesse apenas 16 anos, já o ultrapassava em altura. Não era muito de sorrir, pelo menos quando estava perto do tio; afinal, a relação entre eles andava meio estressada nos últimos tempos.

Mas agora ele estava sorrindo.

– Conseguiu os ingressos? – perguntou.

– Estão esperando a gente na bilheteria.

– Vou tomar um banho rápido e já volto.

Com a quadra vazia, Myron catou uma bola esquecida, foi com ela à linha de arremessos livres e a quicou três vezes no chão, os dedos se encaixando naturalmente nos lugares certos. Com uma empunhadura perfeita ele encestou o primeiro arremesso, depois mais um e então um terceiro. Lá pelas tantas, tendo perdido completamente a noção do tempo, assustou-se quando alguém chamou por ele.

– Vamos? – Era Mickey, já de banho tomado.

No estacionamento, assim que viu a limusine, Mickey disse:

– A gente vai *nisso aí*?

– Algum problema?

– É meio escandaloso, não acha?

– Acho.

Mickey olhou à sua volta para ter certeza de que não havia nenhum amigo por perto. Só então ele entrou e estendeu a mão para se apresentar ao motorista.

– Meu nome é Mickey.

– Muito prazer, Mickey – disse o outro. – O meu é Stan.

Stan esperou que os dois passageiros colocassem o cinto de segurança, depois arrancou.

– Achei que você estivesse viajando e que não ia rolar a parada – falou Mickey.

– Cheguei agora há pouco.

– De onde?

– Londres – respondeu Myron. – E seus avós, como estão?

Os referidos avós eram Ellen e Alan Bolitar, os pais de Myron. Tinham vindo da Flórida para passar alguns dias com Mickey.

– Estão bem.

– Quando seus pais retornam?

Mickey deu de ombros, olhando pela janela.

– Acho que é um retiro de três dias.

– E depois?

– Se tudo correr bem, acho que mamãe recebe alta.

Pelo tom de voz do sobrinho, Myron percebeu que não devia fazer mais perguntas. Contrariando sua natureza, aquiesceu com a cabeça.

A viagem até o centro de Newark levou meia hora. Eles agora estavam na arena Prudential Center, também conhecida como "Rocha" em razão do logotipo do lugar, uma silhueta da Rocha de Gibraltar. Os Devils do hóquei profissional ainda treinavam ali, mas os Nets do basquete já haviam se mudado para o Brooklyn, abandonando suas raízes. Myron já tinha visto naquele mesmo endereço inúmero jogos e também dois shows de Bruce Springsteen.

Na bilheteria, ele retirou os ingressos e os crachás de acesso aos vestiários.

– Os lugares são bons? – perguntou Mickey.

– Primeira fila.

– Show.

– Suas tias gostam muito da gente, você sabe disso.

O programa da noite: luta livre feminina.

Nos velhos tempos, quando ainda não havia internet para oferecer tantas fotos de mulheres nuas ou seminuas, muitos adolescentes eram obrigados a saciar seu desejo com as lutas femininas que viam na televisão nas manhãs de domingo. Pois o programa daquela noite era justamente uma viagem a esse passado remoto, uma reedição das lutas promovidas à época por uma associação chamada FLOW, ou Fabulous Ladies of Wrestling (de início elas haviam pensado em Beautiful Ladies of Wrestling, mas o acrônimo resultante, BLOW, poderia levar a piadinhas de mau gosto em razão da sua proximidade com a palavra "felação"). Na lista de lutadoras estavam alguns dos nomes mais famosos da modalidade.

FLOW, a associação, havia encerrado suas atividades anos antes, mas um grupo de ex-lutadoras (sobretudo Esperanza Diaz, amiga e ex-sócia de Myron) havia decidido trazê-la de volta à vida. A nostalgia andava na moda e Esperanza, que desde o início lutava sob o pseudônimo de Little Pocahontas, a Princesa Índia, esperava tirar dela algum proveito. Mas não contratara lutadoras novinhas para agradar aos adolescentes. Sabia que esse mercado já estava saturado e, portanto, optara pelas veteranas como ela mesma, ou as "lobas" da luta profissional.

Por que não?

Quase todos os esportes tinham o seu torneio Master. Volta e meia alguém promovia uma sessão de autógrafos com atores da década de 1970, e as pessoas compareciam em peso. Os dinossauros do rock ainda lotavam as maiores arenas do mundo: Rolling Stones, The Who, Steely Dan, U2, Springsteen... Ou a juventude andava sem muito prestígio ou sem muito dinheiro.

Assim sendo, por que não capitalizar?

Naquela noite, Esperanza lutaria em dupla com sua velha companheira de ringue, Big Chief Mama, também conhecida como Big Cyndi.

A plateia enlouqueceu quando as duas entraram na arena: Esperanza com sua cabeleira negra presa num rabo de cavalo e ainda arrancando assobios com seu biquíni de oncinha; Big Cyndi com seus 2 metros de altura e seus 130 quilos espremidos num corselete de couro, um cocar de penas multicoloridas na cabeça.

Myron se virou para o túnel da direita assim que o locutor chamou a dupla adversária. Mal acreditou no que viu.

- Caralh...

A galera começou a vaiar.

Era aí que a FLOW testava os seus limites. Se, com a idade que tinham, Esperanza e Big Cyndi podiam muito bem ser chamadas de MILF (*Moms I'd Like to Fuck*, ou "mães que a gente comeria"), suas adversárias poderiam inaugurar uma nova categoria chamada GILF (*Grannies I'd Like to Fuck*, ou "vovós que a gente comeria"). Visivelmente mais velhas, apresentavam-se como o Eixo do Mal: Connie, a Comunista, e Irene Cortina de Ferro. A primeira usava o mesmo figurino com o qual ficara famosa: uma malha vermelha justíssima com estrelinhas amarelas e fotos de Mao Tsé-tung. A outra trajava um duas-peças com a velha foice soviética estampada na parte de cima.

Mickey sacou o celular e digitou algo.

– O que você está fazendo? – quis saber Myron.

– Pesquisando uma coisa.

– O quê?

– Espere aí. – Em seguida, revelou: – Pelo que está escrito aqui, essa Connie tem 74 anos.

Myron sorriu e disse:

– Está em ótima forma, não acha?

– Hum... É.

Myron desculpou o pouco entusiasmo do sobrinho, que aos 16 anos não poderia ter visto a mesma Connie que ele próprio conhecera aos 10. Talvez fosse isso. Talvez ele ainda visse a septuagenária Connie através das lentes da juventude, do mesmo modo que ainda ouvia suas músicas com os fones da adolescência. Assim era a vida.

Myron comprou um balde de pipoca e se recostou para assistir à luta. Dali a pouco Mickey observou:

– Todo mundo acha que a tia Esperanza é de origem indígena, não acha?

– Sim.

– Mas ela é de origem hispânica, não é?

– É.

– E Big Cyndi, qual é a origem dela?

– Só Deus sabe.

– Mas também não é indígena.

– Não, não é. – Myron olhou para o sobrinho. – A luta livre nunca foi muito politicamente correta.

– É, dá para ver.

– Mas cada uma delas está interpretando um personagem. Só isso. Vamos deixar para nos revoltar amanhã, ok?

Mickey pegou um punhado da pipoca, depois disse:

– Contei a uns caras lá do time que eu conhecia a Little Pocahontas.

– Aposto que ficaram impressionados.

– Ficaram. Um deles falou que o pai ainda tem um pôster dela na academia de casa.

– O que também não é politicamente correto.

Eles voltaram a atenção para a luta.

Big Cyndi estava usando mais maquiagem do que os quatro integrantes da banda Kiss juntos. Pensando bem, era assim que ela se maquiava fora do ringue também. A giganta rodopiou o tronco rapidamente, imobilizou Connie com uma gravata e usou o braço livre para acenar e soprar um beijo na direção de Myron.

– O senhor é o cara, Sr. Bolitar! – gritou ela.

Mickey adorou o gracejo. A plateia também. E Myron, mais do que todos.

De novo, um "torneio Master" para a decisão do título da Divisão das Lobas era, em essência, uma oportunidade de reviver o passado, algo parecido com o show de uma banda que, para agradar os fãs, toca pela milionésima vez os grandes hits do seu repertório. Era isso que as quatro lutadoras estavam fazendo naquele ringue.

Little Pocahontas sempre fora a favorita dos fãs e invariavelmente repetia a mesma rotina: começava dominando a luta com facilidade, pequenininha e linda que era, ágil e flexível o bastante para dançar de cá para lá no ringue, conquistando pontos e levantando a galera até que as adversárias do mal faziam alguma trapaça para virar o jogo. Em geral, essa trapaça se resumia a "esfregar areia" nos olhos dela (Esperanza era ótima em interpretar o drama dos "olhos em brasa") ou a usar algum "objeto exótico", tal como definiam as regras, para dominá-la.

Na luta daquela noite as representantes do Eixo do Mal fizeram ambas as coisas: enquanto Big Chief Mama interpelava o árbitro pilantra, que se deixara seduzir pelas promessas de favores sexuais por parte de Connie, Irene Cortina de Ferro recorria ao golpe baixo da areia nos olhos ao mesmo tempo que sua parceira Comunista sacava um soco-inglês para esmurrar Esperanza nos rins. Essa não, Pocahontas estava em apuros! As duas canalhas haviam unido forças contra ela, o que também era ilegal, e agora desciam o cacete sobre a indiazinha indefesa enquanto as pessoas berravam por ajuda na plateia. Enfim, vendo o que acontecia às suas costas, Big Chief Mama arremessou o árbitro para fora do ringue, correu em socorro da companheira e em poucos segundos as duas juntas dominaram as trapaceiras.

Poucas coisas no mundo seriam mais divertidas que isso.

Toda a plateia agora aplaudia de pé, inclusive Myron e Mickey.

– O que você estava fazendo em Londres? – perguntou o garoto.

– Ajudando um velho amigo.

– No quê?

– Na localização de dois meninos desaparecidos.

Subitamente sério, Mickey perguntou ao tio:

– Um deles foi encontrado, não foi?

– Foi. Como você sabe?

– Vi na televisão. Patrick alguma coisa.

– Patrick Moore.

– Ele tem a minha idade, não é? Sequestrado quanto tinha 6 anos.

– Exato.

– E o outro?

– Rhys Baldwin. Continua desaparecido.

Mickey se calou e, visivelmente consternado, voltou sua atenção para a luta.

No ringue, Little Pocahontas acabara de passar uma rasteira em Irene, derrubando-a no chão. Connie já se achava estatelada no tatame, enquanto Big Chief Mama, empoleirada numa das cordas, preparava-se para saltar em cima dela.

– O *grand finale* – riu Myron.

Desafiando as leis da gravidade, Big Chief Mama flexionou os joelhos, alçou voo e, quase em câmera lenta, sob o olhar aflito da plateia, foi cortando o ar até desabar de modo ruidoso não apenas sobre a Comunista, mas sobre a Cortina também. Quando ergueu o tronco, houve quem esperasse encontrar debaixo dela duas silhuetas amassadas e bidimensionais, tal como nos desenhos animados. Logo a giganta montou sobre Connie,

Pocahontas fez o mesmo com Irene e assim elas ficaram até o término da contagem regressiva. O sino tocou para dar fim à luta e o locutor anunciou:

– E as grandes vencedoras da Categoria Loba da rodada de duplas, vindas diretamente da reserva indígena para os nossos corações, são... Little Pocahontas e Big Chief Mama! Uma grande salva de palmas, senhoras e senhores!

Ovacionadas por um ginásio inteiramente de pé, Big Cyndi içou Esperanza para os ombros e, junto com ela, acenou e jogou beijinhos para a plateia.

Baixa o pano.

capítulo 13

CERCA DE UMA HORA depois, Myron e Mickey já se achavam nos vestiários, munidos dos seus respectivos crachás. Ainda de corselete e cocar, Big Cyndi correu ao encontro de Myron assim que o viu.

– Ah, Sr. Bolitar!

A maquiagem da giganta escorria com o suor, de modo que seu rosto lembrava uma caixa de lápis de cera abandonada junto ao fogo de uma lareira.

– E aí, Big Cyndi?

Sem hesitar, ela o puxou para um abraço forte, levantando-o ligeiramente do chão com as toras que tinha no lugar dos braços, afogando-o no suor do corpo. Sem mais o que fazer, Myron riu e se deixou abraçar até ser devolvido à terra firme. Em seguida disse:

– Você lembra do meu sobrinho, não lembra?

– Claro! Sr. Mickey!

Big Cyndi abraçou o garoto da mesma forma. Assustado e meio confuso, Mickey também se rendeu e deixou rolar.

– Parabéns, Cyndi – falou. – Você mandou muito bem lá naquele ringue.

Ela fuzilou o garoto com uma careta de censura e ele imediatamente se corrigiu:

– Desculpe. Big Cyndi.

– Assim é melhor.

Big Cyndi havia trabalhado como recepcionista na agência de representação esportiva que Myron tivera com Esperanza. Preferia as formalidades, portanto sempre chamava Myron de Sr. Bolitar e insistia em que todos a chamassem de Big Cyndi, não apenas de Cyndi. Chegara a trocar oficialmente de nome e em seus documentos agora se lia: nome, Big; sobrenome, Cyndi.

– Cadê a Esperanza? – perguntou Myron.

– Tirando foto com os VIPs lá atrás. – respondeu Big Cyndi. – Ela é muito popular, sabia?

– Claro que sei.

– A maioria desses VIPs é homem, Sr. Bolitar.

– Imagino.

– Pagam 500 dólares só para ter acesso ao camarim e tirar uma foto com a Pocahontas. Também tenho o meu fã-clube, fique o senhor sabendo.

– Aposto que sim.

– Mas cobro mil pratas para tirar fotos. Sou mais seletiva, entende?

– Que bom.

– Aceita um suco verde? Estou achando o senhor meio pálido, Sr. Bolitar.

– Não, obrigado.

– Sr. Mickey?

Mickey ergueu a mão, dizendo:

– Estou legal, obrigado.

Passados dois minutos, Esperanza entrou com um roupão de banho cobrindo o biquíni de camurça. Mickey ficou de pé de imediato. Era fato: Esperanza possuía aquele tipo de beleza que sempre arrancava alguma reação de homens e garotos em igual medida, uma beleza que lembrava crepúsculos no Caribe, caminhadas na praia sob a luz do luar.

– Muita gentileza sua, Mickey, levantar para me receber... – disse ela acintosamente.

Cumprimentou o garoto com um beijinho no rosto, recebeu os parabéns dele e depois franziu o cenho para Myron, que fez questão de permanecer sentado apenas para provocá-la. Fazia muito tempo que os dois eram amigos. Esperanza começara como funcionária de Myron na agência, depois se formara em direito e se tornara sua sócia. Um conhecia o outro pelo avesso.

Myron sabia que ela queria falar com ele, portanto ficou mudo, aguardando. E, após alguns minutos de bate-papo, Esperanza tomou Mickey pela mão e pediu:

– Será que eu posso trocar uma palavrinha com seu tio em particular?

– Claro, claro – respondeu o garoto.

– Venha comigo, Sr. Mickey – disse Big Cyndi. – A Comunista viu você na primeira fila e falou que está doida para conhecê-lo.

– Hã, ok.

– Achou você... "uma delícia". Palavras dela.

Mickey ficou lívido, mas saiu com a giganta.

– É um bom garoto – declarou Esperanza.

– É mesmo.

– Já parou de odiar você?

– Acho que sim.

– E os pais dele, como estão?

– Mais ou menos. Vamos ver.

Esperanza fechou a porta do camarim.

– Quer dizer então que você estava em Londres...

– Estava.

– Nem me disse nada.

– Foi uma coisa de última hora.

– Li nos jornais que um dos garotos desaparecidos foi encontrado por lá.

– Isso.

– Mas não o primo do Win.

– Não – disse Myron. – Foi o outro. Patrick Moore.

– Também li alguma coisa sobre uma explosão no local onde esse Patrick estava. Parece que uma parede inteira veio abaixo.

– Você conhece Win – falou Myron. – Sutileza não é bem a praia dele.

Esperanza arregalou os olhos.

– Então é verdade? Você realmente esteve com ele?

– Estive. Foi ele quem me ligou pedindo ajuda.

– E ele está bem?

– Por acaso você já viu Win bem?

– Você sabe o que eu quis dizer.

– Fique tranquila. Nosso amigo está bem, sim.

– Aqueles boatos de que ele havia pirado, que tinha virado um eremita...

– Ele mesmo inventou.

Esperanza sentou-se diante de Myron e ouviu com atenção enquanto ele a colocava a par de tudo que acontecera. Por um instante, foi como se os dois tivessem voltado aos velhos tempos da agência, quando, bem mais jovens do que agora, passavam horas a fio discutindo contratos e possibilidades de campanhas publicitárias para os atletas que representavam. Por muitos anos Esperanza havia sido uma presença diária na vida de Myron, e ele sentia falta disso.

Terminada a conversa, Esperanza balançou a cabeça.

– Tem alguma coisa errada nessa história toda.

– Você também acha?

– Amanhã vocês vão se encontrar com o tal Patrick?

– Assim esperamos.

– Big Cyndi e eu podemos ajudar, você sabe disso.

– Vocês têm mais o que fazer. Pode deixar, eu me viro sozinho.

– Não faça isso, Myron.

– Isso o quê? Vocês têm um negócio para tocar, não têm?

– Sim, mas somos donas do nosso próprio nariz. Não é toda hora que Little Pocahontas e Big Chief Mama são escaladas para lutar. Podemos ajudar; é só você chamar que estaremos lá. – Inclinando-se para a frente, ela acrescentou: – É do primo do Win que estamos falando, Myron. Quero participar. Big Cyndi também. Não deixe a gente fora dessa.

– Ok – disse Myron. Depois: – Mas e Hector, cadê ele?

Uma sombra baixou sobre o rosto de Esperanza.

– Está com o pai – cuspiu ela.

– Pelo visto, a briga de vocês pela guarda do menino não está indo muito bem.

– Tom é unha e carne com o juiz. Joga golfe com ele, você acredita?

– Não dá para mudar de foro?

– Segundo a minha advogada, não. Adivinhe o que Tom alega.

– O quê?

– Que eu levo uma vida "devassa" – disse ela, sinalizando as aspas.

– Por causa da luta livre?

– Porque sou bissexual.

Myron arqueou as sobrancelhas, espantado.

– Jura?

– Juro.

– Mas a bissexualidade anda tão na moda hoje em dia...

– Eu sei – falou Esperanza.

– Praticamente um clichê.

– Não é? Às vezes me acho tão careta... – afirmou ela, e baixou os olhos.

– Quer dizer então que... as perspectivas não são boas?

– Posso perder a guarda do meu filho, Myron. Você conhece Tom. Sabe que ele é um estúpido, do tipo que não admite derrota, que se acha acima do bem e do mal. Ele não se importa com o certo e o errado, muito menos com onde está a verdade. O negócio dele é vencer. É me derrotar, custe o que custar.

– Posso fazer alguma coisa por você?

– Pode responder uma pergunta.

– Diga.

– Você sabia desde o início que o cara era um babaca, não sabia?

Myron não respondeu.

– Então por que deixou que eu me casasse com ele?

– Achei que não cabia a mim interferir – disse Myron.

– Se não cabia a você, cabia a quem então? – devolveu ela.

Bum. Um soco na boca do estômago. Esperanza não fez mais do que encará-lo por alguns segundos. Era sozinha no mundo. Tinha apenas Myron, Win e Big Cyndi como amigos.

– Você teria me dado ouvidos? – questionou Myron.

– Não mais do que você me deu quando falei que aquela Jessica não prestava.

– Acabei enxergando a luz.

– Ah, enxergou, sim. Assim que ela abandonou você para casar com outro homem – acrescentou Esperanza, mas se arrependeu imediatamente. – Desculpe, foi mal. É que essa história com Tom me deixa irritadíssima, sabe?

– Deixe para lá.

– Mas agora você tem a Terese.

– Dela você gosta?

– Se eu gosto da Terese? Meu amor, se eu conseguisse convencer a mulher a mudar de time, roubaria ela de você na mesma hora.

– Fico lisonjeado – disse Myron.

– Espere aí.

– Que foi?

– Já que Win reapareceu... isso significa que não vou mais ser seu padrinho?

– Você nunca foi meu *padrinho*, Esperanza. Se eu precisasse de uma madrinha, aí não teria para mais ninguém.

– Preconceito, isso sim.

– Não preciso de madrinha, mas preciso de outra coisa.

– De quê?

– De uma celebrante para oficializar o nosso casamento.

– Você está dizendo que... – Esperanza raramente ficava perplexa com alguma coisa, mas era assim que ela estava naquele momento.

– Isso mesmo. Terese e eu gostaríamos muito que você nos casasse. Vai ter que se cadastrar em algum site, ou algo desse tipo, mas a gente faz questão que seja você.

– Filho da p...

– Que foi?

– Tenho mais fotos para fazer com o pessoal lá atrás. Não posso chorar.

– Não vai chorar. É uma índia guerreira.
– Tem razão – concordou ela, levantando-se. – Myron?
– O quê?
– Quantas vezes Win pediu sua ajuda?
– Acho que essa foi a primeira.
– Então a gente precisa encontrar o Rhys.

Mickey seguia mudo no trajeto de volta para casa, olhando pela janela do carro.

Nem sempre tio e sobrinho se entendiam. Mickey culpava Myron por muito do que havia acontecido a seus pais. E com razão, pelo menos até certo ponto. Esperanza lhe perguntara por que ele não havia interferido a tempo de impedir que ela se casasse com Tom. O motivo tinha a ver com Mickey. Anos antes Myron havia interferido quando seu irmão Brad, pai de Mickey, decidira fugir com Kitty Hammer, sua cunhada e mãe de Mickey, uma atormentada estrela do tênis profissional. Essa decisão, tomada com a melhor das intenções, havia resultado em desastre.

– Esse garoto que veio de Londres... ele tem a sua idade – disse Myron lá pelas tantas.

Sabia que o sobrinho havia passado por muita coisa para alguém tão jovem: a criação instável, a mãe e seus problemas com as drogas, o pai e seu bizarro retorno do túmulo. Além disso, pelo que tudo indicava, herdara o infame "complexo de herói" da família Bolitar. Já havia feito muita coisa boa até então, o que era motivo tanto de orgulho quanto de preocupação.

– Aí fiquei pensando... – prosseguiu Myron. – De repente você pode me ajudar a entender o que se passa na cabeça dele.

– Será?

– Acho que sim, sei lá.

– Quer dizer então que, se um dia eu precisar entender o que se passa na cabeça de um cara de 40 anos, basta perguntar a você?

– É, tem razão.

– Ele foi sequestrado... há dez anos?

– Isso.

– E por onde andou esse tempo todo, você sabe?

– Não. Mas quando foi encontrado estava trabalhando como garoto de programa na rua.

Silêncio.

– Myron?

– Sim.

– Se você realmente quer que eu ajude, vai ter que contar a história toda.

Myron concordou e contou tudo que sabia. Mickey ouviu sem interrompê-lo, depois disse:

– Então esse Patrick já está na casa dos pais...

– Está.

– E você vai se encontrar com ele amanhã.

– A ideia é essa.

Mickey refletiu um instante, coçou o queixo.

– Se não der certo, me avise – falou.

– O que faz você pensar que não vai dar certo?

– Nada.

– E o que você pretende fazer se realmente não der certo?

Mickey não respondeu.

– Não quero você envolvido nessa história, Mickey.

– Um adolescente continua sumido, Myron. Você mesmo disse: de repente eu posso ajudar.

capítulo 14

A VIZINHANÇA ERA UMA COLEÇÃO de mansões de novos-ricos, tão enormes que pareciam ter tomado algum tipo de hormônio de crescimento. Os gramados eram excessivamente bem cuidados, os arbustos podados com demasiada precisão. O sol brilhava no alto, como se alguém tivesse apertado um botão para chamá-lo. Os tijolos e as pedras das fachadas eram desbotados de modo perfeito, talvez mais do que deviam, tão falsamente antigos quanto os dos prédios cenográficos de Las Vegas ou da Disney. Os acessos não eram asfaltados, mas revestidos de um cascalho tão imaculado que dava pena passar de carro sobre eles. Tudo ali recendia a dinheiro. Myron baixou a janela do carro já esperando ouvir um quarteto de violinos, mas ouviu apenas silêncio, o que talvez fosse ainda mais apropriado.

As casas eram bonitas e pitorescas, mas tinham o charme de uma cadeia de hotéis.

Furgões de reportagem faziam plantão na rua, porém menos que o esperado. O portão estava aberto, então Myron entrou com o carro no acesso (de cascalho, claro) da propriedade dos Baldwins. Eram oito e meia da manhã, meia hora antes do horário marcado para a reunião com os Moores. Descendo do carro, Myron achou o gramado à sua volta tão verde que quase se abaixou para conferir se não era pintado.

Uma cadela labrador chocolate veio correndo na sua direção, derrapando aqui e ali, abanando o rabo com tanta empolgação que as ancas mal conseguiam acompanhar. Myron se agachou para recebê-la e cumprimentá-la com um bom afago atrás das orelhas.

Um rapaz surgiu com a coleira da cadela na mão. Ele usava uma malha de corrida de lycra preta com mangas azuis de um tom escuro idêntico ao dos tênis. Os cabelos eram compridos e ondulados, daqueles que volta e meia precisavam ser jogados para trás para desobstruir os olhos. Aparentava uns 20 e poucos anos. Fazendo as contas rapidamente, Myron deduziu que era Clark, o irmão mais velho de Rhys. À época do sequestro, o garoto tinha 11 anos, portanto agora estaria com 21. As feições exibiam traços tanto da mãe quanto do pai.

– Qual é o nome dela? – perguntou Myron, ainda afagando a cachorra.

– Chloe.

– Você deve ser Clark – disse Myron, levantando-se.

– E você deve ser Myron Bolitar. – O rapaz se adiantou e estendeu a mão para cumprimentá-lo. – Prazer.

– Igualmente.

Por alguns segundos eles ficaram ali, meio desconcertados, sem saber o que dizer um para o outro. Clark olhou para a direita, depois para a esquerda, e então fabricou um sorriso. Apenas para quebrar o silêncio, Myron perguntou:

– Você estuda?

– Segundo ano de faculdade.

– Onde?

– Columbia.

– Uma ótima escola – declarou Myron, espichando a conversa. – Já escolheu uma especialização ou essa é uma pergunta irritante dos adultos?

– Ciências políticas.

– Ah. O mesmo que eu.

– Legal.

Mais desconcerto.

– Já sabe o que pretende fazer depois que se formar? – questionou Myron, fazendo a mais batida das perguntas porque não sabia o que mais perguntar a um garoto de 21 anos.

– Não faço a menor ideia – respondeu Clark.

– Tem tempo de sobra para pensar.

– Valeu.

Seria isso um sarcasmo? De qualquer modo, o embaraço ainda era o mesmo de antes.

– Acho que vou entrar – falou Myron, apontando para a porta da casa como se Clark não soubesse o que significava "entrar".

– Foi você que salvou Patrick, não foi? – disse o garoto, antes que Myron se afastasse.

– Tive ajuda. – Mais uma idiotice para dizer. Clark não estava interessado em modéstia naquele momento. – Mas, sim, eu estava lá.

– Mamãe falou que você quase salvou Rhys também.

Myron não tinha a menor ideia do que dizer, então permaneceu calado, apenas deixando os olhos vagarem a seu redor. De repente, lembrou de algo: aquela casa era a cena do crime. O acesso de cascalho onde ele se achava agora era o mesmo que Nancy Moore havia usado para tocar a campainha e buscar Patrick naquele fatídico dia. O mesmo que Brooke atravessaria pouco depois para chamar Vada Linna, a babá finlandesa.

– Você tinha 11 anos – afirmou Myron.

– Sim.

– Lembra de alguma coisa?

– Tipo o quê?

– Tipo... onde você estava quando tudo aconteceu?

– Que diferença isso faz?

– Sei lá. Estou querendo relembrar os fatos, só isso.

– Mas o que eu tenho a ver com eles?

– Nada – disse Myron. – É assim que gosto de trabalhar. Ou de investigar. Faço um monte de perguntas imbecis. Dou um monte de tiros no escuro e às vezes acabo acertando em alguma coisa.

– Eu estava na escola – informou Clark. – Décimo ano, turma do Sr. Dixon.

Myron refletiu um instante.

– Por que Rhys e Patrick não estavam na escola também? – perguntou.

– Ainda estavam no jardim de infância.

– Sim, mas e daí?

– Aqui as aulas do pré-escolar são em meio período.

Myron ruminou mais um pouco.

– Do que você lembra exatamente?

– De nada. Voltei da escola e a polícia já estava aqui quando cheguei.

– Está vendo?

– Vendo o quê?

– Você ajudou.

– Como?

Nesse instante Brooke surgiu à porta da casa.

– Myron? – chamou ela.

– Oi, já estou indo. Estava papeando um pouco com o Clark.

Sem dizer uma palavra, Clark vestiu a coleira na cachorra e saiu correndo com ela para a rua. Myron foi ao encontro de Brooke sem saber ao certo se devia cumprimentá-la com beijinhos ou um aperto de mão. Brooke puxou-o para um abraço, resolvendo o dilema. Usava um perfume delicioso e estava bonita de jeans e blusa branca.

– Chegou cedo – observou ela.

– Você se importa de me mostrar a cozinha? – pediu Myron.

– Puxa, você não perde tempo, não é?

– Melhor assim, não acha?

– Claro. Venha comigo.

O piso era de mármore, portanto, os passos de ambos ecoavam no pé-direito altíssimo do foyer. No centro do espaço havia uma suntuosa escadaria, dessas que geralmente se veem apenas na televisão ou no cinema. As paredes eram de um tom suave de lilás, decoradas com uma bela coleção de tapeçarias. A cozinha ficava num plano superior ao das salas, um cômodo retangular mais ou menos do tamanho de uma quadra de tênis. Nela, o que não era branco era de metal cromado. Myron ficou imaginando a trabalheira que seria manter aquela cozinha limpa. Vidraças que iam do teto ao chão davam vista para uma piscina, um jardim maravilhoso e um pequeno gazebo. Mais adiante, numa encosta, ficava um bosque.

– Pelo que me lembro dos relatórios da polícia – disse Myron –, a babá estava aqui, perto da pia.

– Exato.

– E os meninos estavam sentados ali naquela mesa.

– Certo. Antes estavam brincando lá fora.

– No jardim?

– Sim.

– Estavam brincando. Depois a babá trouxe os dois para fazer um lanche aqui na cozinha. – Myron caminhou para a vidraça de correr, tentou abrir uma fresta, constatou que estava trancada. – Eles entraram por esta porta?

– Sim.

– Depois a babá deixou a porta destrancada.

– Sempre deixávamos essa porta destrancada. Não víamos nenhum risco nisso.

Seguiram-se alguns minutos de silêncio, até que Myron falou:

– Segundo relatou a babá, os sequestradores vestiam preto e estavam usando gorros de esqui na cabeça, certo?

– Certo.

– E vocês não têm câmeras de segurança em casa, alarmes, nada disso?

– Agora temos. Mas na época só tínhamos uma câmera para ver quem estava tocando a campainha.

– Imagino que a polícia tenha conferido essa câmera.

– Não havia nada para conferir porque ela não gravava as imagens, era tudo ao vivo.

Notando que a mesa redonda da cozinha contava com quatro cadeiras para uma família de três pessoas, Myron cogitou se após o sequestro ninguém havia tido coragem suficiente para retirar uma das cadeiras e se nos últimos dez anos eles haviam feito suas refeições ali, acompanhados daquela cadeira morbidamente vazia. Lendo os pensamentos dele, Brooke disse:

– Geralmente jantamos na ilha.

A tal ilha era uma ampla bancada retangular de mármore branco encimada por inúmeras panelas de cobre penduradas em um aramado. De um lado, gavetas; de outro, seis bancos altos.

– Tem uma coisa... – observou Myron.

– O quê?

– Tudo nesta cozinha dá para as janelas: a bancada da pia, o fogão, os seis bancos da ilha, três das cadeiras da mesa...

– Sim, e daí?

Myron se aproximou novamente da porta de vidro. Olhou para a esquerda, depois para a direita.

– Três homens de gorro atravessam esse jardim enorme e ninguém vê?

– Vada estava ocupada preparando o lanche dos meninos. Quanto a eles... bem, dificilmente estariam olhando para a janela. Deviam estar fazendo alguma bagunça, jogando algum videogame, qualquer coisa assim.

Myron admirou novamente a vastidão do jardim, a abundância de janelas e vidraças.

– É possível.

– O que mais poderia ser? – perguntou Brooke.

Ainda era cedo para responder a essa pergunta.

– Clark disse que estava na escola quando os meninos foram levados.

– Sim, e daí?

– Geralmente as aulas terminam às três da tarde. E por aqui a pré-escola é de meio período, certo?

– Sim. As aulas terminam às onze e meia.

– E os sequestradores sabiam disso também.

– Imagino que sim, mas e daí?

– Isso indica uma operação planejada.

– A polícia deduziu a mesma coisa. Os sequestradores provavelmente vinham seguindo Vada e Rhys, sabiam os horários deles.

Myron digeriu a informação e então disse:

– Mas nem sempre Rhys vinha para casa depois da escola, vinha? Imagino que de vez em quando ia para a casa de algum amiguinho, do mesmo modo que Patrick vinha para cá, por exemplo.

– Certo.

– Então... por um lado parece que a coisa foi cuidadosamente planejada: três homens que conheciam os horários de todo mundo. Mas, por outro, eles também tiveram que contar com a sorte de encontrar esta porta destrancada e de não serem vistos por ninguém.

– De repente sabiam que a babá deixava a porta sempre aberta.

– Como? Espiando enquanto ela voltava do jardim para a cozinha? Acho pouco provável.

– Também poderiam ter estilhaçado o vidro – cogitou Brooke.

– Não entendi.

– Digamos que Vada tivesse visto a chegada dos sequestradores a tempo de correr e trancar a porta. Eles poderiam muito bem ter quebrado o vidro para entrar.

Tudo bem, pensou Myron. Mas por que esperar? Por que não levar os meninos quando eles ainda estavam brincando no jardim? Temiam ser vistos por alguém?

Ainda era cedo para formular qualquer tipo de tese. Ele precisava colher mais informações.

– Então os sequestradores entram na cozinha, bem aqui onde estamos.

Brooke enrijeceu imediatamente.

– Sim.

– Desculpe – disse Myron. – Acho que me excedi.

– Não precisa ser condescendente comigo.

– Não fui. Mas também não preciso ser insensível.

– Nesse caso... que tal tirarmos o elefante da sala?

– Do que você está falando?

– Você deve estar se perguntando como consigo entrar diariamente nesta cozinha e passar pelo local onde Rhys foi sequestrado. Se eu bloqueio a memória, se eu choro... Um pouco das duas coisas, eu acho. Mas, de modo geral, gosto de lembrar. Entro nesta cozinha e a lembrança me faz companhia. Preciso dela. Volta e meia alguém me pergunta por que não me mudei desta casa. As pessoas não entendem como é possível conviver com tanta dor. Vou lhe dizer por quê. Porque a dor é melhor. Porque viver a dor é melhor do que dar meu filho como morto e tocar o barco adiante. Não há mãe que faça isso, que desista de encontrar um filho desaparecido. Com a dor eu consigo conviver; com a derrota, não. Entendeu agora?

– Entendi – disse Myron, lembrando-se de que Win dissera que a prima não deixava a ferida cicatrizar e isso a vinha corroendo por dentro.

Talvez fosse mesmo possível conviver com a dor, mas o inferno de não saber, o limbo do eterno mistério, isso não havia cristão que aguentasse. Chegava uma hora que as pessoas precisavam de uma resposta.

– Então, continue – pediu Brooke. – O que mais você quer saber?

Myron não pensou duas vezes.

– O porão. Por que o porão? – perguntou ele, apontando para a porta de vidro. – Os caras entram por aqui, imobilizam a babá e pegam os meninos. Não querem matar a garota, apenas amarrá-la. Por que não fizeram isso aqui mesmo na cozinha? Por que desceram para o porão?

– Por aquilo que você mesmo disse.

– O quê?

– Para não correrem o risco de que alguém os visse de fora.

– Mas, se a cozinha e o jardim são tão expostos assim, por que eles não entraram por outro lugar?

Myron ouviu passos se aproximando da cozinha. Conferiu as horas no relógio: 8h45.

– Brooke?

Era Chick. Ele entrou no cômodo e parou assim que deparou com Myron. Estava de terno e gravata, levando ao ombro uma bolsa de couro, o equivalente moderno das pastas de outrora. O que ele pretendia? Falar com Patrick e seguir para o escritório depois? Sem se dar o trabalho de cumprimentar Myron, ele sacou o celular e disse à mulher:

– Você não confere suas mensagens?

– Deixei meu telefone lá na sala, por quê?

– Mensagem da Nancy para nós dois – explicou ele. – Mudança de planos: ela quer que a reunião seja lá na casa dela, não aqui.

capítulo 15

ELES FORAM NO CARRO de Myron. No banco traseiro, Chick e Brooke deram-se as mãos, o que para eles não era muito comum.

– Vire à esquerda no fim da rua – instruiu Chick.

À esquerda ficava uma ladeira que descia pela encosta da colina e levava a uma parte menos abastada da vizinhança. Menos rica, porém ainda no âmbito dos aluguéis estratosféricos. Chick mandou que Myron virasse à direita, depois entrasse na primeira à esquerda. A viagem foi curta. A casa dos Moores ficava a menos de 2 quilômetros de distância. Entrando na rua deles, Chick resmungou:

– Merda...

Inúmeras vans de estações de TV e jornais faziam sentinela em ambos os lados da via. O que não deixava de ser compreensível. Após um sumiço de dez anos, Patrick Moore finalmente voltara para casa. Os repórteres queriam fotos e vídeos do garoto e dos pais naquele momento tão feliz da vida deles. Mas apenas uma foto recente de Patrick vinha circulando na mídia até então. No hospital de Londres, enquanto o garoto dormia no quarto, algum funcionário havia tirado uma foto bastante tremida e vendido para os tabloides locais. Eles queriam mais.

Os repórteres correram na direção do carro, mas Myron seguiu acelerando para evitar que eles bloqueassem o caminho. Um policial montava guarda diante da casa dos Moores. Ele acenou para que Myron entrasse e impediu que os repórteres viessem atrás. O que tanto fazia: para isso existiam as lentes de zoom. Myron logo notou a placa espetada no jardim, informando que a casa estava à venda. Ao perceber que a porta automática da garagem estava aberta, ele estacionou dentro dela e ficou esperando no carro, junto com os Baldwins, até que a porta se fechasse por completo. Nenhum dos três queria ser fotografado.

Na garagem de Nancy se via apenas o carro dela, um sedã Lexus, mas nenhum sinal daquela tralha que em geral atulhava as garagens americanas. Não porque ela fosse especialmente organizada, mas porque na casa não havia gente o bastante para atulhar o que quer que fosse. Nancy era divorciada e, além de Patrick, tinha apenas uma filha mais velha, Francesca, que regulava de idade com Clark e que já devia estar na faculdade também.

O mais provável era que a mulher já estivesse desde muito com a mudança pronta, ansiosa para começar um novo capítulo da sua vida bem longe daquela casa e daquele bairro.

Hunter Moore surgiu à porta que dava acesso à cozinha da casa. Ficou surpreso ao deparar com Myron, mas não o hostilizou.

– Por favor, entrem. – Foi só o que disse.

A cozinha de Nancy era bastante aconchegante, quase rústica, com armários de madeira e paredes revestidas de pedra. Nancy esperava à mesa com um homem que Myron não conhecia. O sujeito cumprimentou-os com um sorriso que deixou Myron incomodado. Sorriso de padre. Boa coisa não devia ser. Muito magrinho e com uma calvície já bastante adiantada, ele aparentava uns 50 anos, usava um par de óculos pesado, careta, e vestia uma camisa do mesmo jeans das calças. Poderia muito bem ser confundido com o mestre de cerimônias de uma feira caipira.

Por alguns segundos os seis ficaram ali, meio desconcertados, sem saber direito o que dizer. Era como se os dois casais tivessem trazido consigo um representante para duelar em seu lugar. Myron tentou ler alguma coisa na expressão de Nancy e Hunter. Viu apenas que eles estavam nervosos. O caipira, por sua vez, parecia completamente à vontade. Foi ele quem quebrou o silêncio.

– Sejam bem-vindos.

– Quem é você? – perguntou Chick à queima-roupa.

– Meu nome é Lionel – disse o outro com seu sorriso excessivamente gentil.

Chick olhou para Myron, depois para Brooke e em seguida para os Moores.

– Onde está Patrick? – questionou.

– Lá em cima – respondeu Lionel.

– Quando é que a gente vai poder falar com ele?

– Daqui a pouco. Por que não nos sentamos lá na sala para conversar com mais conforto?

Chick o encarou por alguns segundos.

– Você acha que tem alguém aqui com cabeça para pensar em conforto?

Lionel assentiu com um gesto da cabeça, um gesto que tinha de compassivo e indulgente o mesmo tanto que tinha de falso.

– Entendo perfeitamente, Chick – falou ele. – Posso chamá-lo de Chick, não posso?

Chick olhou para Myron e Brooke como se dissesse: "De onde saiu essa criatura?"

Brooke se adiantou e perguntou a Nancy:

– O que está acontecendo aqui? Quem é esse cara?

Nancy já ia gaguejando algo quando Lionel se aproximou e respondeu por ela:

– Meu nome é Lionel Stanton. Sou o médico que está cuidando do Patrick.

– Que tipo de médico? – interveio Chick.

– Psiquiatra.

Myron não gostou do que ouviu. Sabia que o caldo estava para engrossar. Nancy tomou a mão de Brooke e disse:

– Nós queremos ajudar...

– Claro que queremos – acrescentou Hunter, com as pernas meio bambas.

Myron ficou se perguntando se o homem já estaria bêbado assim tão cedo.

– Por que será que estou com a sensação de que vem um "mas" por aí? – disse Chick.

– Não vem "mas" nenhum – disse Lionel. – Desde que vocês entendam: Patrick passou por maus bocados, coitado. Praticamente um calvário.

– É mesmo? – disse Chick, destilando sarcasmo. – Desculpe, a gente não entende nada de calvário.

– Chick. – Era Brooke, balançando a cabeça para que o marido se calasse. – Por favor, continue – pediu ela ao psiquiatra.

– Eu poderia procrastinar um pouco – disse Lionel –, mas acho melhor ir direto ao ponto. Sem rodeios. Sem tecnicismos inúteis. Apenas a verdade nua e crua.

Haja paciência, pensou Myron. O psiquiatra enfim arrematou:

– No ponto em que estamos, Patrick não poderá ajudá-los.

Chick abriu a boca para dizer algo, mas Brooke o silenciou com um gesto da mão.

– Como assim, não pode nos ajudar? – perguntou ela ao médico.

– Sei que ontem à noite a Sra. Moore sugeriu que este encontro fosse na casa de vocês...

– Sim.

– Eu não deixei. Por isso vocês estão aqui. Levar Patrick de volta para o local onde tudo começou... para a cena do crime, por assim dizer... isso seria desastroso para o estado mental dele, já bastante frágil do jeito que está, quase uma catatonia. Quando ele enfim consegue falar alguma coisa, é para dizer que está com fome ou com sede. Mesmo assim fala apenas quando é interpelado por alguém.

Myron abriu a boca pela primeira vez.

– Vocês perguntaram a ele sobre Rhys?

– Claro – disse Lionel.

– E aí? – quis saber Brooke.

Lionel estampou no rosto a mesma expressão compassiva e falsa de antes.

– E aí que ele não tem nada a dizer a respeito do seu filho. Eu sinto muito.

– Não acredito em nada disso – cuspiu Chick.

Nancy virou-se para Brooke, dizendo:

– A gente está fazendo o melhor que pode...

– Você já está com seu filho de volta. Nós ainda não. Será que você não entende? Rhys continua tão desaparecido hoje quanto estava nesses dez anos!

– De qualquer modo – interveio Lionel –, não creio que ele saiba de muita coisa.

Chick só faltou espumar.

– Como é que é?

– Por favor, não me entenda mal. Fiquei ao lado dele esse tempo todo. Estamos fazendo todo o possível para fazê-lo falar. Mas por enquanto ele se lembra de muito pouco. Lembra alguma coisa da infância nesta casa, mas é só. Mesmo que se recordasse de algo sobre o dia do sequestro, isso não ajudaria muito, imagino eu. Só o que sabemos por enquanto é que ele e o filho de vocês estavam sob as garras do mesmo homem.

– Foi ele que disse isso? – perguntou Myron.

– Não com tantas palavras. O fundamental agora é aclimatar Patrick. Pedi a Francesca que ficasse o máximo possível com ele. Ela parece deixá-lo mais tranquilo. Também queremos que ele comece a conviver com pessoas da mesma idade, que aos poucos volte a ter uma vida social. Mas tudo requer tempo. Não podemos nos precipitar.

Chick mais uma vez não se aguentou.

– Que merda é essa? O que está acontecendo aqui?

– Calma, Chick – disse Hunter.

– Calma droga nenhuma. Seu filho sabe o que aconteceu com o meu. Ele precisa falar.

– Infelizmente isso não será possível – informou Lionel.

– Ficou maluco? Estamos investigando um sequestro aqui. Vou chamar a polícia.

– Não vai adiantar nada – falou Lionel.

– Por que não?

– A polícia já esteve aqui, é claro. Mas, na qualidade de médico de Patrick, recomendei à família que não deixasse o garoto ser interrogado por enquanto. Meu compromisso é, antes de tudo, com o bem-estar do meu paciente. Mas acredito que isso seja o melhor para todo mundo, não só para ele. Repito: estamos fazendo o possível para colocar Patrick num patamar de estabilidade no qual ele se sinta mais à vontade para falar. Quando estiver mais forte, ele conversará com vocês.

– E quando isso vai acontecer? – perguntou Chick.

– Chick – disse Nancy –, a gente está fazendo o que pode...

– E a gente, faz o quê? – disse Brooke. – Volta para casa e fica esperando vocês chamarem?

– Sei que não vai ser fácil, mas...

– Aposto que sabe. Mais do que ninguém, Nancy.

– Mas também tenho que pensar no meu filho.

– Seu filho está em casa, Nancy! – explodiu Brooke com os punhos cerrados. – Será que não entende? Você pode abraçar Patrick quando quiser. Pode cuidar dele, pode alimentar, pode ficar a seu lado enquanto ele dorme... Mas o meu filho...

Pela primeira vez, Myron pôde ver a armadura de Brooke se romper. Algo que nem mesmo o marido dela tinha visto antes.

– Quer saber de uma coisa? – falou Chick. – Meu saco já encheu.

E imediatamente saiu correndo rumo ao interior da casa.

– Ei! – berrou Lionel. – O que acha que está fazendo? Você não pode...

Todos saíram no encalço dele.

– Espere! – gritou Hunter, vendo-o ao pé da escada. – Você não tem permissão para subir!

– Vai traumatizar o garoto! – acrescentou Lionel.

Chick foi subindo sem nem ao menos olhar para trás. Hunter começou a correr atrás dele. Sem saber ao certo o que fazer, Myron deslocou o corpo o suficiente para impedir a passagem dele.

– Patrick! – berrou Chick.

Myron ouviu quando o homem abriu e fechou uma porta no corredor. A essa altura, ele já subia a escada também, atrás de Hunter e Lionel, pronto para intervir novamente se fosse preciso. Brooke e Nancy o seguiam.

Chick já estava à porta do último quarto quando os demais pisaram no corredor; com exceção de Myron, todos berravam muito.

– Não! – gritou Hunter, saltando no ar na esperança de alcançá-lo a tempo.

Tarde demais.

Chick entreabriu a porta. E se paralisou diante do que viu.

Bem maior e mais forte que Lionel, Myron não teve dificuldade para ultrapassar o psiquiatra e chegar antes dele ao quarto. Assim como Chick, ficou horrorizado com a cena à sua frente: lá estava Patrick, encolhido no canto como se tentasse sumir dali.

Ao que tudo indicava, Nancy havia mantido intacta a decoração do quarto, própria para um menino de 6 anos. A cama tinha o formato de um carro de corrida. Numa das paredes, via-se o pôster de um filme de super-herói já bem antigo. Três troféus pequeninos enfeitavam a prateleira. Acima da porta do closet, letras de madeira formavam o nome de Patrick. O papel de parede era de um tom vivo de azul. O carpete tinha as linhas de uma quadra de basquete.

Vestindo um pijama de flanela, Patrick abraçava os joelhos enquanto balançava o corpo para a frente e para trás. Com os olhos espremidos, ele tapava os ouvidos com as mãos, os headphones abandonados no chão diante de si.

– Não me machuquem, não me machuquem – resmungava ele baixinho, feito um mantra.

Nancy empurrou Myron para o lado, irrompeu no quarto e caiu de joelhos para abraçar o filho, deixando que ele enterrasse o rosto molhado no seu ombro. Em seguida virou olhos fuzilantes na direção da porta. Hunter e Lionel já haviam entrado também. Era como se os três agora formassem uma barreira para proteger o garoto apavorado.

– Tentamos explicar com educação – disse Hunter aos Baldwins. – Agora quero que vocês saiam da minha casa.

capítulo 16

ADORO ROMA.

Sempre me hospedo na Villa La Cupola, do Hotel Excelsior, uma suíte que ocupa os dois últimos pavimentos do antigo palacete. Gosto do deque externo com vista para a Via Veneto. Gosto dos afrescos da cúpula, pintados de modo a dar continuidade à paisagem da janela. Gosto do cinema particular, da sauna, da jacuzzi.

Quem não gostaria?

Em outros tempos, o *concierge* Vincenzo cuidava pessoalmente para que as minhas preferências de, digamos, diversão, fossem atendidas. Cabia a ele providenciar para que uma "dama da noite" ou "cortesã", tal como ele mesmo dizia, já estivesse à disposição na minha chegada. Às vezes duas. Outras raras vezes, três. Era bastante conveniente que a suíte dispusesse de um número suficiente de quartos (seis) para acomodar minhas companhias que resolvessem dormir por lá: nunca gostei de dividir a cama com ninguém.

Sim, eu tinha o hábito de contratar prostitutas. Talvez seja o caso de fazer uma pausa aqui para que você possa exprimir seu horror e sua indignação do jeito que quiser, de preferência com um sonoro *tsc tsc tsc*.

Terminou? Ótimo.

Gostaria de deixar bem claro que essas acompanhantes eram moças de altíssimo nível, mesmo sabendo que isso não muda muita coisa; seria uma grande hipocrisia da minha parte achar que mudaria. Eu via aquilo como uma transação comercial vantajosa para ambas as partes. Gosto de sexo. Não me importo de dizer isso aos quatro ventos: gosto muito de sexo, sobretudo quando ele se limita exclusivamente aos prazeres da carne, à sua forma mais pura. Em outras palavras, não gosto de vínculos, sejam eles emocionais ou de qualquer outra natureza. Myron acredita que o "amor" e os "sentimentos", tal como ele vive dizendo, tornam o sexo melhor. Eu penso de outra forma. Para mim, essas coisas servem apenas para diluir o sexo.

Não perca seu tempo procurando alguma explicação mais profunda para essa minha inclinação. Não é que eu tenha medo dos relacionamentos. Apenas não me interesso por eles.

Nunca enganei ninguém. Jamais menti para as mulheres que levei para a cama, fossem elas profissionais do sexo ou pessoas que conheci por aí e com as quais acabei me envolvendo por uma, duas, no máximo três noites. Sempre fui compreendido por elas. Expunha meus limites logo de cara, depois rezava para que elas vissem neles o mesmo prazer que eu. Claro, muitas tentaram me dobrar, convictas de que eu acabaria me apaixonando depois de conhecê-las melhor, depois de ver como eram sensacionais.

Tudo bem. Se você quiser tentar, meu amor, não sou eu que vou impedir.

Meu querido amigo Myron Bolitar (embora "amigo" seja pouco para descrever nossa relação) fica bastante preocupado com esse aspecto da minha personalidade. Acha que "falta algo" dentro de mim. Acredita que a origem de tudo está naquilo que minha mãe aprontou com meu pai no passado. Mas que diferença faz? Sou assim e pronto. Sou feliz do jeito que sou. Ele diz que não entendo, mas está errado. Compreendo perfeitamente a necessidade de companhia. Poucas coisas me dão mais prazer na vida do que as noites em que nós dois nos reunimos para jogar conversar fora, para ver alguma coisa na TV ou para dissecar algum jogo de futebol ou basquete e depois nos despedimos um do outro e eu vou para casa com alguma gata estonteante...

Você acha que "falta algo" nisso, meu camarada?

Não tenho o menor interesse em me defender do julgamento alheio, mas, apenas para deixar claro, sou totalmente a favor da igualdade de direitos, da igualdade de remuneração, da igualdade de oportunidades. Segundo o dicionário, feminismo é "a teoria que sustenta a igualdade política, social e econômica de ambos os sexos". Por essa definição, e por quase todas que circulam por aí, sou um feminista de carteirinha.

Não minto para as mulheres. Não traio as mulheres. Trato todas as minhas companhias e funcionárias com o mais absoluto respeito, e elas, em troca, fazem o mesmo. A não ser, claro, naqueles momentos mais calorosos em que ninguém está interessado em respeito, se é que você me entende.

Portanto você deve estar se perguntando por que diabo abandonei o hábito de contratar o serviço das profissionais do sexo, esse arranjo que por tantos anos funcionou tão bem para mim. A verdade pura e simples é que eu nutria a ilusão de que ele tinha por base a ideia de consentimento mútuo, de uma transação comercial legítima, de um contrato voluntariamente assinado por ambas as partes. Em dado momento, aprendi que não é bem assim. Ou pelo menos não é sempre assim. Acontecimentos recentes (entre eles o infortúnio de Patrick e Rhys) serviram para abrir meus olhos a esse respeito. Há quem diga que eu deveria ter tido essa tomada de consciência muito antes, que eu vinha fazendo vista grossa para as durezas da vida apenas para satisfazer meu próprio interesse.

Pode ser. Não vou negar.

Deixo a suíte e desço de elevador para o saguão excessivamente barroco do Excelsior. Quando me vê, Vincenzo arregala os olhos como se oferecesse os seus préstimos de *concierge* e cafetão. Agradeço com um gesto discreto de cabeça e vejo o italiano murchar, com certeza pensando que não fará jus à minha generosa gorjeta. Bobagem. Não vou prejudicar o homem só porque dei uma ligeira atualizada nos meus códigos morais.

Conheço Roma razoavelmente bem. Não vou dizer que sou um nativo, mas já estive aqui inúmeras vezes. Vou descendo pela Via Veneto rumo à embaixada americana, depois viro à direita na Via Liguria e sigo ziguezagueando até a escadaria da Piazza di Spagna. O caminho é em si uma maravilha. Desço os 135 degraus até a famosa Fontana di Trevi. O lugar está apinhado de turistas. Paciência. Misturado a eles, tiro uma moeda da carteira, viro de costas para a fonte e uso a mão direita para arremessá-la sobre o ombro esquerdo no espelho d'água.

"Turistoso" demais para um homem tão sofisticado quanto *moi*? Claro que sim. Mas sempre há um motivo para que as coisas se tornem turistosas, certo?

Meu celular toca.

– Articule.

– Eles já estão lá – diz a voz do outro lado da linha.

Agradeço e desligo. A caminhada até a loja na Piazza Colonna não leva mais do que cinco minutos. Estamos em Roma. Tudo é velho. Nada foi desfigurado. Não existe aqui a febre pelo moderno, o que para mim é uma bênção. A coluna de mármore no centro da praça está ali desde o ano de 193, erguida em homenagem ao imperador Marco Aurélio. No século XVI, quase 1.400 anos depois, o papa da época mandou colocar no alto dela uma estátua de bronze de São Paulo. Trocando em miúdos: sai o seu deus e entra o meu. Ao fundo da praça fica um palacete e, à direita, um shopping center abrigado nas dependências de mais um prédio centenário. Uma *galleria*. A loja de material esportivo que estou procurando fica logo ao lado da igrejinha do século XVIII. Na vitrine, um manequim infantil veste uma camiseta do AS Roma, cercado de todo tipo de artigo relacionado ao futebol: bolas, joelheiras, chuteiras, bonés.

No interior da loja, um vendedor recebe o pagamento de um cliente e faz de conta que não me vê. Passo por ele, depois subo por uma escada nos fundos do estabelecimento. Nunca estive aqui antes, mas recebi instruções bastante precisas. No alto da escada, encontro um pequeno corredor com uma porta fechada no fundo. Bato nela. Um homem me recebe do outro lado e estende a mão para se apresentar:

– Giuseppe.

Giuseppe está vestido, da cabeça aos pés, com o uniforme de um juiz de futebol: calção preto, blusa preta, meião preto, apito pendurado ao pescoço. No punho, um relógio grande e de aspecto profissional, sem dúvida usado em suas cronometragens de juiz.

Correndo os olhos à minha volta, vejo que estou numa espécie de campo de futebol em miniatura, um retângulo de carpete verde com todas as linhas brancas regulamentares. Duas mesas ocupam o espaço onde ficariam os dois gols, ambas virada para a parede, de modo que os ocupantes ficam de costas um para o outro, ambos digitando freneticamente nos respectivos teclados.

– Aquele ali é o Carlo – diz Giuseppe, apontando para o sujeito da direita.

Carlo veste uma camisa oficial do Roma, grená com detalhes em laranja e marrom. A parede à sua frente está decorada com todo tipo de tralha associada a seu time de predileção, incluindo uma grande placa com a insígnia do clube: a loba romana amamentando os meninos Rômulo e Remo, uma imagem sempre desconcertante apesar de toda a sua importância histórica. Rente ao teto, se enfileiram fotografias apenas da cabeça dos atuais jogadores da equipe. Carlo segue digitando sem se dar o trabalho de me cumprimentar.

– E aquele é o Renato.

Renato pelo menos me cumprimenta com a cabeça. Também está uniformizado, mas com a camisa azul e branca do Lazio. Tudo à sua volta tem essas mesmas cores. Os jogadores do Lazio também estão lá, perfilados no alto da parede. O logotipo é bem mais simples que o outro: apenas uma águia levando entre as garras o escudo do time.

– Senhores – diz Giuseppe no seu inglês carregado de sotaque –, este é o nosso novo patrocinador.

De certa maneira, foi Myron quem me trouxe até aqui. Ele e sua prodigiosa memória. Quando pedi que me desse o máximo de detalhes sobre seu breve encontro com Fat Gandhi no fliperama, entre tantas outras coisas ele falou do game que estava em curso no momento da sua chegada, da gana do indiano de derrotar os "malditos italianos" cuja equipe se chamava ROMAVSLAZIO.

Roma versus Lazio.

Para os que não acompanham o esporte de perto, Roma e Lazio são arqui-inimigos no futebol italiano. Dividem o mesmo Estádio Olímpico, na parte norte da capital, e todo ano se enfrentam no Derby della Capitale, um dos confrontos municipais mais acirrados do futebol planetário.

Giuseppe se aproxima e fala baixinho:

– Eles não gostam muito um do outro.

– Eles se detestam! – corrige Carlo, sem parar de digitar.

– Esse aí não vale nada – diz Renato, apontando o queixo para o outro.

– Por favor, nem comecem – intervém Giuseppe. E para mim: – Eles se conheceram numa briga de estádio, depois de um jogo.

– Que o Roma venceu – declara Carlo.

– Porque roubou – rebate Renato.

– Vocês é que não sabem perder.

– Vocês é que precisam subornar juiz para vencer.

– Ninguém subornou juiz nenhum.

– Se aquele cara não estava impedido, então não sei o que é impedimento.

– Parem com isso! – esbraveja Giuseppe. – Foi assim que começou a tal briga.

– O desgraçado tentou me matar – fala Carlo.

– Não exagera, vai.

– Me cravou uma faca.

– Era uma caneta, porra!

– Me furou do mesmo jeito.

– Furei nada.

– Mas machucou. Fiquei com um roxo no braço não sei quantos dias.

– No Roma só tem fresco que nem você.

– E no Lazio só tem boiola.

– Ah é? Repete. Repete que eu vou aí fazer você engolir o que acabou de dizer.

Nem um pouco intimidado, Carlo coloca a mão atrás da orelha e pergunta:

– Qual dos times tem mais campeonatos? Vai, diz aí. Me refresca a memória.

Renato, claro, não responde. Vermelho de raiva, fica de pé e arremessa um clipe grande contra o rival. O clipe bate no encosto da cadeira, não passa nem perto da cabeça de Carlo, mas Carlo se joga no chão como se estivesse ferido.

– Meu olho, meu olho... – resmunga ele, tapando o "ferimento" com a mão, rolando de um lado para outro como se estivesse morrendo de dor.

Giuseppe imediatamente sopra seu apito, vai na direção de Renato e saca do bolso seu cartão amarelo, dizendo:

– Sente aí, rapaz!

– Ele está fingindo! – protesta o outro.

Rindo silenciosamente, Carlo afasta a mão do rosto e pisca para Renato. Antes que Giuseppe veja, tapa o olho de novo e volta a gemer.

– Ele está fingindo! – insiste Renato.

– Já mandei você sentar. Se não me obedecer, vai levar cartão vermelho.

Renato enfim obedece, espumando de raiva ao ver o esforço que Carlo faz para voltar à sua cadeira. Giuseppe retorna para o meu lado e diz:

– Dois malucos, esses aí. Mas são muito competentes no que fazem.

– Nos games.

– Também. Em tudo que tem a ver com computador.

– Mas perderam para o Fat Gandhi.

Carlo e Renato dizem em uníssono:

– Porque ele rouba.

– Como vocês sabem?

– Ninguém ganha da gente sem roubar – declara Carlo.

– Fat Gandhi usa mais de dois jogadores – emenda Renato.

Lembrando do que Myron havia contado, declaro:

– É verdade, usa mesmo.

Os dois malucos param de digitar.

– Tem certeza?

– Tenho.

– Como você sabe?

– Não interessa.

– Para nós, interessa, sim – diz Carlo.

– Ele roubou o nosso título – acrescenta Renato.

– Vocês terão uma ótima oportunidade de dar o troco – afirmo. – Já começaram a implementar meu plano?

– Os 100 mil euros estão de pé?

– Estão.

Carlo volta a digitar com um sorriso estampado no rosto. Renato também.

– Estamos prontos – diz Giuseppe.

capítulo 17

ESPERANZA E MYRON SE encontraram num restaurante chamado Baumgart's, uma antiga delicatessen judia comprada por um imigrante chinês. Procurando fazer algo diferente e bacana, Peter Chin, o novo proprietário, mantivera intacta boa parte do lugar, acrescentando apenas alguns toques mais modernos na decoração, como os luminosos de neon, e dando um sabor mais asiático ao cardápio. Sua especialidade agora, tal como ele mesmo dizia, era a cozinha *asian fusion*. Trocando em miúdos: os clientes podiam escolher entre um frango Kung Bao e um Reuben de pastrami; um chop suey e um sanduíche de peru.

Peter se aproximou e fez uma pequena mesura diante de Esperanza.

– É uma grande honra tê-la em meu restaurante, Srta. Diaz.

– Ah, e eu não existo não, é? – brincou Myron.

– Bem, você não chega a arruinar por completo a nossa reputação.

– Fico muito lisonjeado.

– Vocês viram? – perguntou Peter.

– O quê?

Rindo de orelha a orelha, Peter apontou para uma das paredes às suas costas.

– O meu mural da fama!

Assim como tantos outros restaurantes, o Baumgart's agora dispunha de uma parede repleta de fotografias das celebridades que haviam jantado ali, uma variada coleção de famosos de Nova Jersey na qual Dizzy Gillespie dividia o mesmo espaço com Brooke Shields e Al Lewis, o simpático vovô de *Os monstros*. Lá também estavam diversos atores da *Família Soprano*, alguns jogadores dos New York Giants, os âncoras do telejornal local, uma modelo da edição de maiôs da *Sports Illustrated* e um escritor de quem Myron já havia lido alguma coisa mas cujo nome esquecera. E no meio dessa gente toda, ladeada por um rapper e um vilão do antigo seriado de TV *Batman*, achava-se a famosa Esperanza "Little Pocahontas" Diaz e seu não menos famoso biquíni de camurça, a alça do sutiã escorregando ligeiramente de um dos ombros. Estava no ringue, suada, a cabeça erguida com ar de guerreira.

Myron virou-se para ela e disse:

– Você roubou essa pose da Raquel Welch em *Mil séculos antes de Cristo*.

– Roubei.

– Eu tinha o pôster dela na minha parede quando era menino.

– Eu também – confessou Esperanza.

Ainda com seu sorriso radiante, Peter falou:

– Legal, não é?

– Não sei se você sabe, mas fui jogador de basquete profissional – informou Myron.

– Por mais ou menos três minutos.

– Puxa, você é sempre gentil assim com a clientela?

– Faz parte do meu charme. O pedido de vocês estará pronto daqui a pouco – disse o chinês e saiu.

Esperanza estava especialmente bonita numa blusa turquesa, complementada por brincos de argola e uma pulseira grossa. O celular dela vibrou. Ela leu uma mensagem e fechou os olhos, desanimada.

– O que foi? – perguntou Myron.

– O Tom.

– O que ele disse?

– A mensagem não é do Tom. É da minha advogada, dizendo que ele cancelou todas as audiências de acordo.

– Ou seja, vai partir para a briga.

– Exatamente.

– Caramba. Se eu puder fazer alguma coisa para ajudar...

– Não viemos aqui para falar de Tom.

– Mas nada impede que a gente fale.

Nicole, a garçonete, chegou com as entradas: uma salada de macarrão com gergelim e uma porção de crepes de pato, ambas com uma cara ótima. Por alguns minutos eles apenas comeram sem nada dizer.

Anos antes, Myron abrira um escritório de agenciamento de atletas que tinha por nome uma obra-prima do marketing: MB SportsRep (M de Myron, B de Bolitar e SportsRep porque ele representava atletas. Nada como uma cabeça criativa, certo?). Nele, Esperanza foi recepcionista, secretária, confidente e tudo mais que fosse preciso, tipo pau para toda obra. Mas, após se formar em direito, foi alçada à condição de sócia. Não insistira para trocar o nome da agência para MBED, pois isso seria confuso. No entanto, lá pelas tantas, quando eles começaram a representar atores e músicos além de atletas, o "Sports" do nome original foi abandonado para refletir os novos tempos. A empresa passara a se chamar simplesmente MB Reps.

Big Cyndi assumira o posto de recepcionista e de "leoa" de chácara da agência, e as coisas iam de vento em popa até começarem a desandar há mais ou menos um ano, quando Tom, o ex-marido de Esperanza, deu início à batalha judicial para ficar com a guarda do filho deles, inicialmente alegando que ela trabalhava demais. Aquilo perturbou Esperanza de tal modo que ela chegou a pedir a Myron que comprasse a parte dela na empresa. A essa altura, Win já havia sumido do mapa e Myron, diante da perspectiva de perder Esperanza também, achou melhor vender a agência por completo para outra muito maior.

– Ah, fui até a delegacia de Alpine para saber o que eles estão fazendo no caso Moore-Baldwin – disse Esperanza entre uma garfada e outra.

– E aí?

– Não quiseram falar comigo.

Myron largou o garfo.

– Espere um pouco. Não quiseram falar com você?

– Isso.

Ele refletiu um instante.

– Você não apelou para o decote?

– Dois botões estrategicamente abertos.

– E não funcionou?

– É uma mulher que está na chefia agora – explicou Esperança. – Hétero.

– Mesmo assim – falou Myron, inconformado.

– Não é? Cheguei a me sentir insultada.

– Quem sabe vou lá e faço uma tentativa? Dizem por aí que minha bunda não é de se jogar fora.

Esperanza não disse nada, apenas franziu a testa.

– Vou lá, jogo um charme... – continuou Myron.

– E tira a roupa da mulher no meio da delegacia, é isso?

– É, tem razão.

Esperanza revirou os olhos.

– De qualquer modo, acho que ela não pode nos ajudar – disse. – Muita gente já passou pela cadeira dela desde o sequestro dos meninos.

– Pois é. Além do mais, acho difícil que o caso permaneça com eles desta vez.

– O mais provável é que suba para a justiça estadual ou até mesmo para a federal. Mas Big Cyndi andou fuçando por aí. Descobriu que o cara responsável pelo caso dez anos atrás já se aposentou. O nome dele é Neil Huber.

– Espere aí. Conheço esse nome.

– Conseguiu se eleger deputado estadual. Mora em Trenton.

– Não é isso... É outra coisa.

– Também atuava como técnico de basquete na escola dos filhos.

– É isso! – exclamou Myron. – Joguei contra a equipe de Alpine quando estava no colégio.

– Então é melhor você falar com ele – disse Esperanza. – Vá lá e leve um papo com o cara, troque figurinhas com ele sobre basquete, essas coisas.

– É, acho que pode dar certo.

– Se não der, você pode recorrer à sua bunda, que um dia já foi espetacular.

– Faço o que for necessário para... – De repente a ficha caiu: – Calma aí! *Foi* espetacular?

Myron ficou esperando diante da boate.

Ele estava no Meatpacking District, em Manhattan, que vai da 14th Street até a Gansevoort Street, no lado oeste da ilha. No início do século XX, o lugar era conhecido pela grande concentração de matadouros e açougues, daí o nome, mas, com a chegada dos supermercados e caminhões refrigerados, foi entrando em decadência. Nas décadas de 1980 e 1990, as principais atividades por ali eram a prostituição e o tráfico de drogas. Travestis e adeptos do sadomasoquismo disputavam lugar nas ruas com mafiosos e policiais corruptos. Inferninhos brotavam diariamente nas esquinas.

No entanto, como tantas outras regiões de Manhattan, o Meatpacking aos poucos foi sucumbindo a esse processo que hoje chamamos de "gentrificação" e que começa mais ou menos assim: atraída pela lama e pela contravenção, a classe média endinheirada aos poucos vai invadindo a área, mas sem querer abrir mão de um mínimo de conforto e segurança. Não demora para que comecem a abrir uma lojinha mais chique, um barzinho mais descolado, e de repente a paisagem local já está modificada por completo. Exatamente o que aconteceu ao Meatpacking: onde antes havia inferninhos e bocas de fumo, agora há restaurantes, hotéis, boates e lojas de grife; onde antes havia prostitutas e traficantes, agora há patricinhas e mauricinhos, yuppies e hipsters; onde antes havia um elevado ferroviário, agora há um jardim suspenso chamado High Line.

Para onde terão ido a lama e a contravenção?

Myron conferiu as horas no relógio. Passava pouco da meia-noite quando o homem enfim despontou na calçada, saindo da Subrosa, uma das boates mais badaladas da área. Estava visivelmente bêbado. Ele deixara a barba crescer e prendera os cabelos, agora compridos também, num coque alto, o famoso *man bun* dos dias atuais. Levava a tiracolo uma garota bem mais nova. Se as palavras "crise da meia-idade" não estavam tatuadas na testa dele, bem que poderiam estar.

O homem seguiu cambaleando calçada afora com sua amiga debaixo do braço. A certa altura, sacou a chave do carro, apertou o controle remoto e só então lembrou onde havia deixado seu BMW. Myron atravessou a rua e foi ao encontro dele.

– Boa noite, Tom.

O ex-marido de Esperanza olhou para trás. O susto pareceu deixá-lo um pouco mais sóbrio. Empertigando o tronco, ele disse:

– Myron? É você? – Para a garota: – Jenny, entre no carro.

– Não é Jenny. É Geri.

– Ok, foi mal. Agora entre no carro. Não vou demorar.

Mal se equilibrando nos sapatos de salto, a garota tentou abrir a porta três vezes antes de conseguir entrar no BMW.

– O que você quer? – perguntou Tom.

Myron apontou para a cabeça dele.

– Será que estou vendo direito? Isso aí é um coque?

– Veio só para me zoar?

– Não.

– Foi Esperanza quem mandou você aqui?

– Não – disse Myron. – Esperanza nem sonha que vim. Vou ficar agradecido se você não contar a ela.

Geri abriu a porta do BMW e falou um tanto engrolado:

– Não estou passando muito bem...

– Nem pense em vomitar no meu carro – rugiu Tom. Para Myron: – O que você quer comigo?

– Vim pedir que faça as pazes com Esperanza. Pelo bem dela. Pelo bem do filho de vocês.

– Sabe que foi ela que quis se separar, né?

– Sei que o casamento de vocês não deu certo.

– E você acha que a culpa foi minha?

– Não sei. Nem quero saber – declarou Myron.

Naquele instante, um bando saiu da boate para a rua, gargalhando e falando alto, do modo irritante que só os muito alcoolizados sabem fazer. Apontando para eles, Myron disse:

– Você não acha que está velho demais para tudo isso?

– Pois é. Antes eu não era assim. Antes eu era um homem casado, feliz...

– Pare com isso, Tom. Pare de tapar o sol com a peneira, de mentir para si mesmo.

– E se eu não quiser parar? Você vai fazer o quê?

Myron não disse nada.

– Acha que tenho medo de você?

Geri botou a cabeça para fora mais uma vez.

– Não vou conseguir segurar...

– No carro não, gata. Por favor. – Tom virou-se novamente para Myron. – Se não se importa, tenho mais o que fazer.

– Estou vendo.

– É gostosa, não é?

– Uma gostosa prestes a vomitar. Puxa, que legal.

– Myron, não me leve a mal. Você até que é um cara bacana, coisa e tal, mas, se veio aqui para me intimidar, perdeu seu tempo. Não tenho medo de você. Agora vaza, ok?

– Esperanza é uma boa mãe, Tom. Você sabe disso tanto quanto eu.

– A questão não é essa, Myron.

– Mas devia ser.

Tom refletiu um instante, depois falou:

– Não é do meu feitio contar vantagens, mas... sabe por que me dei tão bem na vida?

– Porque nasceu em berço de ouro e recebeu tudo de bandeja do papai rico?

– Não. Porque sempre miro na jugular. Não jogo para perder.

Era sempre assim. Toda vez que alguém batia no peito para dizer que era um vencedor, que subira na vida por conta própria, bastava cavar um pouco para encontrar um filhinho de papai que havia recebido tudo pronto. Era como se essas pessoas precisassem de uma falsa justificativa para a grande sorte que haviam tirado na vida. Como se pensassem: "Não posso ter tudo isso só por conta de um acaso. Afinal de contas, sou uma pessoa especial, não sou?"

– Por favor, Tom. Seja razoável. É só o que peço.

– É só isso mesmo?

– É.

– Sinto muito, mas não vai dar. Estou a um passo da vitória. Sua presença aqui é a prova dessa verdade. Esperanza já está ficando desesperada. Quero mais é que ela se foda. Pode dizer isso a ela.

– Como expliquei antes, Esperanza nem sabe que estou aqui. Acho apenas que você deve fazer a coisa certa.

– Pelo bem dela?

– Pelo bem dela. Pelo bem de Hector. E pelo seu bem.

– Pelo meu?

– Exatamente.

– Quer saber? Estou cagando para o que você acha ou deixa de achar, Myron. Volte para casa e não encha mais o meu saco.

– Tudo bem – disse Myron. Fez que ia atravessar a rua, mas, dando uma de Peter Falk em *Columbo*, virou-se subitamente para trás e disse: – Ah, eu já ia me esquecendo.

– Que foi?

– Estive com Win.

Um silêncio se abateu sobre a rua, calando até mesmo a música que vazava da boate. Myron precisou se conter para não rir.

– Você está mentindo.

– Não estou, não, Tom. Ele vai retornar daqui a pouco. E aposto que vai querer fazer uma visitinha rápida a você.

Tom permaneceu mudo e imóvel. Dentro do carro, Geri finalmente abriu as comportas e vomitou com um rugido violento o bastante para fazer tremer as janelas do BMW. Tom nem piscou.

Myron enfim se permitiu um sorriso. Acenando um adeusinho, disse:

– Divirta-se.

capítulo 18

ERA UMA MANHÃ DE céu azul e límpido em Nova Jersey.

No lado sul da ponte de Lower Trenton um luminoso em letras garrafais anunciava o seguinte slogan: TRENTON MAKES, THE WORLD TAKES. Trenton faz, o mundo compra. Talvez houvesse nisso um fundo de verdade à época da instalação da placa, lá pelos idos de 1935, quando as fábricas locais de linóleo, cerâmica e outros produtos ainda funcionavam a todo vapor. Agora não. Trenton era a capital do estado de Nova Jersey, sede do governo estadual e, portanto, repleta de políticos tão enganosos quanto o slogan que se lia na ponte que dava acesso à cidade.

Apesar disso tudo, Myron amava Nova Jersey. Qualquer pessoa com um mínimo de informação sabia que o estado não detinha o monopólio dos escândalos e da corrupção. Talvez ali os escândalos fossem mais pitorescos; mas, pensando bem, o que não era pitoresco em Nova Jersey? Não era muito fácil definir o caldeirão de contrastes que compunha aquele lugar. A região norte do estado era considerada uma espécie de subúrbio da cidade de Nova York; a região sudoeste, um subúrbio da cidade de Filadélfia. Essas duas grandes metrópoles sugavam recursos e roubavam o brilho que, por direito, pertenciam aos dois principais centros urbanos locais, Newark e Camden. Sem esse ar nos pulmões, as duas cidades arquejavam feito duas velhotas num cassino de Atlantic City, atadas cada uma a seu tanque de oxigênio. Os subúrbios eram ricos e verdejantes. As cidades eram pobres e cinzentas. Coisas da vida.

Ainda assim era estranho. Quem morasse a quarenta ou cinquenta minutos de Chicago, Los Angeles ou Houston geralmente se dizia um habitante dessas cidades. Mas os nativos de Nova Jersey, por mais próximos que estivessem de Nova York, faziam questão de dizer que eram de Jersey. Myron havia crescido a meia hora de Nova York, a não mais que uns 10 quilômetros de Newark, mas nunca dizia que era de lá ou de cá. Bem, certa vez dissera que era de Newark, mas apenas para levantar um empréstimo bancário.

Basta somar tudo isso (a beleza, as agruras, o complexo de inferioridade, a cafonice misturada à classe) para ter uma ideia das cores e texturas do majestoso estado de Nova Jersey, que de certa maneira também se define na voz de Frank Sinatra, na malícia de Tony Soprano, na música de Bruce Springsteen. Ouça com atenção. Você vai entender.

Myron ficou ligeiramente decepcionado ao constatar que Neil Huber tinha todo o aspecto de um político de Nova Jersey: dedos gordos como salsichas, anel de ouro no mindinho direito, terno listrado, gravata de tecido sintético, colarinho apertado demais. Neil Huber, quando sorria, parecia uma barracuda.

– Myron Bolitar! – exclamou ele, apertando vigorosamente a mão de Myron e sinalizando para que se sentasse. Seu gabinete era tão insípido quanto a sala de um vice-diretor de colégio. – Fui técnico de basquete por muitos anos. Já tive você como adversário, sabia? Quando você ainda era um garoto.

– Eu lembro.

– Não, não lembra.

– Como assim?

– Aposto que andou pesquisando por aí antes de me procurar.

– É verdade – reconheceu Myron.

Rindo, Neil abanou a mão no ar e disse:

– Vamos deixar para lá. Então, se pesquisou direito vai saber que perdemos o jogo.

– Pois é, eu sei.

– E que você marcou 42 pontos.

– Isso foi há séculos.

– Fui técnico no basquete colegial por 18 anos. – Neil apontou um dos dedos gorduchos para Myron. – Você, meu amigo, foi o melhor jogador que vi nesse tempo todo.

– Obrigado.

– Ouvi dizer que você tem um sobrinho que joga também.

– Tenho.

– É tão bom quanto dizem?

– Acho que sim.

– Ótimo, perfeito – disse Huber, recostando-se na cadeira. – Mas então... Acho que já conversamos fiado o bastante para quebrar o gelo. Suponho que possamos dar por encerradas as preliminares, por assim dizer.

– Tem razão.

– Em que posso ajudá-lo?

Na mesa do deputado havia os porta-retratos de praxe com as fotos da família: uma esposa com um vasta cabeleira loura, filhos já casados, uma coleção de netos. Na parede atrás dele pendia uma bandeira do estado de Nova Jersey com seu esdrúxulo brasão de armas: um escudo com três arados, encimado pela cabeça de um cavalo. Isso mesmo, uma cabeça de cavalo. Os que quiserem poderão fazer aqui a sua piada com *O poderoso chefão*, mas decerto será uma piada fácil e óbvia demais (a cena da cabeça de cavalo sobre a cama). Ao lado do escudo ficavam duas deusas: a da liberdade (ok) e a da agricultura (de novo, fácil demais). Tratava-se de uma bandeira bizarra e intensa, mas, pensando bem, nada melhor para representar um estado bizarro e intenso.

– Eu gostaria de conversar um pouquinho sobre um caso no qual você trabalhou quando ainda estava na polícia de Alpine – pediu Myron.

– O sequestro dos dois garotos.

– Exatamente. Como você sabe?

– Deduzi. Deformação profissional de um ex-detetive.

– Sei.

– Pista número um: trabalhei em pouquíssimos casos realmente importantes. Pista número dois: desses poucos, apenas um ficou sem solução. Pista número três: um dos garotos sequestrados acabou de ser encontrado após dez anos de sumiço. Para falar a verdade, nem precisava ser detetive para juntar uma coisa a outra.

Myron riu, mas não disse nada.

– Aliás... – prosseguiu o deputado ex-detetive e ex-técnico de basquete. – Você sabia que os Moores vão dar uma entrevista na CNN daqui a pouco?

– Não, não sabia.

– Em vez de uma grande coletiva de imprensa, eles optaram por essa exclusiva com Anderson Cooper ao meio-dia. – Huber se inclinou para a frente, dizendo: – Espere aí. Você não é da imprensa, é?

– Não.

– Então... qual é exatamente o seu interesse no caso?

Myron consumiu alguns segundos cogitando a melhor maneira de conduzir a conversa.

– Será que posso dizer apenas que... é uma longa história?

– Você até pode. Mas com isso não vai chegar a lugar algum.

"Quem não arrisca não petisca", refletiu Myron. Além disso, por maior que fosse sua aversão aos políticos, ele começava a gostar do deputado. Por que não abrir o jogo com o cara?

– Fui eu quem resgatou Patrick em Londres.

– *Como é que é?*

– Uma longa história, como eu disse há pouco. Um amigo meu é primo do outro garoto, Rhys Baldwin. Ele recebeu uma pista sobre o paradeiro dos dois sequestrados. Daí fomos atrás, eu e ele.

– Uau!

– Pois é.

– Você disse que a história é longa, eu sei, mas... sou todo ouvidos.

Myron relatou os acontecimentos de Londres até onde foi possível, cuidando para não citar o nome de Win e muito menos incriminá-lo. Por outro lado, Neil Huber não era idiota. Não teria a menor dificuldade para descobrir quem era o primo de Rhys. Paciência.

Terminado o relatório, Huber exclamou:

– Puta merda!

– Pois é.

– Mas ainda não sei o que você quer comigo.

– Resolvi dar uma reexaminada no caso, só isso.

– Pensei que você agora trabalhasse com atletas, que tivesse uma agência ou algo assim.

– É complicado.

– Imagino.

– Como eu disse, quero apenas dar uma refrescada no caso.

– Deve estar pensando que comi alguma mosca, não é? – provocou Huber.

– Já se passaram dez anos – argumentou Myron. – Agora sabemos de coisas que antes não sabíamos. – A título de ilustração, tentou repetir o que Win dissera: – É como uma viagem de carro em que a gente não sabe para onde está indo. Semana passada, conhecíamos apenas o ponto de partida. Agora sabemos onde o carro estava alguns dias atrás.

Neil crispou o rosto numa interrogação.

– Hein?

– A analogia é do meu amigo. Faz mais sentido quando ele fala.

– Esqueça, estou brincando com você. Mas, olhe, o caso não ficou nas minhas mãos por muito tempo. O FBI assumiu rapidinho. – Ele se recostou novamente, cruzou as mãos sobre a barriga. – Pode perguntar o que quiser.

– Pois bem. Ontem estive na cena do crime.

– A casa dos Baldwins.

– Isso. Tentei entender melhor como foi que a coisa toda aconteceu. O jardim da casa é um grande descampado e a cozinha tem janelas para todo lado.

– Além disso, há um portão ao lado da garagem – acrescentou Huber – e uma cerca em torno de toda a propriedade.

– Exatamente. Também tem a questão do timing.

– Timing?

– Os meninos foram sequestrados por volta do meio-dia. A maioria das crianças está na escola nesse horário. Como é que os sequestradores poderiam saber que eles estavam em casa?

– Ah... – disse Neil.

– Ah?

– Você está vendo aí uma inconsistência.

– Estou.

– Acha que a versão oficial dos fatos não bate.

– Mais ou menos isso.

– Mas acha que não vi nada disso dez anos atrás? Que não fiz as mesmas perguntas que você está fazendo agora? Claro que fizemos. Essas e muitas outras. Mas quer saber de uma coisa? Muitos crimes por aí também não fazem muito sentido. As histórias têm um monte de buracos. O tal portão, por exemplo. Os Baldwins nunca trancavam aquele portão, que no fim das contas não servia para nada. E o jardim? Cheio de móveis espalhados pelo gramado. Os bandidos podiam perfeitamente se esconder atrás deles. Ou se esgueirar contra a fachada até o último minuto.

– Entendo – concordou Myron. – Mas você se deu por satisfeito só com isso?

– Opa. Não foi o que eu disse.

Neil Huber afrouxou a gravata e desabotoou o colarinho da camisa, o que bastou para que seu rosto gorducho ficasse bem menos vermelho. Myron teve um rápido déjà vu: de repente se viu diante de um Huber mais jovem, o técnico de basquete que ele havia derrotado no passado. Também era possível que estivesse fabricando a lembrança, levado pelas circunstâncias.

– Na época, fiquei cheio de dúvidas – prosseguiu o deputado, já menos exaltado. – Todos nós ficamos. Mas a verdade era uma só: os dois garotos tinham sido sequestrados. Examinamos o caso por todos os ângulos possíveis. Sequestros assim, com invasão de domicílio, são extremamente raros.

Então começamos a dar tiro para tudo quanto era lado. Reviramos a vida dos pais pelo avesso. Deles, dos vizinhos, dos professores dos garotos...

– E a tal babá?

– *Au pair*.

– Hein?

– Na realidade a moça não era uma babá profissional. Era uma *au pair*, uma estudante fazendo intercâmbio, o que é bem diferente.

– Diferente como?

– Esses estudantes estrangeiros, em geral muito jovens, vêm para cá com a intenção de conhecer o país, a cultura, etc. No caso em questão, era uma finlandesa de 18 anos. Até lembro o nome dela: Vada Linna. Seu inglês era quando muito razoável. Mas muita gente contrata os serviços desses jovens porque é bem mais barato.

– Você acha que foi o caso dos Baldwins?

Huber refletiu um instante.

– Acho que não. *Claro* que não. Os Baldwins têm muito dinheiro. O mais provável é que acreditassem nessa história toda de intercâmbio cultural, que quisessem proporcionar aos filhos a oportunidade de conhecer uma estrangeira. Pelo que sei, Brooke e Chick tratavam a finlandesa muito bem. Olhe, por isso tenho tanta antipatia pela imprensa, viu?

– Do que você está falando?

– Quando a coisa toda explodiu, os jornalistas armaram um circo enorme em torno dessa história de trabalho escravo, de exploração de estrangeiros, etc. Falaram um monte de besteiras, tipo a madame que contrata os serviços baratos de uma estrangeira para ir arrumar os cabelos e almoçar com as amigas. Coisas assim. Como se não bastasse o perrengue que Brooke Baldwin já estava passando com o sequestro dos garotos. Como se a culpa fosse dela.

Myron lembrava-se de ter lido à época alguma coisa nessa linha.

– Você acreditou no que Vada contou sobre a invasão? – perguntou ele.

Huber não se apressou para responder. Esfregou o rosto, pensou um pouco, depois falou:

– Não sei. Quero dizer... a garota estava claramente traumatizada. Nada impede que tenha alterado alguns detalhes para se proteger, sei lá. Como você mesmo observou, muita coisa não bate no depoimento dela. Mas também tem a questão da barreira da língua. Ou da barreira cultural. Eu gostaria de ter tido mais tempo com ela.

– Por que não teve?

– O pai da menina apareceu em 24 horas. Veio de Helsinque, contratou um advogado de porta de cadeia e levou a filha embora, alegando que ela não tinha condições de enfrentar tanta confusão, que precisava se recuperar do susto em casa. Até tentamos dificultar as coisas para ele, mas, no fim das contas... não tínhamos nenhum motivo para mantê-la aqui. – Huber fitou Myron. – Para ser sincero, eu bem que gostaria de ter tido mais uma rodada com Vada Linna.

– Acha que ela estava envolvida de alguma forma?

Huber novamente refletiu antes de responder, o que para Myron não tinha o menor problema. Quanto mais refletidas as respostas do deputado, melhor.

– Investigamos o que foi possível investigar a respeito dela. Reviramos o computador, conferimos as mensagens de celular, mas não encontramos nada. Vada era apenas uma adolescente solitária num país estrangeiro. Tinha somente uma amiga, outra pessoa fazendo intercâmbio. Aventamos um monte de hipóteses partindo do princípio de que ela sabia do sequestro de antemão. Algo como... entregou os meninos para um cúmplice, se deixou amarrar na cadeira, depois inventou aquilo tudo sobre a invasão. Esse tipo de coisa. Mas não havia como provar nada. Cogitamos até a possibilidade de que fosse uma psicopata que entrara em surto, matara os meninos e escondera seus corpos. Mas, de novo, não chegamos a lugar algum.

Eles se entreolharam por alguns segundos. Até que Myron disse:

– Então... o que você acha que aconteceu, Neil?

Huber pegou uma caneta e começou a rodopiá-la entre os dedos.

– Bem, é por isso que os acontecimentos recentes são interessantes.

– Como assim?

– Eles contradizem minha tese.

– Que tese?

– Sempre achei que Rhys e Patrick tivessem sido mortos logo depois de serem levados e que os assassinos, fossem quem fossem, tivessem inventado essa história de sequestro apenas para confundir a polícia. Ou que, num primeiro momento, tivessem pensado em embolsar o dinheiro do resgate, mas depois concluído que o risco era grande demais. Sei lá.

– Mas que motivo alguém poderia ter para matar os meninos?

– Pois é. O motivo. Essa é a parte mais difícil. Na minha opinião, a resposta está na cena do crime.

– Você quer dizer... na família Baldwin? Acha que o alvo real era somente Rhys?

– Só pode ser. Afinal, o sequestro foi na casa dele. Alguém manda os caras pegarem um menino de 6 anos na casa dos Baldwins, então eles chegam lá e encontram *dois* meninos em vez de um. Dificilmente saberiam que Patrick estaria lá também. Então, sem saber qual dos dois levar, acabam levando ambos. Só por garantia.

– Mas... e o motivo?

– Não tenho nada de concreto. Não mesmo. É apenas uma conjectura da minha parte.

– Que é?

– Entre os pais dos garotos, a única pessoa com ficha suja é Chick Baldwin. O cara é um escroque, não tem palavra melhor para descrevê-lo, e muita gente não gostou nem um pouco quando seu esquema de investimentos em pirâmide fracassou. Alguns dos investidores eram russos; um pessoal meio esquisito, se é que você me entende. Mas o cara se safou com uma boa equipe de advogados. Pagou uma multa e não ficou nem um dia na cadeia. Os bens estavam no nome dos filhos, portanto não havia nada a fazer. Você conhece bem o cara?

– O Chick? Só um pouco.

– Não é flor que se cheire, Myron.

Tal como Win já havia dito.

– De qualquer forma – prosseguiu Huber –, essa era a minha tese. A de que os meninos estavam mortos. Mas agora que Patrick foi encontrado...

Seguiu-se um silêncio razoavelmente longo, até que Myron disse:

– Por que estou com a sensação de que você está me escondendo algo?

– Porque realmente estou.

– E por que faria isso?

– Porque não sei se a parte seguinte é da sua conta.

– Pode confiar em mim, deputado.

– Se não confiasse, já teria botado você para correr há muito tempo.

Myron espalmou as mãos para o alto e disse:

– Então?

– Acontece que a coisa é feia. Tanto que... meio que a enterramos dez anos atrás.

– Quando você diz "meio que enterramos"...?

– Começamos a investigar, mas não fomos longe. De uma hora para outra recebi ordens para recuar. Não gostei, mas obedeci. – Huber se calou um instante. – Continuo achando que isso não é relevante para você. Então, se me permite, preciso pensar um pouquinho nos desdobramentos possíveis, caso eu resolva dar com a língua nos dentes.

– Prometo ser discreto – disse Myron. – Isso ajuda?

– Não, não ajuda. – Huber se levantou da mesa, foi até a janela e ali ficou por um tempo, abrindo e fechando a persiana enquanto observava a obra ali defronte. Sem se virar, disse: – Encontramos algumas mensagens. Entre Chick Baldwin e Nancy Moore.

Myron ficou esperando que o deputado dissesse mais. Percebendo que esperava em vão, perguntou:

– Que tipo de mensagens?

– Foram muitas.

– Você sabe o que elas diziam?

– Não. Foram deletadas dos dois telefones, dele e dela. A operadora não tem como informar o conteúdo.

– Imagino que você tenha interrogado Chick e Nancy sobre essas mensagens.

– Interroguei.

– E?

– Ambos disseram que eram coisas triviais. Algumas sobre os filhos, outras sobre a possibilidade de os Moores investirem com Chick.

– E investiram?

– Não. E as mensagens eram sempre em diferentes horas do dia. E da noite.

– Sei – falou Myron. – Você chegou a comentar sobre isso com Brooke ou Hunter?

– Não. Porque naquele momento o FBI já havia assumido o caso. Você deve se lembrar do sufoco que aqueles dois casais estavam passando na época. A pressão, o medo, a aflição do não saber... Eles já estavam sofrendo o suficiente. Não vi motivo para colocar mais essa bomba no colo deles.

– E agora?

Só então Huber se virou da janela.

– Continuo achando a mesma coisa. Por isso não queria contar.

Alguém bateu à porta e entreabriu uma fresta para dizer:

– Perdão, deputado. Mas a reunião com o governador é daqui a dez minutos.

– Obrigado. Encontro com você no saguão.

O rapaz fechou a porta. Huber voltou para junto da mesa, pegou o celular e a carteira e enterrou-os nos bolsos das calças, dizendo:

– Este corpo já é velho, mas um caso desses nunca sai da cabeça da gente. Acho que a culpa é parcialmente minha. Acho mesmo. Às vezes fico me perguntando: se eu tivesse sido um policial melhor... – Ele não terminou a frase. Esperou que Myron se levantasse e acompanhou-o até a porta. – Faça o que você tem que fazer, Myron. Mas, por favor, me mantenha informado.

capítulo 19

– QUE HORAS SÃO? – perguntou Chick. – Já é meio-dia?

Myron consultou o relógio.

– Faltam cinco minutos.

– Então é melhor eu já ir ligando o laptop.

Eles se achavam no La Sirena, o restaurante italiano do famoso Maritime Hotel, em Chelsea. O lugar era ao mesmo tempo sofisticado e aconchegante, moderno mas com um quê de retrô, meio anos 1960. As mesas do salão davam lugar às mesas do jardim sem nenhuma fronteira visível entre os dois espaços. Sentado ao lado de Chick diante do longo balcão de mármore que fazia as vezes de bar, Myron prometeu a si mesmo levar Terese para jantar ali assim que possível.

Não havia nenhuma TV por perto (não era esse tipo de lugar), então Chick trouxera seu laptop consigo de modo que eles pudessem assistir juntos à entrevista da CNN.

– Eu não via a hora de sair de casa – disse ele, a pele reluzindo como se houvesse acabado de passar uma máscara de cera quente no rosto (o que era bem possível que tivesse acontecido). – Brooke e eu... a gente ficava olhando um para o outro, relembrando aquela merda toda do passado, sabe?

– Sei – disse Myron.

– Tudo é tão difícil... É como se a gente estivesse vivendo numa espécie de purgatório durante os últimos dez anos. Se você não ocupa a cabeça com alguma coisa, acaba pirando. Então fui ao escritório hoje cedo e me reuni com os advogados. Pedi a eles que vissem se há algo que a gente possa fazer.

– Em relação a quê?

– Em relação ao fato de não deixarem Patrick falar. De repente existe algum recurso legal para fazer o garoto... cooperar. – Chick ergueu os olhos do computador. – Mas, afinal, o que você queria falar comigo?

Myron ainda não sabia direito como trazer à tona o assunto das mensagens entre Chick e Nancy Moore. O que seria melhor? Atirar à queima-roupa ou comer o mingau pelas beiradas?

– Opa, já vai começar – disse Chick.

A era moderna. A clientela do La Sirena era uma boa mistura de tribos:

artistas, galeristas e hipsters acotovelavam-se com executivos e titãs de Wall Street. Sem que ninguém estranhasse, dois homens se debruçavam no bar enquanto assistiam a um noticiário no celular. Naquele momento, o movimento no restaurante era bastante intenso.

– Espere aí, onde é que eles estão? – perguntou Chick.

– Parece a sala de estar da casa dos Moores – respondeu Myron.

– Não estão no estúdio?

– Acho que não.

Na tela do laptop, via-se Anderson Cooper confortavelmente instalado numa poltrona de couro. Nancy e Hunter sentavam-se de frente para ele num sofá: Hunter vestindo terno e gravata escuros, Nancy elegantemente discreta num vestido azul-claro.

– Cadê o Patrick? – perguntou Chick, aflito. – Cadê o garoto, Myron?

– Sei lá. Vamos assistir, ok?

A entrevista começou sem Patrick. Anderson deu início aos trabalhos com informações preliminares sobre o sequestro, o resgate não recolhido, as perguntas ainda sem respostas, a longa espera até aquele dia. Ressaltou que Nancy e Hunter agora eram divorciados, dando claramente a entender que a separação havia sido resultado direto do que acontecera. No entanto, nem Nancy nem Hunter morderam a isca.

– Compartilhamos a guarda da nossa filha, que é linda – disse Nancy à guisa de explicação.

– Nós a criamos juntos – emendou Hunter.

Após alguns minutos de entrevista, Chick balançou a cabeça.

– Inacreditável. Eles não estão entregando nada.

O que até certo ponto era verdade. Anderson também não pressionava, o que era compreensível diante das circunstâncias. Afinal, ele não estava entrevistando políticos em campanha, mas sim um casal que havia sofrido terrivelmente e ainda não compreendera por completo aquela súbita... sorte? Seria possível falar de "sorte" num caso desses?

Era Nancy quem respondia a maioria das perguntas, repetindo volta e meia quanto era grata por ter o filho de volta após aquele "terrível calvário". Sempre que Anderson pedia detalhes de alguma coisa, tanto ela quanto Hunter se esquivavam, dizendo que precisavam proteger a privacidade de Patrick e dar a ele o tempo necessário para "se restabelecer e readaptar".

Esse era o recado, repetido de diversas maneiras: "Por favor, respeitem a privacidade da nossa família para que possamos nos recuperar desse terrível calvário." Nancy e Hunter abusaram tanto da expressão "terrível calvário" que Myron chegou a suspeitar que eles tivessem sido instruídos de antemão por alguém.

A certa altura, Anderson perguntou quais eram as chances de que os bandidos fossem presos no futuro imediato, e mais uma vez eles se esquivaram, falando que o caso estava nas mãos "das autoridades". Quando Anderson quis saber mais um pouco sobre "aquele dia terrível", Nancy disse:

– Tanto tempo já passou... Patrick tinha apenas 6 anos...

– Do que exatamente ele se lembra?

– Muito pouco. Ao longo desses anos ele passou por tanta coisa...

– Como o quê?

Nancy começou a chorar. Myron ficou esperando que Hunter tomasse a mão da ex-mulher, mas o homem permaneceu imóvel.

– Nosso filho foi esfaqueado, quase morreu.

– Isso foi durante o resgate em Londres, não foi?

– Sim.

– Há quanto tempo ele já estava em Londres?

– Ainda não sabemos – disse Nancy. – Mas felizmente ele conseguiu sair vivo deste... – Myron sussurrou as palavras junto com ela – terrível calvário.

Enquanto acompanhava a entrevista, Myron tentava encontrar alguma pista na linguagem corporal tanto de Nancy quanto de Hunter, algo que sugerisse... o que exatamente? Falsidade? Encenação? Seria possível que estivessem mentindo na entrevista? Que motivos teriam para isso? O que estariam escondendo, se é que realmente escondiam algo? De vez em quando ele também olhava para Chick na esperança de detectar alguma coisa. Como ele estaria reagindo às respostas de Nancy? Haveria algo no olhar dele que denotasse... Desejo? Arrependimento? Culpa?

Conclusão: como ciência, a leitura de sinais corporais era, quando muito, superestimada.

Myron sabia de inúmeros casos de pessoas que haviam sido erroneamente condenadas por jurados que se achavam capazes de "ler" os réus, avaliando que eles reagiam de algum modo pouco natural, uns demonstrando remorso de menos, outros, de mais. Como se os seres humanos fossem todos idênticos, como se reagissem sempre da mesma forma quando submetidos a uma situação de estresse.

Todos achamos que somos capazes de detectar a verdade alheia, mas que, ironicamente, ninguém é capaz de detectar a nossa.

Anderson Cooper finalmente fez a pergunta pela qual Chick tanto esperara:

– O que vocês sabem a respeito de Rhys Baldwin, o outro garoto sequestrado naquele dia? O que Patrick contou a respeito dele?

Chick redobrou a atenção.

– Esta é nossa grande prioridade agora – afirmou Nancy. – Encontrar Rhys. Não vamos descansar até que isso aconteça.

– Estamos colaborando cem por cento com as autoridades – emendou Hunter, sacudindo a cabeça de modo acintoso. – Mas infelizmente Patrick não tem muito a dizer que possa ajudar.

Chick bufou.

– Dá para acreditar numa merda dessas? *Colaborando?* Você chama isso de *colaboração*? – Faltava pouco para que ele começasse a espumar. – Acho que vou dar uma entrevista também. Eles que me aguardem.

Como se isso fosse adiantar...

Lá pelo fim do segmento, Nancy e Hunter ficaram de pé para introduzir a filha na entrevista.

– Esta é a nossa Francesca – disse Nancy.

Francesca cumprimentou a câmera com um gesto tímido de cabeça, depois olhou para trás e falou baixinho:

– Pode vir, não precisa ter medo...

Dali a uns três segundos Patrick se juntou ao grupo e imediatamente segurou a mão da irmã.

– Este é nosso filho – apresentou Nancy.

Ali estava o mesmo garoto que Myron havia resgatado, o mesmo que ele vira encolhido na casa dos Moores, agora com um boné dos Yankees na cabeça e um casaco de moletom azul, os olhos cravados no chão. A câmera deu zoom no rosto dele. Nancy e Hunter se reacomodaram para ladear os filhos, dando a impressão, ainda que momentaneamente, de que estavam posando para uma foto de Natal. O casal fazia o possível para aparentar força e autocontrole. Francesca parecia muito emocionada, os olhos cintilando com lágrimas. Patrick mantinha os olhos voltados para os pés. Anderson agradeceu a todos por recebê-lo ali, depois chamou os comerciais.

Por alguns segundos, Chick ficou olhando para a tela do computador.

– Que merda é essa, cara?

Myron não respondeu.

– Que diabo está acontecendo aqui, Myron? Por que eles não querem ajudar a gente?

– Não sei se eles *podem* ajudar.

– Ah, você também está comprando essa merda?

– Nem sei direito o que eles estão vendendo, Chick.

– Eu disse que falei com meus advogados hoje, né?

– Sim.

– Perguntei a eles o que a gente pode fazer para obrigar o garoto a falar.

– E aí? O que eles sugeriram?

– Nada! Falaram que não há nada a fazer. Acredita numa coisa dessas? Se não quiser, Patrick não precisa dizer uma palavra. Ninguém pode obrigá-lo a nada. Mesmo que ele tenha informações cruciais para nossa investigação. Mesmo que saiba onde Rhys está! Chega a ser surreal.

Chick sinalizou para o bartender, que voltou logo depois com uma dose de Johnny Walker Black. Myron não quis beber. Muito cedo. Já um pouco mais calmo, segurando o copo de uísque como se ele aquecesse seus dedos, Chick disse:

– Obrigado pela ajuda, Myron. Quanto a Win... Bem, sei que ele não vai muito com a minha cara. O que não chega a ser nenhuma surpresa. Somos de planetas diferentes. Além disso, ele endeusa a prima. Não há homem no mundo que esteja à altura dela.

Myron assentiu, apenas para o outro continuar falando.

– Mas a Brooke e eu – prosseguiu Chick –, a gente tem um casamento sólido. Já tivemos nossas crises, claro, como qualquer outro casal. Mas a gente se adora.

– Essas crises aí... – disse Myron, finalmente encontrando a oportunidade que tanto procurara. – Por acaso Nancy tem a ver com alguma delas?

Chick estava com o copo a meio caminho da boca. Por um instante, ficou sem saber se bebia ou se respondia à pergunta. Optou pelo gole. E, ao deixar o copo no balcão, perguntou:

– De onde foi que você tirou isso?

Myron não respondeu. Achou que bastava encarar o homem para fazê-lo falar.

– E aí? De onde foi que tirou essa ideia?

– Sei das mensagens de texto.

– Ah – soltou Chick. De repente ficou de pé, tirou o paletó e pendurou-o no encosto do banco. Sentando-se novamente, começou a remexer na abotoadura esquerda. – Como é que você sabe dessas mensagens?

– Que diferença faz?

– Na verdade, nenhuma – falou ele de maneira casual. Talvez até demais. – Não era nada de importante.

Myron o encarou de novo. Chick ainda tentava agir com naturalidade, mas sem grande sucesso.

– Win sabe? – indagou.

– Ainda não.

– Mas você vai contar para ele?

– Vou.

– Mesmo que eu peça para você não contar?

– Mesmo assim.

Chick balançou a cabeça.

– Você não faz ideia do que seja a minha vida...

Myron permaneceu calado.

– Esse pessoal – prosseguiu Chick – recebeu tudo de mão beijada. Eu não. Nunca recebi nada de graça. Sempre tive que ralar muito. Quer saber de uma coisa? A balança da vida está viciada em favor dos ricos. Sempre pende para o lado deles. Comecei do nada. Meu pai tinha uma barbearia no Bronx. Quer subir na vida? Não tem outro jeito. Ninguém chega perto dessa gente se não fizer como eles: trapaceando. Nem que seja um pouquinho.

– Espere aí que vou anotar – disse Myron, fingindo tirar uma caneta do bolso. – Tra-pa-ce-ar... – Puxa, que conselho maravilhoso. Você também vai dizer que por trás de toda grande fortuna há sempre um grande crime?

– Está zoando comigo?

– Talvez um pouquinho, Chick.

– Você acha o quê? Que vivemos numa meritocracia? Que todos neste país começam do mesmo lugar, que todos têm as mesmas oportunidades? Merda nenhuma. Eu jogava futebol na universidade. Era armador. Jogava bem à beça. Um dia percebi que todos os meus adversários da defesa tomavam bomba para crescer. Não só eles, mas todos aqueles que queriam roubar meu lugar no time. Fazer o quê? Eu só tinha duas opções: ou entrar na bomba também, ou abandonar o esporte.

– Chick...

– Hum.

– Nunca ouvi justificativa mais bizarra para alguém ter chifrado a mulher – disse Myron.

– Não chifrei ninguém – negou Chick, e se aproximou como se fosse confidenciar algo. – Seja como for, meu amigo, você vai deixar essa história de lado.

– Isso é uma ameaça?

– Aquelas mensagens não têm nada a ver com meu filho. Até entendo o seu interesse, mas...

– Meu interesse é encontrar seu filho.

– Claro, claro. Sabe de uma coisa que me persegue até hoje? Brooke quis ligar para Win assim que soube do sequestro. Logo de cara. Eu não deixei. Consegui convencê-la de que a polícia era capaz de lidar com o caso. Eu queria... queria fazer tudo direitinho, dentro da lei. O que chega a ser engraçado, depois de tudo que acabei de dizer. Pois é. Sou obrigado a viver diariamente com essa lembrança.

– Você não está falando coisa com coisa, Chick.

Chick se aproximou mais uma vez.

– O que quer que tenha acontecido entre mim e Nancy – rosnou ele, já exalando um bafo de uísque –, isso não tem nada a ver com meu filho, ouviu bem? Você vai ter que esquecer essa história, Myron. Antes que alguém se machuque.

O celular de Myron tocou. Segundo o identificador de chamadas, era Brooke. Ele mostrou o nome dela para Chick antes de atender.

– Alô?

– Chick me disse que vocês iam se encontrar. Ele está aí com você? – perguntou ela.

Myron olhou para Chick. Ele assentiu com a cabeça e, aproximando a boca do aparelho, falou:

– Estou aqui, meu amor.

– Vocês viram a entrevista?

– Vimos – confirmou Myron.

– Eu gravei – disse Brooke. – Agora estou assistindo em câmera lenta, às vezes congelando a imagem.

– E daí? – perguntou Chick.

– Daí que acho que esse garoto não é Patrick.

capítulo 20

BASTOU VER O NOME de Terese no identificador de chamadas para que Myron sentisse os músculos dos ombros mais relaxados. Sem interromper a caminhada para o carro, atendeu a ligação e, sem nenhum preâmbulo, declarou:

– Amo tanto você!

– Puxa, Win que me desculpe – disse Terese –, mas o seu jeito de atender o telefone é muito melhor que aquele "Articule" dele.

– Não atendo todo mundo assim – informou Myron.

– Por que não? Ia fazer a felicidade de muita gente, aposto.

– Onde você está?

– No meu quarto de hotel – falou Terese. – Lembra da última vez que estivemos num quarto de hotel?

Myron abriu um sorriso largo.

– Claro que sim. Toda hora alguém ligava para reclamar do barulho.

– Pois é, meu caro. Você sempre foi muito escandaloso.

Myron passou o telefone para o outro ouvido.

– Fiquei com os dedos do pé formigando durante uma semana.

– Não entendi a referência.

– Ah, deixe para lá.

– Estou morrendo de saudade – disse ela.

– Eu também.

– Sabe aquela oportunidade de emprego que falei?

– Sei.

– Se eu for chamada... e esse é um grande "se"... é bem possível que eles exijam que eu me mude para Atlanta ou para Washington.

– Tudo bem – concordou Myron.

– Você se muda comigo?

– Claro que me mudo.

– Assim, sem mais nem menos?

– Assim, sem mais nem menos.

– Quero dizer... num primeiro momento, eu até poderia ficar na ponte aérea.

– Sem ponte aérea. A gente se muda.

– Caramba, você fica tão sexy quando fala grosso comigo...

– Sou sexy quando falo fino também.

– Não vamos exagerar. – Após um momento ela perguntou: – Mas você tem mesmo certeza? Posso desistir desse emprego. Outros vão acabar aparecendo.

Myron nunca havia morado em outro lugar que não fosse Nova Jersey. Nascera ali, fora criado ali, voltara correndo após os quatro anos de faculdade na Carolina do Norte. Gostava tanto do lugar que havia comprado a casa da sua infância em vez de abrir mão do passado, como seria de esperar.

– Tenho certeza absoluta. Quero que você tenha a carreira que desejar.

– Também não precisa ser tão politicamente correto.

– Não é isso. É que preciso de alguém para me sustentar.

– Ah, é? Então vai ter que pagar por esse sustento – disse Terese. – Com favores sexuais. Na hora que eu quiser.

– Tudo eu, tudo eu... – suspirou Myron.

Terese riu, o que não era muito frequente. Myron gostou do que ouviu.

– Agora preciso me arrumar. Minha segunda entrevista é daqui a uma hora.

– Boa sorte, querida.

– Para onde você vai agora? – questionou Terese.

– Depois deste telefonema? Tomar uma ducha fria. Em seguida, vou visitar os velhos e Mickey.

– Vi a entrevista na TV.

– E aí, o que achou?

– Aquilo que você disse.

– O quê?

– Vocês estão comendo alguma mosca.

Eles se despediram com palavras cheias de ternura. Myron pegou o carro e tomou a ponte de volta para sua cidade natal, perguntando a si mesmo se realmente conseguiria viver em outro lugar. A resposta, pela primeira vez em sua vida, foi um retumbante "sim". Ele ainda estava no trânsito quando recebeu uma chamada de Win.

– Alô?

– Novidades? – disparou Win.

– Você viu a entrevista dos Moores?

– Vi.

Ao fundo se ouvia uma gritaria numa língua estrangeira.

– Onde você está? – perguntou Myron.

– Em Roma.

– Na Itália?

– Não. Roma, no Wyoming.

– Também não há motivo para sarcasmo.

– E desde quando sarcasmo precisa de motivo?

– Brooke acha que aquele garoto da entrevista não é Patrick – informou Myron.

– Eu sei. Ela me mandou uma mensagem.

– Liguei para o PT. Ele tem uma amiga que talvez possa nos ajudar. Parece que ela trabalha com reconstrução facial na perícia forense, uma coisa assim.

– Também fiz uma pesquisa rápida – disse Win. – Comparei um fotograma do Patrick da entrevista com uma foto do Patrick aos 6 anos e com aquela outra, a da simulação computadorizada.

– Alguma conclusão?

– Não – respondeu Win. – Mas fiquei me fazendo duas perguntas. Primeira: se aquele não é Patrick, quem é então? Segunda: que motivos teriam Nancy e Hunter para fazer todo esse teatro?

Myron pensou um pouco.

– Não sei.

– Um teste de DNA ajudaria bastante.

– Certamente – concordou Myron. – Mas... suponha que a gente descubra que o garoto não é Patrick. O que isso significaria? Você está podendo falar?

– Estou.

– Então, vamos ver a coisa por todos os ângulos possíveis, mesmo os mais absurdos.

– Tipo?

– Tipo... suponhamos que Nancy e Hunter tenham matado os dois garotos e escondido os corpos. Eu sei, eu sei, é um absurdo. Mas, só para efeito de raciocínio, digamos que seja possível.

– Tudo bem.

– Então, para tirar o holofote de cima de suas cabeças, eles resolvem trazer um falso Patrick para casa. Localizam um adolescente com a idade certa e os traços certos. Depois mandam aquele e-mail para que você vá atrás do garoto em Londres. Você o encontra no viaduto de King's Cross. Está entendendo?

– Não inteiramente.

– Pois é; essa é a questão. Nem mesmo a hipótese mais absurda faz sentido. Durante todos esses anos a polícia não encontrou nenhum suspeito. Mesmo que Nancy e Hunter tivessem matado os garotos... de novo, é só uma hipótese absurda, pois não acho que eles tenham feito isso... mas, mesmo que tivessem, a polícia não estava suspeitando de nada. Que motivo eles teriam para fingir que Patrick fora encontrado?

– Tem razão – assentiu Win. Depois: – Claro, também poderia ser outro tipo de golpe.

– Por exemplo?

– Digamos que o garoto realmente não seja Patrick.

– Ok.

– Digamos ainda que alguém esteja armando uma arapuca para Nancy e Hunter. Eles providenciam para que esse falso Patrick seja encontrado. Sabem que Nancy e Hunter são presas fáceis: o desejo de reencontrar o filho é tanta que eles vão acabar levando gato por lebre sem perceber.

– O desejo de resolução – disse Myron.

– Exatamente. Grande o suficiente para deixá-los cegos.

– Mas de novo... para quê? Mandaram o falso Patrick para roubar dinheiro dos Moores, é isso?

– Não... Não creio que seja isso.

– Além do mais, aquela facada que o garoto levou não tem nada de falsa. Foi muita sorte ele não ter morrido.

– Nas mãos do Fat Gandhi – disse Win. – Myron...

– Que foi?

– Estamos cometendo o mesmo equívoco outra vez.

– Que equívoco?

– Estamos ignorando o axioma de Sherlock. Precisamos de mais dados.

Win estava certo. Volta e meia eles citavam o adorado Sherlock Holmes, de Arthur Conan Doyle: "É um erro grave teorizarmos na ausência de dados. Insensatamente começamos a retorcer os fatos para adequá-los à teoria em vez de retorcer a teoria para adequá-la aos fatos."

– Myron?

– Sim.

– Tem mais alguma coisa errada, não tem? O que é?

Myron suspirou, declarando em seguida:

– Acho que você não vai gostar.

– Então talvez seja o caso de você enrolar mais um pouco, dourar a pílula...

– Mais sarcasmo?

– Mais enrolação?

Myron então foi direto ao ponto: contou sobre sua visita a Neil Huber, sobre as mensagens trocadas entre Chick Baldwin e Nancy Moore. Win ouviu e emudeceu por um instante. Myron ainda podia ouvir uma gritaria no que parecia ser italiano.

– O que você está fazendo em Roma?

– Estou na cola do Fat Gandhi.

– Ele está na Itália?

– Acho difícil. – Depois: – Você acreditou em Chick quando ele disse que as mensagens não eram nada de importante?

– Não – disse Myron. – Mas isso não significa que elas tenham alguma coisa a ver com o sequestro.

– É verdade – concordou Win.

– Acha que devo colocar Nancy contra a parede? Perguntar a ela sobre as mensagens?

– Acho.

– E Brooke?

– O que tem Brooke?

– Vamos contar para ela também? – perguntou Myron.

– Ainda não.

Myron lembrou-se da fúria de Brooke em Londres por não ter sido informada do e-mail que o primo havia recebido.

– Ela vai ficar furiosa com você outra vez – alertou. – Por ficar de fora de novo.

– Não vou morrer por causa disso – retrucou Win. Após uma pausa: – Mais alguma coisa, Myron?

– Acho que não.

– Ótimo. Preciso ir.

capítulo 21

SHARK CRYPT I. O nome aparece no placar eletrônico ao mesmo tempo que Myron observa que minha prima não vai gostar nem um pouco de não ser informada sobre aquilo.

– Não vou morrer por causa disso – digo a ele, já com a cabeça em outro lugar. Hora de desligar. – Mais alguma coisa, Myron?

– Acho que não – diz ele.

– Ótimo. Preciso ir.

Estou mais uma vez na companhia de Carlo, Renato e Giuseppe, na sala dos fundos da loja de material esportivo. De novo, eles estão paramentados, porém mais sérios, mais compenetrados, toda a atenção voltada para o desafio que acabou de começar: Muzzles of Rage. O plano que idealizei e resolvi levar a cabo é bastante simples: provocar Fat Gandhi e fazer com que ele saia da toca.

Segundo fui informado, o indiano é um dos caras mais competitivos nesse mundo bizarro dos games eletrônicos. Seus maiores rivais são os componentes da dupla ROMAVSLAZIO, os quais, graças à generosidade da minha doação anônima, estão organizando esse prestigioso e recém-lançado torneio. A grande dúvida até agora é se Fat Gandhi, escondido em algum buraco do submundo em que vive, terá condições de dar as caras nesse novo torneio, que, a não ser pelo prêmio milionário, pouco difere de uma batalha de artilharia muito pesada.

Pelo que vejo, sim.

– Este é o Fat Gandhi – digo, apontando para o SHARK CRYPT I do placar.

– Ainda é cedo para saber – berra Carlo de sua mesa, digitando freneticamente. – Ele ainda não começou a jogar.

– Quando começar – diz Renato –, vamos descobrir rapidinho se é ele mesmo. Meia hora no máximo. Ele tem um jeito muito particular de jogar. Nunca usa metralhadoras ou armas automáticas, apenas um fuzil de alta precisão. E jamais erra.

– Também tem uma estratégia fácil de identificar.

Renato concorda:

– Como em qualquer outro esporte, você não precisa ver a cara para saber quem são os jogadores.

– Não precisamos esperar. Este é o Fat Gandhi – repito. – Este é o nosso alvo.

– Como pode saber?

Simples. "Shark Crypt I" é um anagrama de "Patrick Rhys".

Na realidade, meu plano não poderia ser mais simples: o objetivo dos italianos não é exatamente vencer o torneio Muzzles of Rage, mas simular esse mesmo torneio pelo tempo necessário para descobrirem, por meio de algum truque de hacker que não me interessa, onde está Fat Gandhi neste exato momento.

Giuseppe, o juiz, incentiva:

– Vamos lá, rapazes. Encontrem o sujeito.

Meu carro e meu jatinho estão de prontidão. Os pilotos e um importante parceiro meu estão à espera. Assim que localizarmos Fat Gandhi, partimos para pegar o indiano onde quer que ele esteja. Pelo menos esse é o plano.

– Ainda não sei se isso é uma boa ideia – opina Carlo.

Como sempre, ele e Renato estão de costas um para o outro, voltados para as respectivas paredes.

– Nem eu – diz o outro.

– Não somos da polícia.

– Vocês ouviram o que relatou o Sr. Lockwood – intervém Giuseppe. – O homem comanda uma rede de prostituição infantil.

– Como vamos saber que ele está falando a verdade? – questiona Carlo.

– Exatamente – concorda Renato. Olhando para mim: – De repente, o cafetão é você. Como é que a gente vai saber?

– Claro que vocês sabem – digo –, porque já pesquisaram minha biografia.

Silêncio.

– É, pesquisamos – confirma Carlo.

– Eu já imaginava.

– Você é muito rico.

– Sou.

– Também é meio maluco. Dizem por aí que virou um eremita.

– Por acaso tenho cara de eremita? – pergunto.

– Então por que dizem isso de você?

– Eu mesmo espalhei o boato.

– Por que faria uma coisa dessas?

– Porque tem uns safados tentando me matar.

– Você está... se escondendo deles?
– Mais ou menos isso.
– Então por que está aqui agora?
– Resgatamos um dos garotos – respondo. – Preciso da ajuda de vocês para resgatar o outro.
Aparentemente a resposta bastou para convencê-los.
– Não vai ser difícil – explica Carlo. – Para jogar, a pessoa precisa iniciar uma sessão no nosso servidor.
– Aí a gente descobre o endereço de IP dela.
– Merda – diz Carlo. – O cara está usando uma VPN.
– Claro que está – fala Renato. – Mas nem tudo está perdido. A gente ainda pode...
Aqui eles voltam para o italiano, o que para mim não é um problema, já que também não domino o "tecniquês" da conversa dos dois. Ambos falam muito alto, xingando-se mutuamente, nervosos. Aposto que estão dando continuidade à eterna rusga entre Roma e Lazio, pois aqui e ali consigo pescar o nome de um ou outro jogador italiano. Giuseppe já havia alertado: é assim que a dupla trabalha.
– Quanto mais exaltados ficarem – revela Giuseppe –, mais próximos estarão de encontrar sua resposta.
Então sigo esperando. Pelo que vejo, eles fazem as duas coisas ao mesmo tempo: jogam enquanto tentam descobrir a localização de SHARK CRYPT I. Lá pelas tantas, Carlo informa:
– Você estava certo. É o Fat Gandhi mesmo.
– Está tentando despistar a gente com outro nome – diz Renato.
– Porque já conhecemos a tática dele – explica o outro.
Eles retomam a gritaria em italiano. Dez minutos depois, comemoram alguma coisa. Giuseppe chama minha atenção para a impressora, que começa a cuspir uma folha de papel.
– É o endereço que você queria. – Ele pega o papel para me entregar.
Fat Gandhi está na Holanda.
– Quanto tempo me resta? – pergunto.
É Carlo quem responde:
– Se a gente jogar bem, temos no máximo umas duas horas de partida.
– Então não joguem bem – peço antes de sair.

* * *

Myron estacionou diante da antiga casa onde fora criado; mais que isso, onde havia morado até muito recentemente. Na realidade, comprara o imóvel dos pais (Ellen e Al, ou "El Al", como diziam muitos, referindo-se à companhia aérea israelense) quando eles finalmente decidiram se mudar para a Flórida.

Nos velhos tempos, sempre que ouvia o filho chegar em casa de carro, Ellen corria para recebê-lo na rua, os braços abertos como se ali estivesse um filho libertado após cinco anos de cativeiro. Esse era o jeito dela. Myron, claro, morria de vergonha. Mas no fundo adorava. Jovem que era, ainda não se dava conta de como era bom ser amado incondicionalmente. Dessa vez ela também saiu à rua, mas com os passinhos lentos e incertos do mal de Parkinson e amparada pelo marido, quase uma ofensa para uma feminista da vida inteira. A certa altura ela se desvencilhou dele, certamente porque não queria que o filho a visse assim, mais velha e mais frágil.

Myron permaneceu no carro, esperando que ela se aproximasse. Quando enfim desceu, recebeu da mãe o mesmo abraço sôfrego de sempre, depois cumprimentou o pai como sempre fazia, com um beijinho no rosto.

– Você parece cansado – disse Ellen.

– Estou bem, não se preocupe.

– Ele não está parecendo cansado, Al?

– Deixe o menino em paz, El. Ele me parece ótimo, saudável.

– Saudável? Por acaso você agora é médico?

– É só uma impressão, El.

– Está precisando comer. Vamos entrar. Vou pedir mais comida.

Ellen Bolitar não cozinhava. Nunca. Certa vez, quando Myron ainda era um colegial, ela se aventurou a fazer um bolo de carne que envolvia um molho de ragu. Resultado: ele e o pai foram obrigados a repintar a cozinha para eliminar o cheiro de queimado.

Myron ofereceu-lhe a mão e levou uma bronca.

– Você também, é? Não precisa me segurar – disse Ellen, e foi retornando para casa com um visível manquejar. Myron olhou para o pai, que apenas balançou a cabeça. Ambos seguiram atrás dela. – Vou ligar para o Nero's e pedir que eles acrescentem mais uma vitela à *parmigiana*. Você precisa comer, meu filho. Já o seu sobrinho, esse come feito um leão. – Abanando a mão num gesto de resignação, ela disse: – Vocês dois podem ir para a saleta e ficar conversando por lá. Essas coisas que pai e filho gostam de fazer pelas costas da gente. – Apoiando-se no corrimão, subiu como pôde a escada da varanda e seguiu para a cozinha.

Al sinalizou para que o filho o acompanhasse. Myron ainda ficou alguns segundos contemplando a mãe de longe, regalando-se no amor que sentia por aqueles dois.

Claro, todo mundo ama os pais, mas raramente esse amor é tão descomplicado assim, sem ressentimentos, sem remorsos, sem mágoas antigas, sem culpas. Myron amava os pais sem nenhuma reserva, sem precondições. Para ele era Deus no céu e El Al na Terra. Sempre havia alguém para dizer que ele era um romântico, um saudosista que revisava o passado com os filtros do amor. Bobagem.

Myron e Al foram para a tal saleta, um misto de escritório com sala de TV, e se acomodaram nos lugares de sempre. Myron ainda se lembrava dos especialistas que na sua juventude alertavam para os perigos do excesso de televisão na formação das pessoas; talvez houvesse nisso alguma razão, mas desde então ele e o pai adoravam fazer justamente isso, sentar diante da TV e trocar ideias a respeito de seus programas prediletos. Claro, ainda não havia internet, streaming, Netflix, nada disso, mas entre as oito e as onze da noite sempre havia aqueles sitcoms bem ingênuos e bobocas que os faziam gargalhar, aqueles seriados de detetive repletos de clichês que eles adoravam identificar. Nos dias de hoje era bem diferente. Agora pais e filhos iam cada um para o seu quarto para ver o que lhes apetecia num computador, num tablet ou num celular, uma experiência solitária que, para Myron, representava uma grande perda em relação ao passado.

Al pegou o controle remoto, mas não ligou a TV.

– Mickey ainda não chegou? – perguntou Myron.

Al e Ellen haviam se oferecido para vir da Flórida e fazer companhia ao garoto na ausência dos pais dele.

– Deve estar chegando a qualquer momento. Com a Ema. Lembra dela?

– Da Ema? Lembro, claro.

– A menina só se veste de preto.

Ellen bisbilhotava a conversa da cozinha conjugada.

– Muitas mulheres vestem preto, Al.

– Não desse jeito.

– Preto emagrece.

– Não estou criticando ninguém.

– Está, sim.

– Não, não estou!

– Você acha que a menina é gorda – acusou Ellen.

– Foi você que falou que o preto emagrece, não eu – defendeu-se Al. E para Myron: – Até as unhas são pretas. O batom, a maquiagem dos olhos... Os cabelos também, mas não de um preto natural. Tipo piche, sabe? Sei lá, eu não entendo.

– E por que você acha que precisa entender alguma coisa? – gritou Ellen da cozinha.

– Só estou dizendo.

– Olhe só o seu pai, Myron. Quem ele acha que é para ficar criticando a roupa dos outros? Yves Saint Laurent?

– E você? Não ia ligar para o restaurante para mudar o pedido?

– Já liguei, mas deu ocupado.

– Então ligue de novo, ora.

– Sim, senhor. Imediatamente, senhor.

Al bufou e deu de ombros. Myron riu. Não era a primeira vez que via aquele show dos velhos. Um show que ele adorava.

Al se inclinou para o filho e falou baixinho:

– E a Terese, onde está?

– Em Jackson Hole. Numa entrevista de emprego.

– Como âncora de TV?

– Mais ou menos isso.

– Lembro dela no noticiário. Antes de vocês dois... – Al cruzou as mãos, descruzou-as, cruzou de novo. – Sua mãe e eu gostaríamos muito de conhecer melhor a Terese.

– Vão conhecer.

– Sua mãe fica preocupada, sabe? – disse Al, falando ainda mais baixo.

– Preocupada com quê?

Al não era do tipo que media as palavras. Como agora:

– Ela acha Terese meio tristonha, entende?

– Entendo. E você? Fica preocupado?

– Não gosto de dar palpite na vida dos outros.

– Vá, pode palpitar.

– Para falar a verdade, também vejo uma tristeza nos olhos dela. Mas também vejo força. Sei que ela passou por maus bocados, não passou?

– Passou.

– Perdeu um filho, não foi?

– Muito tempo atrás, quando morava fora.
– Desculpe estar falando dessas coisas...
– Tudo bem.
– Mas você ainda não vai me dizer por que ela passou esse tempo todo na África?
– Não posso – explicou Myron. – Não cabe a mim dizer.
– Ok, não vou insistir. – Um sorriso brotou nos lábios de Al. – Aposto que ela estava numa missão secreta – arriscou ele.
– Mais ou menos.
– Uma missão secreta. Como essa sua, em Londres.
Myron não disse nada.
– O que foi? Achou que a gente não sabia de nada? Vai me dizer o que foi fazer lá ou não vai?
Da cozinha:
– É sobre aquele garoto Moore que foi resgatado!
Al gritou de volta:
– Você está bisbilhotando nossa conversa?
– Só ouvi agora. Nem escutei quando você me jogou na fogueira com aquela história da noiva triste.
A porta da frente se abriu com um estrondo: adolescentes na área, claro. Mickey surgiu com Ema a seu lado. Deparando-se com Myron, ele disse:
– O que está fazendo aqui?
– Boa noite para você também. Oi, Ema.
– Oi, Myron.
Ema, que segundo Al só usava preto, pertencia à tribo dos "góticos", como se dizia antigamente, ou dos "emos", como se passou a dizer depois, ou dos... Myron não era informado o bastante para saber como chamavam agora. De fato, tudo na garota era preto, contrastando com a mais branca das peles. Ela e Mickey começaram como amigos, tipo "melhores amigos", porém Myron tinha a ligeira impressão de que naquela altura eles já haviam ultrapassado a fronteira de uma simples amizade.
Mickey cumprimentou o avô com um beijinho no rosto, depois disse a Ellen:
– Você está linda hoje, vó.
– Por favor, não me chame disso.
– Disso o quê?
– "Vó." Eu já falei: sou nova demais para ser sua avó. Me chame de Ellen.

Se alguém perguntar, diga que sou a segunda mulher do seu avô, muito mais jovem que ele. Dessas que os coroas gostam de exibir como troféu.

– Deixe comigo – disse Mickey.

– Agora venha cá e dê um beijinho na sua Ellen.

Mickey correu para a cozinha. Sempre que andava pela casa, as paredes tremiam. Ele abraçou e beijou a avó. Observando da sala, Myron ficou emocionado.

– Você está chorando? – questionou Mickey assim que se aproximou do tio.

– Não.

– Por que ele está chorando? – perguntou o garoto à avó. – Por que ele está sempre chorando?

– É muito emotivo. Desde criança. Deixe ele para lá.

– Não estou chorando – insistiu Myron. Correu os olhos à sua volta, mas não encontrou nenhum refúgio. – Um cisco no olho, só isso.

– Preciso de alguém para me ajudar a pôr a mesa.

– Eu ajudo – ofereceu-se Mickey.

– Não – negou Ellen. – Hoje é Ema quem vai me ajudar.

– Com o maior prazer, Sra. Bolitar – falou a garota, que foi imediatamente corrigida.

– Me chame de Ellen. E aí? Você e Mickey estão... Como é mesmo que vocês dizem atualmente? Ficando?

– Vó! – berrou Mickey, mortificado.

– Nem precisa responder, meu amor. A reação dele já é resposta suficiente. É muito fofo quando eles ficam vermelhos, você não acha?

Igualmente mortificada, Ema marchou para a cozinha.

– Acho melhor eu ir junto – declarou Al, já se levantando. – Só por garantia.

Assim que se viu sozinho com o tio, Mickey disse:

– Recebi sua mensagem.

– E aí? Acha que pode me ajudar?

– Acho. E Ema também.

– Como?

– A gente bolou um plano.

capítulo 22

JÁ NÃO HAVIA MAIS repórteres diante da casa de Nancy Moore, e Myron ficou se perguntando por quê. Talvez eles tivessem subitamente decidido respeitar a privacidade da família; talvez tivessem sido afugentados pela ausência de fatos novos; talvez tivessem algo mais palpitante para cobrir em outro lugar. Ou talvez uma combinação das três coisas. De qualquer modo, Myron ficou aliviado. Eram oito da noite quando ele tocou a campainha.

Nancy abriu a porta com uma taça de vinho na mão.

– Já é tarde – disse.

– Desculpe – falou Myron. – Eu devia ter ligado antes.

– Tive um longo dia...

– Eu sei.

– Se fosse outra pessoa, eu não teria...

Myron sabia que a mulher ainda se sentia em dívida com ele.

– Preciso trocar uma palavrinha com você – pediu e espiou o interior da casa. – O Hunter está?

– Não. Já voltou para a Pensilvânia.

– É lá que ele mora?

– Sim. Desde o divórcio.

Myron apontou para a placa de VENDE-SE.

– Você também vai se mudar?

– Vou.

– Para onde?

– Para o mesmo lugar.

– Pensilvânia?

– Myron... não quero ser grossa com você, mas...

– Desculpe. Posso entrar um pouquinho?

Sem grande entusiasmo, Nancy recuou para que ele entrasse. Myron passou ao saguão e parou assim que viu uma moça ao pé da escada.

– É minha filha Francesca – disse Nancy.

Por muito pouco Myron não mandou aquele manjadíssimo texto, dizendo que a garota não podia ser filha dela, que devia ser irmã. Por sorte, se calou a tempo. Não havia percebido antes, distraído que estava durante a entrevista, mas as duas eram fisicamente muito parecidas. Se algum candidato a marido quisesse saber o que seria Francesca dali a 25 anos, Nancy estava ali para responder-lhe.

– Francesca, este é o Sr. Bolitar.

– Olá, Francesca. Pode me chamar de Myron.

A garota piscou os olhos para afugentar as lágrimas. Já estaria chorando antes? De repente correu e apertou Myron num abraço rápido, porém forte.

– Obrigada – disse, com uma sinceridade quase desconcertante. – Obrigada, obrigada.

– Não precisa agradecer.

Nancy afagou a filha e sorriu de modo delicado, dizendo:

– O Sr. Bolitar e eu precisamos conversar. Você se incomoda de subir e dar uma olhada em Patrick?

– Claro que não – respondeu Francesca. Em seguida tomou a mão de Myron entre as suas. – Foi um grande prazer conhecer você.

– Igualmente – disse Myron.

Nancy esperou que a filha subisse.

– É uma boa garota – declarou.

– É o que parece.

– Muito sensível. Chora por qualquer bobagem.

– É uma qualidade, você não acha?

– Imagino que sim. Mas quando o irmão sumiu... – Nancy não precisou terminar o que ia dizendo. Fechou os olhos e, balançando a cabeça, falou: – Se Patrick tivesse morrido naquele túnel, se você não tivesse chegado a tempo... – Mais uma vez ela deixou a frase no ar.

– Posso perguntar uma coisa com muita sinceridade? – pediu Myron.

– Claro.

– Você tem certeza de que o garoto lá em cima é mesmo Patrick?

Nancy fez uma careta.

– Você já me questionou isso antes.

– Eu sei.

– Então por que está perguntando de novo? Eu já disse. Tenho certeza absoluta.

– Como?

– Hein?

– Já se passaram dez anos. Patrick era um menino quando foi levado.

Ela plantou a mão na cintura e, com uma ponta de impaciência, falou:

– Foi para isso que você veio aqui?
– Não.
– Então vamos direto ao ponto, por favor. Já é tarde.
– Tudo bem. Você e Chick Baldwin andaram trocando mensagens antes do sequestro.
Myron fez a afirmativa assim mesmo, na lata. Não limpou a garganta, não fez nenhum preâmbulo, não se desculpou de antemão. Queria ver a reação dela. Mas, se esperava algum tipo de drama ou qualquer outra coisa mais reveladora, não encontrou.
Nancy deixou a taça de vinho na mesa mais próxima, cruzou os braços e perguntou:
– Você não está falando sério, está?
– Estou.
– Por que diabos eu...? Olhe, acho melhor você ir embora.
– Falei com Chick sobre essas mensagens.
– Então já sabe.
– Sei o quê?
– Foram mensagens sem nenhuma importância.
Interessante. O mesmo argumento. Myron decidiu blefar um pouco:
– Não foi isso que ele disse.
– Hein?
– Chick confessou que vocês estavam tendo um caso.
Um sorrisinho despontou nos lábios dela.
– Isso é bobagem... Nós éramos amigos. Vivíamos conversando um com o outro.
– Agora quem não quer ser grosso sou eu, Nancy. Desculpe, mas não dá para engolir essa história de amigos.
– Você não está acreditando em mim?
– Não, não estou.
– Por que não?
– Para começar, Chick não me parece ser do tipo que gosta de conversa.
– Parece o quê? Um garanhão irresistível para qualquer mulher?
Touché, pensou Myron.
Nancy deu um passo adiante e o encarou com seus olhos de gazela, um gesto que com certeza costumava fazer sempre que precisava convencer um homem de alguma coisa. Um gesto que certamente já lhe fora útil no passado.

– Aquelas mensagens não têm nada a ver com o que aconteceu aos meninos – afirmou. – Confia em mim?

– Não – disse Myron.

– Assim, sem mais nem menos?

Myron não disse nada.

– Acha que estou mentindo?

– Talvez. Ou talvez você não saiba.

– Como assim?

– As coisas reverberam. Elas se propagam por baixo da superfície. Muitas vezes a gente nem percebe, sobretudo quando está próximo demais. Você já deve ter ouvido falar do efeito borboleta, essa ideia de que a borboleta bate suas asas e em princípio isso não tem consequência nenhuma sobre...

– Mas pode mudar tudo – interrompeu Nancy. – Eu sei, conheço essa história. Acho uma grande bobagem. De qualquer forma... – Ela se calou quando ouviu passos às suas costas.

Ambos se viraram na direção da escada. Lá estava ele, empoleirado num dos últimos degraus. Patrick Moore. Ou o suposto Patrick Moore. Uma coisa era certa: ali estava o garoto esfaqueado por Fat Gandhi no túnel. O mais discretamente possível, Myron pegou seu celular e apertou um botão. Por alguns minutos ninguém disse nada. Foi Nancy quem quebrou o silêncio:

– Está tudo bem, Patrick? Está precisando de alguma coisa?

O garoto olhava fixamente para Myron.

– Oi, Patrick – disse Myron.

– Você é o cara que me salvou.

– Pois é, sou.

– Francesca falou que você estava aqui – disse ele comovido. – Aquele cara gordo... ele tentou me matar.

Myron olhou de relance para Nancy.

– Não precisa mais ter medo, filho – disse com seu carinho de mãe. – Você agora está em casa. Ninguém vai lhe fazer mal aqui.

Com os olhos ainda pregados em Myron, o garoto perguntou:

– Por que eu? Por que ele quis me esfaquear?

Uma pergunta comum entre as vítimas não só de estupro mas de outros crimes igualmente violentos: “Por que eu?” Myron já tinha visto isso antes, essa necessidade de saber.

– Porque ele estava tentando salvar o próprio pescoço – respondeu ele.

– Como?

– Sabia que, esfaqueando você, eu pararia de correr atrás dele.

– Hum... – resmungou o garoto. – Faz sentido.

Myron deu um passo hesitante na direção dele e, falando o mais mansamente possível, disse:

– Patrick... por onde você andou esses anos todos?

Patrick arregalou os olhos para a mãe, visivelmente assustado. Nesse mesmo instante, a campainha tocou.

– Quem será a uma hora destas? – falou Nancy, já se encaminhando para a porta.

– Pode deixar que eu atendo – disse Myron e se adiantou para abrir a porta no lugar dela.– Espere só um segundo, Patrick. Tem umas pessoas que eu gostaria que você conhecesse.

Mickey e Ema, que esperavam pelo sinal dele em outro carro, entraram na casa sem grande cerimônia, ele com um sorriso largo no rosto, ela com uma pizza cheirosa nas mãos.

Myron não colocara muita fé no plano deles, mas Ema se revelara bem mais otimista. "O garoto deve estar se sentindo supersozinho, trancafiado lá naquela casa", dissera ela. "Além do mais, as pizzas de Londres são bem fraquinhas."

Myron deixou que eles tomassem as rédeas da situação. Mickey foi até a escada e se apresentou:

– E aí, cara? Eu sou Mickey. Esta aqui é Ema. A gente achou que de repente você ia gostar de... sei lá, trocar uma ideia.

– Hum... – Foi só o que disse Patrick, encarando o desconhecido à sua frente.

– Já comeu pizza com cobertura de frango picante?

– Acho que... não – balbuciou ele.

– Além do frango também tem farelo de bacon.

– Sério?

– Claro. Nunca brinco quando o assunto é bacon.

– Uau.

– A gente ia deixar a massa recheada de queijo como surpresa – informou Mickey –, mas certas coisas são boas demais para ficar em segredo.

Patrick riu baixinho.

– Não quero botar pressão – disse Ema, abrindo a embalagem –, mas duvido que você tenha comido uma pizza melhor do que esta na sua vida.

– Olhem, não sei se é uma boa ideia... – interveio Nancy.

Myron segurou-a de leve pelo braço.

– Você mesma disse que seria bom para o garoto conviver com outros de sua idade.

– Eu sei, mas é que hoje tivemos um dia puxado e...

– Mãe – interrompeu Patrick –, fique tranquila, estou bem.

– Se bobear, a massa é sem glúten – arriscou Ema, e abriu o sorriso mais luminoso, mais maroto, que Myron jamais tinha visto na vida.

Dessa vez, Patrick riu de verdade, com gosto. Notando a expressão de surpresa nos olhos de Nancy, Myron deduziu que ela ainda não tinha visto o filho assim, tão descontraído. Ema estava certa. Fosse de uma boa pizza ou apenas de companhia, Patrick estava mesmo precisando daquilo. Fazia muito que a vida o privara das duas coisas.

Francesca surgiu no alto da escada.

– A gente estava pensando em assistir a um filme – disse ela. – Mãe, a gente pode alugar alguma coisa na televisão?

Todos os olhos se voltaram para Nancy Moore.

– Claro que sim – conseguiu dizer, apesar da voz embargada. – Divirtam-se.

Myron não ficou. Fora explicitamente instruído por Mickey e Ema a não ficar esperando na sala; a presença repressora de um adulto poderia quebrar o clima. Se ele tivesse perguntas a fazer à mãe de Patrick, deveria fazê-las antes da chegada dos dois. Depois deveria ir embora. Eles cuidariam de tudo sozinhos.

Manda quem pode, obedece quem tem juízo.

Ele tinha acabado de entrar no carro quando recebeu uma ligação. Número desconhecido.

– Alô?

– Aqui é Alyse Mervosh – disse a mulher do outro lado da linha. Assim, sem nenhum preâmbulo. – Amiga do PT.

– A médica legista?

– A antropóloga forense especializada em reconstrução facial. – O tom de voz era tão neutro quanto possível, sem qualquer tipo de distorção eletrônica. – Você quer saber se esse Patrick Moore que foi apresentado na entrevista da CNN é o mesmo Patrick Moore que desapareceu dez anos atrás, correto?

– Correto.

– Acabei de obter o vídeo da entrevista. Depois encontrei na internet algumas fotos de Patrick à época do sequestro, aos 6 anos de idade. Por fim, localizei uma simulação fotográfica realizada pelo FBI. Onde você está?

– Agora? Neste exato momento?

– Sim.

– Alpine, Nova Jersey.

– Sabe onde ficamos em Manhattan?

– Sei.

– Imagino que você leve mais ou menos uma hora para chegar aqui. Até lá já terei o resultado – disse a mulher e desligou antes que Myron pudesse falar algo.

Myron conferiu as horas no relógio: oito e meia da noite. Bem, se a Dra. Mervosh não se importava de trabalhar até mais tarde, ele também não. Sabia que o laboratório principal do FBI ficava na Virgínia, mas imaginou que esse tipo específico de trabalho exigisse apenas computadores e programas. O escritório principal do FBI em Manhattan ficava no número 26 da Federal Plaza, 23º andar.

Myron deixou o carro num estacionamento na Reade Street e seguiu a pé para o prédio. Ao passar pela Duane Street, lembrou-se de um factoide engraçado: a rede de farmácias Duane Reade, que dominava toda a cidade de Nova York, tinha esse nome porque seu primeiro depósito de mercadorias ficava entre a Duane e a Reade Street. Mais engraçado ainda é constatar o que brota na nossa cabeça quando menos esperamos.

Alyse Mervosh recebeu-o com um aperto de mão firme.

– Posso ficar livre de uma coisa logo de uma vez? – disse.

– O quê?

– Da tietagem. Eu amei, amei, amei o documentário sobre a sua lesão. *Amei.*

– Hum. Obrigado.

– Sério. Chegar assim tão perto do topo para depois despencar lá do alto e ser reduzido a... – Ela deixou a frase por completar.

Myron espalmou as mãos e disse:

– Apesar de tudo... cá estou, são e salvo.

– Mas ficou bom mesmo? – quis saber Alyse. – De verdade?

– Se você quiser, posso fazer dez flexões com um braço só. Aqui mesmo.

– Jura?

– Não. Posso fazer uma só.

Alyse balançou a cabeça.

– Desculpe, sei que não estou sendo profissional. É que... esse documentário realmente me deixou com muita pena de você, sabe?

– Puxa, isso é tudo que eu queria.

Ela enrubesceu um pouco.

– Desculpe as minhas roupas. Eu estava no meio de uma aula de tênis quando o PT ligou.

A mulher usava um conjunto de moletom superantiquado. Os cabelos louros estavam presos com um elástico. O look como um todo não era muito diferente do de Björn Borg nos anos 1980.

– Não se preocupe – disse Myron. – E obrigado por me receber a esta hora.

– Quer uma explicação comprida ou prefere pular direto para o resultado?

– Direto para o resultado, por favor.

– Inconclusivo.

– Quer dizer... o resultado é que você não chegou a resultado nenhum?

– Em resposta à sua pergunta, isto é, se o adolescente entrevistado hoje na CNN é o mesmo Patrick Moore que foi sequestrado dez anos atrás, só o que posso dizer é: não dá para saber com certeza. Sinto muito. Agora posso explicar?

– Por favor.

– De modo geral, meu trabalho de reconstrução facial envolve apenas a identificação de restos mortais. Você sabe disso, não sabe?

– Sim.

– Não se trata de uma ciência exata. Nossa esperança é ajudar com alguma pista que leve à solução do caso investigado. Mas tem um monte de coisas que podem poluir nossos resultados. – Alyse fez uma careta, depois disse: – Está quente aqui, você não acha?

– Um pouquinho.

– Se incomoda se eu tirar o casaco?

– Claro que não.

– Não quero que você fique pensando que estou flertando ou algo assim.

– Não se preocupe.

– Tenho um namorado. Um namorado firme.

– Tenho uma noiva.

– Jura? – disse ela, radiante. – Ah, que bom! Quero dizer, depois de tudo que você passou...

– Dra. Mervosh...

– Pode me chamar de Alyse.

– Alyse, aquilo foi apenas uma lesão no joelho. Fico comovido com sua... preocupação, digamos assim, mas pode ficar tranquila: estou bem.

– E quer saber mais sobre Patrick Moore.

– Sim, quero.

– Desculpe, não sou muito boa naquilo que chamam de "trato social". Fico nervosa, sabe? Começo a falar sem parar. Por isso acho que o melhor lugar para mim é mesmo dentro de um laboratório. Desculpe.

– Tudo bem – falou Myron. – Mas você estava falando dos fatores que podem poluir os resultados do seu trabalho.

– Pois é. Neste caso em particular, estamos tentando adivinhar, por assim dizer, como seria o rosto de um menino de 6 anos aos 16. Como você pode imaginar, o trabalho é muito mais difícil nessa faixa etária. Se Patrick Moore tivesse desaparecido aos 26 anos, por exemplo, e fosse encontrado aos 36... Bem, você já entendeu, não é?

– Sim.

– O envelhecimento não é apenas um processo genético. Outros fatores contribuem também. Hábitos alimentares, hábitos pessoais, modo de vida, experiências traumáticas... tudo isso pode alterar o processo de envelhecimento e, pelo menos em alguns casos, até o aspecto físico. E, de novo: para efeito de análise estamos lidando com a mais difícil de todas as faixas etárias possíveis. As mudanças que acontecem da infância até a adolescência são enormes. Ossos e cartilagens vão crescendo e, gradualmente, determinando as proporções e o formato do rosto. O tecido ósseo está o tempo todo sendo formado, destruído, alongado ou substituído. Tudo é possível. Até mesmo que a linha dos cabelos recue um pouco. Portanto, nosso trabalho como antropólogos forenses é justamente reconstituir todo esse processo. O que não é fácil.

– Entendo – disse Myron. – Mas se você fosse chutar...

– Sobre Patrick Moore?

– Sim.

Alyse franziu a testa, desconcertada com a pergunta.

– Chutar?

– Sim.

– Sou uma cientista. "Chutar" não faz parte do meu repertório.
– Mas de repente...
– Posso apenas apresentar os fatos como eles são.
– Ok, então vamos a eles.

Sem nenhuma pressa, Alyse Mervosh pegou suas anotações e as releu. Só então disse:

– Os traços do adolescente, salvo uma única exceção, são essencialmente compatíveis com os traços da criança de 6 anos. A cor dos olhos se alterou ligeiramente, mas isso nem é tão importante assim. Não é fácil determinar a cor dos olhos de uma pessoa a partir de uma imagem de televisão. Pude fazer uma estimativa bem sólida da altura dos pais e da irmã, depois comparei com a altura do menino aos 6 anos. Tomando por base esses cálculos, o adolescente da entrevista está uns 5 centímetros abaixo do esperado, mas essa diferença ainda está dentro da margem de erro. Trocando em miúdos, esse adolescente pode realmente ser Patrick Moore. Tem apenas uma coisa que impede um resultado mais conclusivo.

– O quê?
– O nariz.
– O que tem o nariz?
– O nariz do adolescente, na minha opinião, não é muito coerente com o nariz da criança. Não estou dizendo que é totalmente incompatível, apenas que é pouco provável.

Myron refletiu um instante.

– Uma plástica no nariz... – aventou. – Poderia ser uma explicação?
– Uma plástica tradicional? Não. De modo geral as cirurgias plásticas deixam o nariz menor do que era. Neste caso, o nariz do adolescente Patrick Moore é maior que o esperado.

Myron refletiu mais um pouco.

– E se esse nariz foi... sei lá, quebrado diversas vezes?
– Hum... – Alyse pegou um lápis e começou a batê-lo de leve contra a bochecha. – Não é impossível, mas acho difícil. Também há cirurgias de reconstrução nasal para vítimas de acidente ou de alguma deformidade congênita. Ou para cocainômanos, o que é bastante comum. Isso talvez explique. Mas não posso afirmar nada com certeza. Daí o meu laudo inconclusivo.
– Quer dizer então que... estamos apenas a um nariz de um resultado conclusivo?

Alyse Mervosh o encarou por alguns segundos.

– Espere aí. Isso era para ser uma piadinha?

– Mais ou menos.

– *Ai...*

– Eu sei. Desculpe.

– O que você precisa mesmo é de um teste de DNA – concluiu Alyse. – E isso não é piada nenhuma.

capítulo 23

Do outro lado das lentes do meu binóculo está uma casa de fazenda na Holanda. O voo de Roma para o aeroporto de Groningen Eelde levou duas horas e meia, e a viagem do aeroporto até a fazenda em Assen, vinte minutos.

– Só quatro pessoas na casa, gato – diz Zorra com seu sotaque carregado.

Seu nome verdadeiro é Shlomo Avrahaim. Ex-agente do Mossad, Zorra é um *cross-dresser*, um travesti, ou seja lá qual for o nome que se usa hoje para designar um homem que se veste de mulher. Já conheci vários da mesma tribo. Muitos são bonitos e femininos. Zorra não é nem uma coisa nem outra. A barba é tão pesada quanto o sotaque. Ele não faz as sobrancelhas, de modo que elas lembram duas lagartas cabeludas sem o menor interesse em completar a transição para borboletas. Os dedos das mãos são os de um lobisomem a meio caminho da transformação. A peruca ruiva pode muito bem ter sido roubada do camarim de Bette Midler lá pelos idos de 1978. Os sapatos são literalmente de salto agulha, isto é, dentro deles está escondido um estilete fininho. Num passado remoto, Zorra quase matou Myron com aquela lâmina.

– Como você sabe disso? – pergunto. – Usou uma câmera de infravermelho?

– A mesma de Londres, gato. – A voz é a de um barítono. – Vai ser moleza. Como é que vocês dizem? Mel na sopa? Sopa no mel? Um desperdício. Usar Zorra, profissional top, para uma moleza dessas.

Viro para o lado e olho a criatura de cima a baixo.

– Que foi, gato? Algum problema?

– Saia pêssego com sapato laranja – digo.

– Zorra pode tudo, gato.

– Que bom que Zorra pensa assim.

Zorra volta sua atenção para a casa. A peruca não se desloca com a mesma velocidade da cabeça.

– O que você está esperando, gato?

Não acredito em intuição nem em sexto sentido. Por outro lado, não desconsidero inteiramente o que estou sentindo.

– Está parecendo fácil demais – explico.

– Ah – diz Zorra. – Gato está cheirando truque.
– Cheirando truque?
– É. Truque. Cilada.
– Nosso objetivo aqui é um só.
– Primo do gato, não é?
– Sim – falo, e mais uma vez reflito sobre as possibilidades. – Se você fosse Fat Gandhi, você manteria Rhys aqui?
– Talvez. Ou então Zorra esconde o garoto. Se homem mau feito Win vem atrás de mim, posso negociar.
– Exatamente.

Zorra e eu nos conhecemos anos atrás, quando ele ainda pertencia ao outro lado; era o inimigo. No fim das contas optei por poupar a vida dele. Nem sei direito por quê. Intuição? Agora Zorra se sente eternamente em dívida comigo. Esperanza gosta de comparar esse episódio a uma das farsas mais batidas da luta livre: o lutador do bem se apieda do lutador do mal, que depois se converte ao bem e vira o maior fã do primeiro.

Eu ainda estou aventando as possibilidades quando a porta da casa se abre. Não saco minha arma de imediato. Fico imóvel, esperando que alguém surja à porta. Cinco segundos se passam. Depois mais dez. Só então Fat Gandhi dá as caras.

Zorra e eu estamos escondidos atrás de um arbusto. Fat Gandhi vira na nossa direção e acena um adeus.

– Ele sabe que estamos aqui – diz Zorra.

Ninguém melhor do que Zorra para constatar o óbvio.

Fat Gandhi caminha de modo displicente ao nosso encontro. Zorra olha para mim. Eu balanço a cabeça negativamente. Como já foi dito, Fat Gandhi sabe onde estamos. Penso nisso um instante. Fomos cautelosos na nossa aproximação, mas a estrada pela qual passamos é bastante erma. Se Fat Gandhi colocou olheiros nela, o que é bem provável, com certeza fomos vistos.

O indiano acena mais uma vez ao nos avistar.

– Olá, Sr. Lockwood. Bem-vindo!

Zorra sussurra ao meu lado:

– Ele sabe seu nome.
– É impressionante, este seu treinamento no Mossad.
– Zorra não deixa nada escapar.

Fat Gandhi pode ter descoberto minha identidade por inúmeros caminhos. Pode ter recorrido a algum esquema complicado de hacking, por exemplo, mas acho que seria desnecessário. Ele já sabia o nome do Myron. Além de amigos, Myron e eu somos sócios num negócio. O indiano também sabia de Rhys, Patrick e de toda a história do sequestro. Bastaria uma pesquisa rápida para chegar ao meu nome.

Também é possível que Rhys tenha contado o que sabe ou lembra.

De qualquer modo, cá estamos.

Zorra discretamente retira o couro que esconde o estilete do salto.

– E aí, gato, qual é o plano?

Confiro o celular para ver se nossos dois ajudantes ainda estão a postos. Estão. Ainda não foram descobertos. Fat Gandhi continua caminhando na nossa direção, sorrindo contra o sol.

– Por enquanto esperamos para ver – respondo.

Saco minha arma, uma pistola Desert Eagle .50 Action Express. Fat Gandhi para quando a vê. Parece desapontado.

– Deixe disso, Sr. Lockwood. Não será necessário.

Eu farejara um "truque" no ar, certo? Será que o indiano sabia que os italianos haviam tentado localizá-lo com o falso torneio? Será que tinha deliberadamente participado dele? Era o que tudo indicava. Muitos acreditam que sou infalível nessas coisas, que sou tão competente e perigoso que até a própria morte foge de mim. Confesso que faço de tudo para alimentar, ampliar e intensificar essa reputação. Quero que as pessoas tenham medo de mim. Quero que tremam nas bases quando me veem chegar porque não sabem o que vou fazer a seguir. Mas não sou ingênuo a ponto de acreditar na minha própria propaganda. Por melhor que eu seja, não sou impermeável à bala de um atirador de elite. Um dos meus inimigos me disse certa vez: "Você é bom, Win, mas não é imortal."

Fui tão cauteloso quanto possível, mas em missões como esta há sempre um componente de pressa. Ninguém nos seguiu desde o aeroporto, disso eu tenho certeza. Mesmo assim, Fat Gandhi sabia da nossa presença na fazenda.

– Precisamos conversar – diz.

– Tudo bem.

– Se importa se eu chamar você de Win?

– Sim, me importo.

Ele ainda está sorrindo. Eu ainda estou com a arma em punho. Ele olha para Zorra.

– Ela precisa mesmo estar presente?

– Onde você está vendo uma "ela" aqui? – rosna Zorra.

– Hein?

– Por acaso o gato acha que Zorra é mulher?

– Hum...

Não há resposta satisfatória para tal pergunta. Faço um sinal e Zorra baixa a crista.

– Fiquem tranquilos, vocês dois – fala o indiano. – Se eu quisesse, ambos já estariam mortos há muito tempo.

– Errado – digo.

– Perdão?

– Você está blefando.

Fat Gandhi mantém o sorriso, mas sem a firmeza de antes.

– Você sabe quem eu sou – prossigo. – Com certeza não precisou pesquisar muito. Provavelmente tinha algum olheiro no aeroporto e outro na estrada. Sou capaz de apostar que era o barbudo do Peugeot.

– Zorra sabia! Você devia ter deixado que eu...

De novo sinalizo para refreá-lo.

– Você tinha olheiros, mas dificilmente teria um atirador competente o bastante para acertar um alvo móvel a uma distância tão grande. Estou com mais dois homens por aí. Se você tivesse alguém de tocaia, eles saberiam. Dentro da casa há três pessoas, nenhuma delas com uma arma de alto alcance apontada na nossa direção. Já teríamos visto.

O sorriso do indiano esmorece mais um pouco.

– Pelo que vejo, Sr. Lockwood, autoconfiança é o que não lhe falta.

– Posso até estar errado. Por outro lado, me parece bastante remota a probabilidade de que você disponha de reforços suficientes para liquidar nós quatro antes de morrer.

– Parabéns, Sr. Lockwood – cumprimentou o indiano, aplaudindo em câmera lenta. – O senhor faz jus à sua reputação.

Reputação. Aquela mesma que eu alimento, amplio e intensifico.

– Eu poderia gastar um pouco de saliva e dizer que estamos num impasse – diz Fat Gandhi –, mas somos homens do mundo, Sr. Lockwood. Vim aqui para conversarmos. Para chegarmos a um acordo e deixar nossas diferenças para trás.

– Não estou nem um pouco interessado em você ou em sua organização – digo. A tal organização, claro, envolvia prostituição infantil e mais todo um cardápio de crimes hediondos. Zorra faz uma careta para indicar sua discordância: aparentemente ele está interessado, sim. – Estou aqui para buscar Rhys.

O sorriso finalmente se apaga no rosto do indiano.

– Foi você quem matou meus três homens – afirma ele.

Agora é minha vez de sorrir. A ideia é espichar a conversa para que Zorra possa continuar espiando a casa e o terreno, apenas por segurança.

– Também foi você quem explodiu aquela parede, não foi?

– O que você quer afinal? Uma confissão?

– Não.

– Vingança?

– Também não – responde Fat Gandhi sem hesitar. – Você quer Rhys Baldwin de volta. Eu entendo. Ele é seu primo. Mas eu também tenho as minhas exigências. Quero minha vida de volta. A polícia não tem nada nas mãos para me pegar. Patrick Moore já foi para os Estados Unidos. Não vai voltar para testemunhar. Myron Bolitar pode até dizer que me viu esfaqueando o garoto, mas estava escuro lá naquele túnel. Também posso alegar autodefesa. Eu estava sendo atacado. A explosão é prova mais do que suficiente. Nenhum dos meus funcionários vai dar com a língua nos dentes. Todos os meus arquivos continuam protegidos na nuvem.

– A polícia realmente não tem nada – concordo. – Mas não creio que a polícia seja sua maior preocupação.

– Minha maior preocupação – diz Fat Gandhi – é o senhor.

Gosto do que ouço. Então sorrio novamente.

– Não quero passar o resto da vida temendo receber uma visitinha sua, Sr. Lockwood. Posso ser sincero?

– Pode tentar.

– Eu ainda estava na dúvida, mas quando os italianos vieram com aquele desafio... bem, depois de tudo que já tínhamos levantado a seu respeito, achamos que seria muito arriscado. Foi aí que a ficha caiu. Percebi que teria de enfrentar você pessoalmente e colocar um ponto final nesta história toda. Confesso: chegamos a pensar na possibilidade de uma emboscada.

– Mas depois mudaram de ideia.

– Sim.

– Porque sabiam que eu iria localizar os homens. Que teria trazido reforços também. E que teria matado os seus homens para depois matar você. E mesmo que vocês levassem a melhor...

Ouvindo isso, Zorra irrompe numa gargalhada ao mesmo tempo que diz:

– Levar a melhor? *Sobre o Zorra?*

– É só uma hipótese – falo para acalmá-lo. E para Fat Gandhi: – Mesmo que vocês conseguissem nos matar, você sabia que a coisa não ficaria nisso. Sabia que Myron viria atrás de você.

– Sim – diz o indiano. – Seria uma novela sem fim. Eu teria que passar o resto da vida com essa espada sobre a cabeça.

– Vejo que você é mais inteligente do que eu imaginava. Então... que tal simplificarmos as coisas? Você entrega Rhys, eu levo o garoto de volta para casa e ponto final. Esqueço que você existe; você esquece que eu existo.

Na minha opinião, é uma boa oferta, mas receio não ser capaz de manter meu lado do acordo. O homem tentou matar Myron, o que não é pouco. Eu não o mataria apenas por vingança (afinal, é até compreensível que ele tenha feito isso), mas preciso levar em conta a estabilidade mental do sujeito, os interesses dele. Fat Gandhi precisa demonstrar força e poder para seus funcionários. Essa é uma espada que ele já tem sobre a cabeça. E continuará tendo sempre.

– Não é tão simples assim – declara ele.

– É simples assim – insisto, firme. – Vá buscar Rhys.

Ele baixa os olhos, balançando a cabeça.

– Não vai dar.

Se houve alguma hesitação, não foi mais que um piscar de olhos. Sei o que está por vir, mas não faço nada para impedir. Com uma elegância que nunca deixa de me surpreender, Zorra passa uma súbita rasteira no indiano, espera o homem desabar no chão feito um saco de batatas, depois se aproxima do corpo caído, posiciona o salto-estilete a poucos milímetros do olho dele e diz:

– Resposta errada, gato. Tente outra vez.

capítulo 24

MYRON SE JOGOU NA poltrona do pai, na salinha de televisão.

– Vai esperar pelo Mickey? – perguntou Al.

Na adolescência dos filhos, Al se sentava naquela mesma poltrona à noite, aguardando o retorno deles. Nunca estabelecia um horário para Myron ("Confio em você") e também nunca admitia que ficava esperando. Quando ouvia Myron chegar, ou fingia que estava dormindo ou escapava sorrateiramente para o quarto.

– Sim, vou – respondeu Myron. Depois sorriu e disse: – Você acha que eu não sabia, não é?

– Não sabia o quê?

– Que você ficava esperando acordado por mim.

– É verdade. Eu não conseguia pregar o olho até ter certeza de que estava todo mundo em casa. Mas eu sabia que você sabia.

– Como?

– Nunca impus um toque de recolher, lembra? Confiava em você.

– Certo.

– Mas, quando você se tocou que eu ficava esperando, passou a voltar mais cedo para casa. Para que eu não ficasse preocupado. – Al arqueou apenas uma das sobrancelhas e disse: – Entendeu agora? No fim das contas, você chegava mais cedo do que qualquer toque de recolher que eu pudesse impor.

– Maquiavélico – reconheceu Myron.

– Que nada. Apenas tirei partido de uma coisa que eu já sabia.

– Do quê?

– Você era um bom menino.

Silêncio.

Até que Ellen gritou da cozinha:

– Muito lindo esse momento pai e filho de vocês. Mas será que a gente já pode ir dormir?

Al riu.

– Já estou indo! – avisou. E virando-se para Myron: – Então, vamos ao jogo do Mickey amanhã? Eles vão jogar em casa.

– Passo amanhã para pegar você.

Ellen surgiu à porta da sala.

– Boa noite, Myron.

– E você? – questionou ele. – Por que nunca ficou esperando por mim à noite?

– Uma mulher precisa do seu sono de beleza. Você acha o quê? Que fiquei bonita assim por acidente?

– Uma boa lição para quem pretende se casar – disse Al.

– O quê? – perguntou Myron.

– Equilíbrio. Eu ficava acordado à noite. Sua mãe dormia feito um bebê. O que não quer dizer que ela não se preocupava. Mas as nossas vocações se complementavam, entende? Essa era a parte que cabia a mim: ficar acordado. É assim que funcionam os casais. Cada um contribui com aquilo que tem de melhor.

– Mas você também era o primeiro a acordar na manhã seguinte – observou Myron.

– É verdade.

– E a mamãe, qual era o forte dela?

– Você não vai querer saber – gritou Ellen, já de volta à cozinha.

– Mulher! – Al gritou da sala.

– Ah, relaxe. Você é muito puritano, Al.

A essa altura, Myron já tapara os ouvidos com as mãos.

– Lá, lá, lá, lá, lá... – cantarolava ele. – Não estou ouvindo nada do que vocês estão dizendo! – E assim ficou até ver os dois subirem a escada rumo ao quarto.

Refestelando-se na poltrona, olhou para a janela e só então se deu conta de uma coisa: a poltrona ficava posicionada de tal modo que era possível ver tanto a televisão quanto o movimento na rua. Maquiavélico.

Faltava pouco para uma da madrugada quando ele avistou o carro de Mickey. Chegou a pensar em imitar o pai e fingir que estava dormindo, mas sabia que Mickey era esperto demais para cair nessa. Ficara esperando por três motivos: primeiro, para depois dormir em paz (era tio e se preocupava com o sobrinho); segundo, para render Al, que teria ficado esperando no seu lugar; terceiro, e esse era o mais óbvio de todos, para saber como havia sido a conversa com Patrick Moore.

Ele ficou esperando no escuro. Cinco minutos se passaram. O carro continuava lá. Nenhum farol aceso. Nenhum movimento. Estranho. Myron pegou o celular e enviou um SMS para o sobrinho: "Tudo bem?"

Nenhuma resposta. Mais um minuto se passou. Nada. Myron checou o celular mais uma vez. Nenhum sinal de vida. Começou a ficar preocupado. Então ligou para o sobrinho. Caixa postal.

Que diabos poderia estar acontecendo ali?

Ele se levantou e já estava na porta da casa quando achou que sair pela frente seria direto demais. Então atravessou a cozinha e saiu pela porta dos fundos. Deparando-se com o breu do quintal, acionou a lanterna do celular e contornou a casa. A rua estava mais clara por causa dos postes de luz. Ainda assim, nenhum sinal de Mickey.

Esgueirando-se como podia, ele foi se aproximando do carro por trás. Xingou mentalmente quando viu que os sapatos estavam encharcados com a água da grama recém-molhada. Já estava a uns 20 metros do bagageiro, depois 10. Junto ao para-choque, agachou-se e rapidamente colocou os miolos para funcionar, aventando explicações para que Mickey e Ema ainda não tivessem descido do carro. A resposta veio tarde demais, quando ele já abria a porta do motorista.

Ema deu um berro.

– Porra, Myron! – gritou Mickey.

Dois adolescentes. Dentro de um carro. De madrugada. Que mais ele poderia esperar?

Myron lembrou que Al já havia feito a mesma coisa com ele, surpreendendo-o na companhia de Jessica, uma namoradinha das antigas, durante um momento delicado no carro. Na época ele não havia compreendido por que o velho não havia simplesmente se desculpado e fechado a porta, mas ficara ali, paralisado, sem saber o que fazer ou dizer.

Mas agora entendia.

– Oh... – balbuciou. Depois, de novo: – Oh...

– Se liga, cara! – rosnou Mickey.

– Oh – repetiu ele, aliviado que ambos estivessem vestidos. Roupas, cabelos e maquiagem estavam meio bagunçados, mas pelo menos eles estavam vestidos. – Acho melhor... esperar lá dentro.

– Acha mesmo?

– Ok, ok.

– Anda, vaza!

Myron colocou o rabinho entre as pernas e foi caminhando de volta para casa. Mickey e Ema desceram do carro, ajeitaram o visual e seguiram atrás dele. Quando os três entraram, depararam com Al no hall, trajando o pijama de Homer Simpson que Myron lhe dera de presente no último Dia dos Pais. Al olhou para o filho, depois para Mickey e Ema.

– Você foi atrás deles lá fora? – perguntou a Myron.

– Fui.

– Esqueceu que também já foi jovem um dia? – disse Al, fazendo o possível para não rir. – Eu sabia que não devia ter deixado você no meu lugar. Boa noite para todos – disse e voltou para o quarto.

Myron e Mickey ficaram onde estavam, olhando para o chão sem nada dizer.

Ema suspirou e falou:

– Cresçam, vocês dois!

Os três foram para a cozinha, pegaram água na geladeira e se acomodaram em torno da mesa.

– E aí? – perguntou Myron. – Qual foi a impressão que vocês tiveram de Patrick? Se é que ele é mesmo Patrick.

– É um cara normal – declarou Mickey.

– Normal até demais – emendou Ema.

– Como assim?

Ema espalmou as mãos sobre a mesa. Além de só usar maquiagem e roupas pretas, ela possuía inúmeras tatuagens nos braços. Nos dedos, dois anéis de caveira.

– Viu todos os filmes mais recentes – disse ela.

– Conhece todos os games mais novos também – acrescentou Mickey.

– E todos os aplicativos de celular.

– E todas as redes sociais.

Myron ruminou a informação.

– Suponho que não tenha ficado preso numa jaula esse tempo todo – comentou. – Sobretudo nesses últimos anos. Vivia na rua quando o encontramos. E o cara que o explorava em Londres é um *gamer* profissional. O que explica tudo isso, não?

– Pode ser – falou Mickey.

– Mas você acha que não.

Mickey deu de ombros.

– Que foi?

– Acho que ele não é quem diz ser – respondeu Mickey.

Myron olhou para Ema.

– Também acho – concordou ela. – As mãos dele.

– O que têm as mãos dele?

– São lisinhas demais.

– Mas o cara não trabalhava na enxada – explicou Myron.

– Eu sei – disse Ema –, mas também não parecem as mãos de alguém que vivia na rua. Também tem os dentes. Certinhos demais, brancos demais. Pode até ser que ele tenha uma ótima genética, mas aqueles dentes são de alguém que passou pelas mãos de um dentista, que usou aparelho, essas coisas.

– É difícil explicar – acrescentou Mickey –, mas esse Patrick não parece alguém que passou por muitos perrengues na vida. Quero dizer, tirando aquela parada no túnel. Ele não fala como um moleque de rua, entende? Como alguém que sofreu abusos. É como se ele contasse com... sei lá, com a proteção de alguém. Como se tivesse alguém para cuidar dele.

– Vocês chegaram a conversar sobre o sequestro? – questionou Myron.

– Até tentamos – disse Ema. – Mas não conseguimos.

– Porque Francesca ficava embarreirando – justificou Mickey.

– Embarreirando como?

– Tentando proteger o garoto – concluiu Ema. – O que é compreensível, eu acho.

– Sempre que a gente mencionava o que tinha acontecido...

– Ou mesmo o nome de Rhys...

– Ela interrompia e ficava toda chorosa, abraçando o cara – falou Mickey. – Quer saber? Patrick me pareceu muito mais normal que a irmã.

– Sei lá – disse Ema. – Acho normal que ela esteja assim, tão emotiva. Afinal, o irmão voltou para casa depois de dez anos. Estranho seria se ela não estivesse nem aí para ele.

– Pode ser – assentiu Mickey. – De qualquer modo, ele não me pareceu muito à vontade com essa história do sequestro.

– A gente tentou tocar no assunto de novo depois que Francesca saiu com Clark.

– Espere aí – disse Myron. – Clark Baldwin? O irmão do Rhys?

– Sim.

– Ele também estava lá?

– Chegou para buscar Francesca – disse Mickey.

– Os dois estudam na Columbia – explicou Ema. – Ele passou para dar uma carona de volta para o campus.

Myron não disse nada.

– Isso é importante? – perguntou Ema.

– Não sei. – Myron pensou mais um pouco. – Acho estranho, só isso. Vocês acham que eles... sei lá, que eles têm algum tipo de envolvimento um com o outro?

Mickey revirou os olhos como só os adolescentes são capazes de fazer.

– Não – afirmou.

– O que faz você ter tanta certeza assim?

– É a idade – disse Ema a Mickey. – Coroas não têm gaydar.

– Clark é gay?

– Sim. E que diferença faria se eles tivessem algum envolvimento? Os dois se conhecem há um tempão, desde o sequestro dos meninos. Na época eles tinham o quê? Dez anos?

Algo não batia para Myron, mas ele ainda não sabia o que era. Então retomou o fio da meada.

– Vocês tentaram falar do sequestro depois que Francesca saiu. E aí?

– E aí que Patrick se fechou em copas.

– Ficou mudo de repente.

– E a gente foi embora logo depois.

Myron refletiu um instante, então perguntou:

– E o sotaque dele?

– O sotaque?

– Sim. Patrick foi encontrado em Londres, mas a gente não sabe desde quando ele estava lá. Vocês perceberam algum sotaque no inglês dele?

– Boa pergunta – disse Ema. – O sotaque era essencialmente americano, mas... – Ela se virou para Mickey.

– Mas tinha algo de diferente – completou ele. – Não sei exatamente o quê. Ele não parecia ter sido criado nos Estados Unidos, mas também não parecia ter sido criado na Inglaterra.

Myron procurou digerir a informação. Não chegou a lugar nenhum, então tentou outro caminho.

– Mas e aí? O que vocês ficaram fazendo esse tempo todo?

– Comendo pizza – falou Ema.

– Vendo um filme – acrescentou Mickey.

– Jogando.

– Conversando.

– Ah, ele falou que tem uma namorada – lembrou Ema. – Mas não é daqui.

– Uma namorada? – disse Myron.

– Sim. Falou que tinha essa namorada, mas travou logo em seguida. Nem sei se é verdade. De repente ele falou só para... sei lá, tirar uma onda.

– Tipo esses caras que mudam para a cidade e falam que deixaram uma namorada lá no Canadá, sacou?

– Não entenda mal – desculpou-se Ema. – O garoto é legal. Todo mundo diz essas coisas na idade dele. Mas achei que... Achei que ele é normal demais, só isso.

– Eu também – disse Mickey.

– Vocês me ajudaram bastante. Valeu.

– Mas ainda não terminamos – declarou Ema.

Myron virou-se novamente para eles.

– Baixei um *keylogger* no computador dele.

– Baixou o quê?

– Um programa de espionagem. A gente vai poder ver tudo que ele digitar no teclado: e-mails, redes sociais, tudo.

– Uau! – exclamou Myron. – E quem vai ficar monitorando isso?

– O Colherada.

Colherada era o outro grande amigo de Mickey, se é que Ema também pertencia à categoria dos amigos. Uma figuraça. Um nerd, um *geek*, ou seja lá como dizem hoje em dia. Além de muito simpático, Colherada era um cara valente à beça.

– E ele, como está? – perguntou Myron.

Mickey riu.

– Bem.

– E enchendo o saco de todo mundo – disse Ema. – Bem, ele vai dar um toque na gente se detectar alguma coisa importante.

Myron ficou sem saber o que dizer. Não aprovava inteiramente o que os dois haviam feito, mas não estava com cabeça para fazer sermão e doutriná-los sobre os direitos do cidadão à privacidade, etc., etc. Tampouco estava disposto a abrir mão daquela oportunidade única de descobrir a verdade. A questão era complexa. Ainda que não fosse quem dizia ser, Patrick talvez fosse o único meio de encontrar o garoto que permanecia desaparecido. Por outro lado, isso justificaria espionar um adolescente? Seria legal? Aos olhos de Myron, a pessoa que soubesse exatamente o que fazer numa situação dessas, que fosse capaz de tomar uma decisão sem nenhum tipo de dúvida ou remorso, seria, quando nada, uma pessoa suspeita.

Poucas coisas na vida eram assim, pretas ou brancas.

– Tem mais uma coisa – falou Ema.

– O quê?

Ela olhou para Mickey, ressabiada.

– O que foi? – insistiu Myron.

Mickey sinalizou para que Ema seguisse em frente. Ela suspirou, vasculhou a bolsa e de lá tirou uma bolsinha plástica transparente, dessas que se usam hoje em dia para passar com os objetos de higiene pessoal em raios X dos aeroportos. Depois entregou a bolsinha a Myron.

Ele examinou o conteúdo: uma escova de dentes e alguns fios de cabelo.

– Espere aí. Isto aqui é o que estou pensando?

– Peguei a escova no banheiro dele. Depois saí para o corredor, encontrei o quarto de Francesca e peguei esses cabelos aí na escova dela.

Myron não disse nada, mal acreditando no que tinha nas mãos.

Ema se levantou, Mickey também.

– De repente isso basta para fazer um teste de DNA – disse ele.

capítulo 25

Continuamos na fazenda, mas agora dentro da casa. Só nós dois, Fat Gandhi e *moi*. Zorra monta guarda do outro lado da porta. Os asseclas do indiano (dois dos *gamers* que Myron havia descrito, mais um garoto que parecia menor de idade) esperam do lado de fora também.

– Seu amigo Zorro... – diz Fat Gandhi.

– Zorra.

– O quê?

– O nome dele não é Zorro, é Zorra.

– Não falei por mal.

Fico olhando para o sujeito.

– Preparei um chá – oferece ele.

Não quero chá nenhum. Fico intrigado com o garoto que aparenta ser menor de idade. Os bandidos do cinema muitas vezes dizem: "São apenas negócios." Eu não acredito. Bandidos ou não, geralmente gravitamos em torno daquilo que gostamos. A maioria dos traficantes, por exemplo, consome os produtos que vende. Os conhecidos que tenho na indústria pornográfica fazem o mesmo. Capangas que se dizem "seguranças particulares" não têm o menor pudor em machucar os outros, nem aversão ao sangue que derramam; pelo contrário, a maioria tem sede desse mesmo sangue.

Comigo não é diferente, diga-se de passagem.

Mas e daí? E daí que também não vou acreditar se Fat Gandhi disser que só está interessado nos lucros gerados pelos menores que explora. Sou capaz de apostar que não foi à toa que ele escolheu esse ramo em particular. Fico pensando se não é o caso de fazer alguma coisa a esse respeito.

– Não posso entregar seu primo – diz ele – simplesmente porque ele nunca esteve comigo.

– Isso não é nada bom.

Fat Gandhi não consegue me encarar. O que é ótimo. Tem medo de mim. Tem medo do Zorra. Ele mesmo disse que não pretende passar o resto da vida com essa espada acima da cabeça. Por isso acredito na retaliação. Quanto mais brutal, melhor. Isso faz com que os inimigos pensem duas vezes antes de mostrar as garras.

– Onde ele está? – pergunto.

– Não sei. Ele nunca esteve comigo.

– Mas estava com Patrick Moore.

– Sim, estava. Mas não do modo que você está pensando – confessa ele, e pega sua xícara de chá.

– Há quanto tempo Patrick Moore trabalhava para você?

– Este é o problema. – Ele bebeu do chá. – O garoto nunca trabalhou para mim.

– Explique-se.

– Você matou meus homens. Três deles.

– Essa história de novo? Ainda quer arrancar uma confissão?

– Não. Quero apenas contar o que sei. Desde o início.

Sentado na minha cadeira, sinalizo para que ele continue. Fat Gandhi não utiliza a asa da xícara, mas ergue a coisa inteira com ambas as mãos como se tivesse nelas um passarinho machucado.

– Você não chegou a perguntar aos meus homens o que eles queriam com Patrick Moore, chegou?

– Não houve tempo.

– Pode ser. Ou talvez você tenha exagerado na sua reação.

– Ou eu ou eles.

– Tudo bem, mas estamos divagando... Vou lhe dizer o que aconteceu, depois você decide o que fazer, ok?

– Ok.

– Pois então... Esse Patrick Moore apareceu, de repente, no nosso território. Você sabe como funcionam essas coisas, não sabe? Disputas territoriais?

– Continue.

– Daí os meus homens ficaram sabendo da invasão. É possível que realmente tenham errado a mão, admito. Eu não estava lá para ver. Mas esse é o trabalho deles. A experiência me ensinou que nas ruas geralmente é melhor pecar pelo excesso do que o contrário.

Vejo que o indiano e eu temos um mau hábito em comum: os subterfúgios mentais.

– Então eles deram um chega para lá no garoto – continua ele. – Para não criar precedentes, imagino. Foi aí que você apareceu, agindo como se quisesse protegê-lo. Mas... me diga uma coisa, Sr. Lockwood: o que foi que Patrick Moore fez naquele momento?

– Fugiu.

– Exatamente. Ele fugiu. Ele e o Garth.

– Garth?

– O garoto com a coleira no pescoço.

– Ah.

– Garth, como esperado, relatou o que tinha acontecido. Depois vieram me contar. Liguei para ele e ele repetiu toda a história, dizendo que um desconhecido tinha invadido nosso território e que os meus homens tinham sido mortos por um coroa com pinta de bacana.

– Um coroa? Com pinta de bacana?

– Palavras dele, não minhas.

Sei que não é verdade, mas deixo passar. Acho até um pouco de graça.

– Prossiga.

– Bem, depois disso você pode imaginar o que passou pela minha cabeça. Três homens mortos por conta de uma simples disputa territorial. Não sei como são as coisas nos Estados Unidos, mas no nosso mercado esse tipo de coisa simplesmente não acontece. Então pensei que se tratasse de uma declaração de guerra: que *você* estivesse declarando guerra contra *mim*. Imaginei que o tal Patrick Moore fosse apenas uma peça da engrenagem, que estivesse ali por ordem sua, apenas para testar a minha força, o meu poder de reação, entende?

– Entendo.

– Para falar a verdade, fiquei meio confuso. Esse negócio das ruas nem é tão lucrativo assim. Então mandei meu pessoal encontrar o garoto que tinha fugido do viaduto. Garth disse que o ouviu resmungar alguma coisa com um sotaque americano. O que me deixou ainda mais confuso. Que motivo teriam os americanos para entrar numa guerra comigo? De qualquer modo, acionei minha rede para encontrar o garoto. Posso ser imodesto por um instante?

– Por favor.

– Eu meio que domino as ruas de Londres. Pelo menos no que diz respeito ao nosso mercado. Conheço todos os buracos da cidade. Todos os motéis e puteiros. Todos os viadutos e sarjetas onde a rapaziada se esconde. Todos os parques, todas as esquinas, todos os becos escuros. Se você quiser localizar um menino de rua em Londres, não existe ninguém mais capacitado para isso do que o papai aqui. Meus funcionários vão revirar a cidade muito melhor do que a polícia. – Ele dá um gole no chá, estala os lábios, volta com a xícara para a mesa. – Portanto, Sr. Lockwood, não demorou para que os meus contatos encontrassem o tal Patrick. Ele estava tentando alugar um quarto num hotelzinho barato, pagando com dinheiro vivo. Então mandei alguns dos meus soldados mais experientes para pegá-lo. Você deve ter notado as calças camufladas, não notou? Pois é. Eles pegaram o garoto e o levaram para o fliperama. – Ele dá mais um gole no chá.

– Patrick estava sozinho quando foi localizado no hotel? – pergunto.

– Estava.

– Ninguém da sua gangue o conhecia?

– Ninguém.

– Então prossiga.

– Entenda bem, Sr. Lockwood. A esta altura, eu ainda achava que algum americano estava tentando me destruir.

– E que Patrick pertencesse às forças inimigas.

Fat Gandhi sorri aliviado.

– Exatamente. O senhor entende, não entende?

Não me dou o trabalho de responder.

– Depois disso a gente... interrogou o garoto, digamos assim.

– Ele contou quem era – digo, ligando os pontinhos. – Falou que tinha sido sequestrado.

– Sim.

– E depois, o que você fez?

– O que sempre faço: pesquisei.

Myron já me relatara o ditado predileto do indiano, que eu recito:

– Buscar o conhecimento é mais importante que debater, certo?

Aparentemente, ele não fica surpreso com a minha familiaridade.

– Nessa sua pesquisa, o que foi que você descobriu?

– Consegui confirmar a história que ele contou, o que me deixou com um dilema nas mãos. Por um lado, eu poderia entregá-lo para as autoridades e me passar pelo herói que resgatou o pobrezinho.

– Mas com isso colocaria a si mesmo numa posição vulnerável.

– Exatamente. Todo mundo gosta de investigar a vida de um herói. Um prato cheio até para a polícia.

– Então você resolveu tirar proveito da situação.

– Sinceramente, fiquei sem saber o que fazer. Não sou um sequestrador, Sr. Lockwood. Além disso, eu ainda precisava descobrir quem estava no meu pé. Afinal, tinha perdido três homens. É isso. Confesso que fiquei sem saber o que fazer.

– Entendo. Foi aí que apareceu Myron.

– Sim. Ele encontrou Garth no parque. Mandei Garth levá-lo para o fliperama. Pensei: esta é a minha chance. Vou descolar uma grana, ficar livre de Patrick e vingar a morte dos meus homens.

– O outro rapaz que Myron viu na cela... foi só uma farsa, imagino.

– Sim. Era um garoto qualquer da mesma idade.

– Você achou que poderia embolsar mais dinheiro com dois garotos em vez de um só.

Fat Gandhi fez que sim com cabeça, depois disse:

– O resto você já sabe.

Realmente sei, mas nunca é demais confirmar.

– Você nunca viu ou esteve com Rhys Baldwin?

– Nunca.

– Também não faz ideia de onde ele possa estar?

– Nenhuma. Mas tenho uma proposta a fazer, caso você se disponha a ouvir.

Recosto na cadeira, cruzo as pernas, mando o indiano prosseguir.

– Você esquece de mim – diz ele. – Eu esqueço de você e volto para a minha vida de antes. Com exceção de uma coisa. Como falei há pouco, tenho os meus contatos na rua, minha rede de informantes. Do mesmo jeito que usei esses recursos para encontrar Patrick Moore, posso utilizá-los para achar Rhys Baldwin também, caso ele possa ser encontrado.

A proposta me parece justa, e digo isso a ele. O indiano respira aliviado. Temos um acordo. Pelo menos por enquanto.

– Só mais uma pergunta.

– Sim.

– Você disse... "caso ele possa ser encontrado".

Fat Gandhi esmorece um pouco; eu insisto:

– Imagino que você tenha perguntado a Patrick sobre o paradeiro do Rhys.

– Na verdade, eu não estava muito interessado – responde ele sem grande convicção.

– Mas perguntou assim mesmo.

– É, perguntei.

– E o que foi que ele falou?

Fat Gandhi olha diretamente nos meus olhos e diz:

– Falou que Rhys estava morto.

capítulo 26

O CAMPUS DA UNIVERSIDADE DE Columbia é praticamente outra cidade dentro de Nova York, um amplo retângulo delimitado pela Broadway, a Amsterdam Avenue e a 114th e 120th Street. Quem entra pela esplanada da 116th Street tem a impressão de que acabou de atravessar o portal de Nárnia, deixando para trás o concreto e a correria de uma grande metrópole e adentrando num cenário idílico, composto de prédios muito antigos, fachadas de tijolos aparentes, heras e praças gramadas por todo lado. Um lugar onde as pessoas se sentem isoladas e protegidas, o que é perfeito para quem vai passar ali os quatro anos de um bacharelado.

Consultando um diretório do campus, Esperanza havia descoberto que Francesca Moore dividia com outras cinco pessoas uma suíte no dormitório chamado Ruggles Hall. Àquela hora (sete da manhã), ainda não havia quase ninguém no entorno do prédio. Para entrar nele era preciso mostrar uma carteira de estudante, de modo que Myron ficou esperando junto à porta. Para não chamar muita atenção, ele vestia um boné de beisebol e carregava uma caixa de pizza vazia.

Myron Bolitar, o grande Mestre dos Disfarces.

Quando, enfim, ele viu um garoto sair do prédio, correu para a porta e entrou antes que ela se fechasse. O rapaz, provavelmente acostumado a entregadores chegando nos horários mais improváveis, não esboçou nenhuma reação.

Ponto para Myron Bolitar, o grande Mestre dos Disfarces.

O silêncio dos corredores era fantasmagórico. Myron chegou ao segundo andar e localizou o quarto 217. Viera a essa hora na certeza de que encontraria Francesca dormindo como a maioria dos universitários. Isso talvez fosse bom: pegá-la de surpresa, ainda meio grogue de sono. Claro, ele acordaria as colegas de quarto também, mas isso poderia ser debitado na conta dos danos colaterais aceitáveis.

Myron não sabia ao certo o que esperava descobrir naquela visita, mas tiros no escuro eram um componente importante das suas "investigações". Seu método não era procurar obstinadamente pela agulha no palheiro, mas jogar-se nu e descalço em diversos palheiros, depois chapinhar neles feito um maluco até ser espetado por algo.

Ele bateu à porta. Nada. Bateu um pouco mais forte. Nada. Girou a maçaneta de leve. Vendo que a porta estava destrancada, cogitou entrar, mas pensou melhor: um adulto desconhecido invadindo o quarto de universitárias? Péssima ideia. Então continuou batendo até que alguém finalmente veio atendê-lo.

– Sr. Bolitar?!

Não era Francesca Moore. Era Clark Baldwin.

– Olá, Clark.

O garoto vestia uma camiseta vários tamanhos acima do seu e um cueção xadrez que até um sexagenário consideraria retrô. O rosto estava muito pálido, os olhos vermelhos.

– O que está fazendo aqui? – perguntou ele.

– Eu poderia fazer a mesma pergunta a você.

– Hum... Eu estudo e moro aqui.

– Ah – disse Myron. – Você e Francesca são colegas de quarto?

– Colegas de suíte.

– Eu não sabia.

– Ia saber por quê?

– É, tem razão.

– Somos seis – prosseguiu Clark, explicando-se ou ganhando tempo para entender melhor o que estava acontecendo. – Três caras e três meninas. Estamos no século XXI, Sr. Bolitar. Dormitórios mistos, quartos mistos, banheiro para transgêneros, o pacote completo.

– Posso entrar um pouquinho?

Do interior da suíte, alguém berrou:

– Quem está aí?

– Ninguém, Matt. Vai dormir! – gritou o garoto de volta. Em seguida saiu para o corredor e fechou a porta às suas costas. – O que você veio fazer aqui?

– Queria trocar uma palavrinha com Francesca.

– Sobre o quê? – perguntou, desconfiado.

– Sobre a prova final de economia – disse Myron. – Ouvi dizer que vai ser o bicho.

Clark fez uma careta.

– Era para ser engraçado?

– Bem, admito que não foi das melhores, mas...

– Mamãe falou que você e o primo Win estão tentando encontrar Rhys.

– Pois é, estamos.

– Mas Francesca não sabe nada sobre Rhys.

Myron achou por bem poupar o garoto de sua tese sobre agulhas e palheiros.

– Talvez ela saiba mais do que pensa saber – disse.

– Se soubesse, teria me dito.

Paciência, pensou Myron. Se há um palheiro à sua frente, chafurde nele antes de passar para o outro. Em suma, não perca a paciência com Clark.

– Vocês devem ser muito próximos um do outro – observou.

– Francesca é minha melhor amiga.

– Vocês cresceram juntos?

– Sim, mas não é só isso – disse Clark. Uma porta se abriu mais adiante no corredor e um rapaz cambaleou para fora dela como apenas um universitário é capaz de fazer quando é obrigado a acordar muito mais cedo do que gostaria. – Ela era a única que me sacava, entende?

Myron entendeu, mas disse:

– Digamos que não.

– A gente ainda era bem novo, estava no décimo ano.

– Turma do Sr. Hixon. Eu me lembro.

– Dixon.

– Desculpe. Turma do Sr. Dixon. Continue.

Clark engoliu em seco, esfregando o queixo.

– Como eu disse, a gente era bem novo. Francesca era minha amiga, eu acho, mas não ficávamos grudados um no outro nem brincávamos juntos. Sabe como é nessa idade, né?

– Sei. Meninos de um lado, meninas do outro.

– Exatamente. Mas aí... de uma hora para outra... nossos irmãos somem do mapa. Assim. – Clark estala os dedos. – Você pode imaginar o que isso fez com nós dois?

Myron ficou sem saber se a pergunta era apenas retórica. O corredor tinha aquele ranço perene de cerveja e nervosismo acadêmico. Um painel de cortiça servia de base para uma infinidade de panfletos e anúncios para os mais diversos tipos de grupos e clubes: de badminton a dança do ventre, de feminismo a coral de flautas. Certos grupos tinham nomes que Myron não compreendia, como Orchesis, Gayaa e Taal. Que diabos seria um Venom Step Team?

– Deixei de frequentar a escola – prosseguiu Clark com uma voz distante.

– Nem lembro mais por quanto tempo. Uma semana? Um mês? Sei lá. Mas depois voltei. Notei que as pessoas olhavam para mim de um jeito estranho, como se eu fosse de outro planeta. Amigos, professores, todo mundo. Mas era ainda pior quando eu voltava para casa. Porque em casa estavam meus pais. Arrasados, claro. Grudados em mim, morrendo de medo de me perder também. E, quando eu fugia para o quarto, era obrigado a passar pelo quarto dele. Do Rhys. Todo santo dia. Por mais que eu tentasse tocar o barco adiante, não dava. Tentava esquecer, mas isso só piorava as coisas. Tentava pensar em outra coisa, mas aí via o rosto da mamãe e tudo ia por água abaixo...

Clark se calou e baixou a cabeça. Subitamente, Myron se deu conta de que ali estava apenas um menino. Por um instante ficou sem saber o que fazer, mas depois tocou o garoto no ombro e disse:

– Obrigado.

– Obrigado por quê?

– Por confiar em mim e se abrir comigo. Não deve ter sido fácil para você.

– Não foi. Mas é exatamente isso que estou querendo dizer. Ela foi minha tábua de salvação.

– Ela quem? Francesca?

– Sim. Ela entendia o que eu estava passando, ao contrário dos outros, que apenas *diziam* que entendiam.

– Porque estava passando pela mesma situação.

– Sim.

– E você a compreendia também.

– Isso mesmo.

Uma amizade construída na tragédia, pensou Myron. Talvez a mais forte de todas.

– Entendo.

– Quando resolvi sair do armário, não foram os meus pais que procurei para conversar. Foi Francesca. Ela já sabia, claro. Mas a gente podia conversar sobre qualquer coisa.

– Uma sorte, ter uma amiga assim.

– Você nem imagina.

Myron refletiu um instante, depois perguntou:

– E agora que o irmão dela voltou?

Clark não disse nada.

– Agora que o irmão dela voltou e o seu, não – insistiu Myron. – Mudou alguma coisa na amizade de vocês?

Em vez de responder, Clark falou baixinho:

– Francesca não está.

– Cadê ela?

– Em casa, eu acho.

– Mas você não deu uma carona para ela ontem à noite?

– Quem disse isso? – devolveu ele, meio ríspido. Depois: – Ah, claro. Seu sobrinho. Ele estava lá.

Myron ficou esperando.

– É que ontem teve uma festa no campus. Francesca anda meio confusa ultimamente. Essa história de Patrick ter voltado. Ela está adorando, claro. Está em êxtase. Mal conseguia sair do lado do cara. Pelo menos no início. Mas agora está se sentindo meio claustrofóbica, entende?

– Claro – disse Myron. – Acho natural.

– Então ela me mandou uma mensagem, pedindo que eu a pegasse em casa.

– E você levou Francesca para a tal festa?

– Levei. E também fiquei por lá. Uma festinha bem doida, como muitas outras. A gente bebeu. Talvez mais do que devia. E lá pelas tantas fiquei assustado. Com Francesca.

– Assustado? Por quê?

– Ela começou a chorar. Perguntei o que estava rolando, mas ela não quis dizer. Fiz de tudo para ela se acalmar. Fomos juntos tomar ar fresco... essas coisas. Mas ela só fazia chorar.

– Não chegou a dizer nada?

– Só ficava falando que não estava certo, que não era justo...

– O que não era justo?

– Que o irmão dela tivesse voltado e o meu, não.

Silêncio.

– E você? Falou o quê?

– Falei que estava feliz por ela e por Patrick, e que Rhys ainda ia ser encontrado também. Mas ela não parava de chorar. Depois falou que precisava ver o irmão. Para ter certeza de que a volta de Patrick não era um sonho. De que aquilo era real, entende?

– Claro.

– Eu tinha esse tipo de sonho toda hora: Rhys lá em casa, como se nunca tivesse sumido. Então falei que a levava de volta, mas ela já tinha chamado um Uber. O carro chegou rapidinho e ela foi embora, dizendo que ligaria depois.

– E ligou?

– Não. Mas tudo isso foi agora há pouco. Acredite em mim, Sr. Bolitar. Francesca não sabe de nada.

Não pretendia ir à casa dos Moores para interrogar a garota. Tinha certeza de que sequer o deixariam entrar. Além disso, ele tinha outros planos.

Al já esperava na rua quando Myron passou para buscá-lo. Eles foram tomar o café da manhã num lugar chamado Eppes Essen, uma delicatessen "à moda judia" (tal como a própria casa anunciava) no outro lado da cidade. Ambos pediram a mesma coisa: o sanduíche Sloppy Joe. O autêntico Sloppy Joe. Não aquele engodo que oferecem nas lanchonetes dos colégios e universidades, aquele pão murcho com algo vagamente parecido com carne moída a título de recheio. Não. O sanduíche do Eppes Essen consistia em três andares de pão de centeio, molho russo, maionese de repolho e pelo menos três tipos de carne: peru, pastrami e carne seca.

Al olhou para o próprio prato e disse:

– Se Deus fizesse um sanduíche...

– Esse deveria ser o slogan da casa – concordou Myron.

Eles comeram, pagaram a conta e chegaram ao ginásio a tempo de ver o aquecimento dos garotos. Mickey corria com os companheiros de equipe. O jogo seria contra os arqui-inimigos da Millburn High.

– Lembra quando você jogou contra eles antes de se formar? – perguntou Al.

– Puxa, como lembro – falou Myron sorrindo.

Seu time vencia por apenas um ponto quando os adversários, num contra-ataque repentino, correram para tentar a cesta da vitória segundos antes do término do jogo. No tumulto do garrafão, Myron de algum modo conseguiu saltar sobre o ala e desviar a bola para a tabela no mesmo instante em que o árbitro encerrou a partida. Os Millburn imediatamente denunciaram a interferência (com razão ou sem razão, difícil dizer), mas o árbitro não apitou nada. Até hoje, sempre que cruzava com algum desses ex-adversários, Myron ouvia uma reclamaçãozinha bem-humorada sobre a falta não marcada.

Ah, o basquete.

As arquibancadas estavam cheias em razão da rivalidade entre as duas equipes. Assim que viam Myron, alguns apontavam, outros cochichavam, outros tantos vinham falar com ele: ex-professores, antigos vizinhos e fanáticos que compareciam a todos os jogos mesmo que os filhos não estivessem jogando. Myron era a grande celebridade local.

Na quadra, Mickey acenou rapidamente assim que avistou o avô e o tio. Al acenou de volta e foi ocupar seu lugar nas arquibancadas. Sempre ia para as últimas fileiras. Não gostava de chamar atenção. Jamais gritava durante o jogo, jamais reclamava da arbitragem, jamais berrava instruções para o técnico, jamais resmungava. Vez ou outra aplaudia. Nos jogos mais importantes do filho, sempre que ficava empolgado com alguma cesta dele, dizia no máximo: "Belo passe, Bob." Ou seja, o elogio ia sempre para a assistência. Ele jamais comemorava os pontos do próprio filho. Não achava certo e fim de papo. Certa vez, dissera a Myron: "Se eu tiver que gritar para você saber do meu orgulho de pai, então devo estar fazendo alguma coisa errada."

Nostálgico como era, Myron relembrou os aquecimentos de sua época de jogador, quando corria em volta da quadra ao mesmo tempo que observava de longe o pai escalar as arquibancadas saltando os degraus de dois em dois. Claro, o Al de hoje era bem diferente do Al de outrora, os passos bem menos firmes, o fôlego menor. Aqui e ali ele parava um pouquinho para descansar. A certa altura, Myron ofereceu o braço para ajudá-lo, mas ouviu de volta:

– Não precisa, estou bem. É só o joelho.

– Ok, você é que sabe – retrucou ele, mesmo achando que o pai não estava nada bem.

– Gosto de ficar aqui em cima.

– Eu sei.

– Myron...

– Oi.

– Não precisa se preocupar comigo. Estou bem.

– Ok.

– Sua mãe e eu... estamos envelhecendo, só isso.

Pois esse é o problema, pensou Myron. Tudo bem, ele entendia muito bem que tudo na vida tinha um ciclo, que a passagem do tempo era inexorável, etc. e tal. Mas nem por isso precisava achar bom.

A buzina indicou que a partida ia começar. Os jogadores encerraram o aquecimento e se dirigiram a seus respectivos bancos. Obedecendo à prática nos jogos realizados em Nova Jersey, o locutor iniciou os trabalhos com a leitura das diretrizes do estado em defesa do espírito esportivo:

– Não será tolerado nenhum ato ou pronunciamento negativo entre jogadores e técnicos adversários. Isso inclui provocações, xingamentos, gestos ou qualquer outra coisa que vise o constrangimento do outro. Qualquer provocação verbal, gestual ou escrita que faça referência a etnia, gênero, religião, orientação sexual ou deficiência física poderá resultar em expulsão sumária e marcação de falta contra a equipe agressora. Cabe a cada jogador relembrar os companheiros quanto a estas normas, que valem não só para os atletas, mas para as torcidas presentes também.

– Um mal necessário – observou Al. Depois apontou para a aglomeração de pais junto da quadra. – Mas que, no caso daquela gente ali, entra por um ouvido e sai pelo outro.

A passagem de Mickey por aquela escola, apesar de curta, também não havia sido isenta de controvérsia. Ele estava de volta ao time, por mais improvável que isso parecesse semanas antes, mas ainda pairava no ar um certo ressentimento contra ele. Entre os pais mais marrentos ali presentes estava Eddie Taylor, um antigo adversário de Myron e atual chefe de polícia da cidade. Ele ainda não havia percebido a presença de Myron, mas olhava para Mickey com uma cara de pouquíssimos amigos.

Irritado, Myron fixou os olhos no policial até que este se virou para trás. Eles cruzaram olhares por cerca de dois segundos, não mais que isso, porém o bastante para que Myron desse seu recado: "Se você não está satisfeito com alguma coisa, companheiro, reclame comigo, não com o meu sobrinho."

– Deixe ele para lá – falou Al. – Esse Eddie sempre foi o que a garotada de hoje chama de bucha.

Myron riu.

– Bucha?

– É.

– Com quem aprendeu isso?

– Com Ema. Gosto da garota. E você?

– Muito – disse Myron.

– É verdade?

– O quê?

– Que ela é filha da Angelica Wyatt?

Era para ser segredo. Angelica Wyatt era uma das atrizes mais populares do planeta. Para proteger sua única filha e a própria privacidade, ela se instalara numa propriedade enorme no interior de Nova Jersey, quase uma fazenda.

– É verdade – confirmou Myron.

– Você a conhece?

– Um pouquinho.

– E o pai, quem é?

– Não sei.

Al esticou o pescoço à procura de Ema.

– Acho estranho que ela não esteja aqui.

O jogo enfim começou. Myron estava no paraíso, sentado ali ao lado do pai, vendo o sobrinho dominar aquele esporte que ele tanto amava, um jogo tão simples e primitivo, mas ao mesmo tempo tão emocionante. Já não havia remorsos ou feridas por cicatrizar. Ele sentia falta das quadras, claro, mas sabia muito bem que seu tempo já havia passado. E, puxa, como era bom ver aquele moleque, seu sobrinho, mandando tão bem e gostando tanto da experiência.

Não deu outra: seus olhos ficaram molhados.

Lá pelas tantas, vendo Mickey girar contra o marcador para encestar uma bola de três pontos, Al balançou a cabeça e disse:

– Ele é muito bom.

– É mesmo – concordou Myron.

– Joga parecido com você.

– É melhor do que eu era.

Al ponderou um instante.

– Épocas diferentes. Talvez ele não vá tão longe quanto você.

– Por que não?

– Por quê? – repetiu Al. – Porque... como posso dizer? Porque para você o basquete era tudo.

– O Mickey também é bastante dedicado.

– Com certeza. Mas é diferente. Para ele, o basquete não é tudo. Posso fazer uma pergunta?

– Claro.

– Quando você olha para trás e constata o tanto que era competitivo, o que acha?

Na quadra, Mickey roubou a bola dos adversários, fazendo vibrar as arquibancadas. Myron abriu um sorriso largo.

– Acho que eu era meio maluco.

– Vencer era importante para você.

– Ridiculamente importante – concordou Myron.

– Talvez um pouco de mais? – arriscou Al.

– Provavelmente sim.

– Mas isso é algo que distinguia você dos outros jogadores talentosos. Esse... "desejo". Não, essa não é a palavra certa. Essa *necessidade* de vencer. Essa ideia fixa. Era isso que fazia de você o melhor de todos.

Win costumava dizer algo parecido quando via Myron jogar na universidade: "Quando está competindo com alguém, você nem parece um ser racional..."

– Mas agora sua visão de mundo é outra – prosseguiu Al. – Já passou por muita coisa. Coisas boas e ruins que ensinaram a você que nem tudo na vida é basquete. E Mickey... Não me entenda mal, mas Mickey precisou crescer mais rápido do que devia. Já sofreu sua quota de tragédia na vida, coitado.

– Tem razão. Ele já tem todo um passado.

– Exato.

A buzina sinalizou o término do primeiro tempo. O time de Mickey vencia por seis pontos.

– Mas, de repente, essa experiência de vida, essa maturidade, pode fazer dele um jogador melhor. Talvez isso seja mais relevante do que foco ou vontade de vencer – afirmou Myron.

– É, pode ser. Por que não? – disse Al, satisfeito.

Logo as duas equipes voltaram à quadra para o segundo tempo.

– Detesto analogias com o esporte – falou Al –, mas tem uma coisa importante que vocês dois aprenderam na quadra e levaram para a vida.

– O quê?

Al apontou o queixo para o jogo. Mickey fez a aproximação pelo canto da quadra, driblou um marcador e passou a bola para o companheiro, que encestou sem nenhuma dificuldade.

– Vocês dão oportunidade para que os que estão à sua volta se tornem pessoas melhores.

Myron não disse nada. Percebia no rosto do sobrinho aquela expressão que ele conhecia tão bem: uma expressão de tranquilidade zen, de calma na tempestade, de pureza, de concentração. Era como se o garoto fosse capaz de refrear o tempo. Notou também quando ele deu uma espiadela para a esquerda e hesitou por uma fração de segundo. Olhando na mesma direção, Myron viu que Ema tinha acabado de chegar.

Ela correu os olhos pela arquibancada, localizou Myron e foi subindo ao encontro dele.

– E aí? – perguntou ele.

– É Patrick – disse Ema. – Acho melhor você vir comigo.

Eles não foram longe; apenas até a saleta do zelador, no prédio principal da escola. Ema abriu a porta para Myron e ele reconheceu imediatamente o garoto sentado à mesa.

– Olá, Sr. Bolitar.

Mickey havia apelidado o garoto de Colherada, Myron não sabia muito bem por quê. O pai de Colherada era o chefe de serviços gerais da escola, o que explicava a presença dele ali. A sala era pequena, mas organizada à perfeição, com plantas perfeitamente podadas.

– Já pedi para você me chamar de Myron.

Colherada rodopiou na cadeira giratória até ficar de frente para ele. Não estava usando um protetor plástico no bolso da camisa, desses que os nerds usam para que as canetas não furem o tecido, mas era nerd o suficiente para possuir uma coleção inteira deles. Ele colocou os óculos de Harry Potter, abriu um sorriso maroto e perguntou a Myron:

– Sabe aquelas etiquetas que os supermercados colocam nas frutas?

Ema suspirou.

– Agora não, Colherada.

– Claro que sei – disse Myron.

– Você retira antes de comer a fruta?

– Sim.

– Sabia que elas são comestíveis? As etiquetas?

– Não, não sabia.

– Você não precisa arrancá-las se não quiser. Até a cola é comestível.

– Bom saber. Mas foi para isso que vocês me trouxeram aqui?

– Claro que não – disse Colherada. – Chamei porque acho que Patrick Moore está prestes a sair de casa.

Myron deu um passo na direção da mesa.

– Por que acha isso?

– Ele acabou de falar com alguém pelo Skype do laptop. – Colherada se recostou na cadeira. – Você sabia, Myron, que o quartel-general do Skype fica em Luxemburgo?

Ema revirou os olhos.

– Com quem Patrick conversou via Skype? – perguntou Myron.

– Isso eu não sei.

– Sobre o que eles falaram?

– Isso também não sei. O *keylogger* plantado no computador dele por essa minha adorável assistente – apontou para Ema, que precisou se conter para não chutá-lo nas canelas – faz apenas isto: registra as teclas acionadas pelo usuário. Daí o nome *keylogger*: registrador de teclas. Portanto, posso saber que Patrick Moore entrou no Skype, mas, claro, não consigo saber o que ele disse a seu interlocutor.

– Mas o que faz você achar que ele vai sair de casa? – questionou Myron.

– Uma simples dedução, meu caro. Logo depois de sair do Skype, Patrick Moore, ou quem quer que esteja usando o computador dele, visitou o site do Departamento de Transporte Público de Nova Jersey. Pelo que vi, estava pesquisando linhas de ônibus para Nova York.

Myron conferiu as horas no relógio.

– Quando foi isso?

Colherada baixou os olhos para seu complicadíssimo relógio.

– Há exatamente quatorze minutos e onze... doze... treze segundos.

capítulo 27

MYRON FICAVA ADMIRADO COM o talento de Big Cyndi para espreitar pessoas. Talvez ela conseguisse passar despercebida justamente por ser tão espalhafatosa, tão óbvia. Afinal, quem suspeitaria que estava sendo seguido por aquela mulher fantasiada de Batgirl? O figurino (uma réplica exata daquele usado por Yvonne Craig no seriado da TV, porém muitos números maior) ficava justíssimo em seu corpo. Mas quase chegava a ser discreto na fauna de Times Square, onde Myron encontrou a amiga.

Pense em todos os clichês que cercam Times Square (a multidão de pedestres, os luminosos gigantescos, a profusão de neons), depois multiplique-os por dez. Aí, sim, você terá uma ideia do que realmente é Times Square: uma avalanche não só de cores e formas, mas também de cheiros, sons e gostos, um verdadeiro ataque aos sentidos humanos. Tudo ali está em constante movimento, uma agitação sem fim, e, por vezes, você até pensa na possibilidade de dar ao lugar um gigantesco comprimido de Adderall para acalmá-lo.

Além da Batgirl, lá estavam Mickey Mouse, Buzz Lightyear, de *Toy Story*, Elmo, de *Vila Sésamo*, e Olaf, de *Frozen*. Filas enormes de turistas se formavam diante de cada um para tirar fotos.

– Eles me adoram, Sr. Bolitar – disse Big Cyndi assim que avistou Myron.

– Quem não adora você, criatura?

Big Cyndi fazia caras e bocas que deixariam Madonna corada, mesmo à época de "Vogue". Um asiático tirou a foto e, não se contendo, fez à Batgirl uma proposta indecente, devidamente recusada.

– É muita gentileza, senhor, mas não vai dar.

– Tem certeza? – insistiu ele.

– Estou aqui por caridade – explicou ela. Depois cochichou no ouvido dele: – Se eu quisesse ser paga para usar roupas assim, ainda estaria rodando bolsinha por aí.

O turista enfim se mandou. Big Cyndi olhou para Myron e falou:

– Eu estava brincando, Sr. Bolitar. Nunca rodei bolsinha.

– Eu sei.

– Mas ganhava uma boa grana quando dançava na boate.

– Sei – disse Myron, não muito disposto a desenterrar aquele passado da amiga.

– Na Leather and Lace, lembra?

– Claro.

– Bem, quando eu dançava no colo dos clientes, às vezes eles perdiam a compostura, se é que o senhor me entende.

– Entendo perfeitamente – disparou Myron. – Mas e Patrick, cadê ele?

– O frangote saiu de casa duas horas atrás – informou Big Cyndi. – Tomou um ônibus da linha 487 e desceu no ponto final, que é a rodoviária de Nova York. Peguei meu carro, cheguei primeiro e fiquei esperando por lá. Depois segui o garoto até aqui.

– Aqui onde? – questionou Myron.

– Não olhe agora, senão vai dar bandeira.

– Ok.

– Patrick está logo atrás de você, entre o Museu de Cera e o Ripley's Believe It or Not.

Após alguns instantes, Myron perguntou:

– E aí? Posso olhar agora?

– Pode, mas seja discreto.

Myron virou-se lentamente, como quem não queria nada. Lá estava Patrick, na esquina da 42nd Street, com um boné de beisebol enterrado na cabeça e os ombros encolhidos como se quisesse ficar invisível.

– Ele falou com alguém?

– Não – respondeu Big Cyndi. – Sr. Bolitar?

– Sim.

– O senhor se importa se eu continuar tirando fotos enquanto a gente espera? Os fãs estão ficando impacientes.

– Vai nessa – disse Myron.

Com um olho ele vigiava Patrick, mas com o outro ele acompanhava o inegável sucesso de Big Cyndi com a multidão. A fila à sua frente era tão grande que o lendário "Cowboy Pelado" já começava a olhar torto para ela. A certa altura ela piscou para Myron, que piscou de volta.

A cruel verdade era que muita gente não conseguia enxergar além da gordura de Big Cyndi. Vivemos numa sociedade de muitos preconceitos, mas poucas pessoas são mais estigmatizadas ou julgadas do que as mulheres ditas "grandes". Big Cyndi tinha plena consciência disso. Certa vez, ela explicara assim o seu jeito espalhafatoso de ser: "Prefiro mil vezes assustar as pessoas a ver piedade nos olhos delas, Sr. Bolitar. Prefiro mil vezes botar minha loucura para fora a ficar acuada em casa, morrendo de medo dos outros."

Myron redobrou a atenção assim que viu uma moça se aproximar de Patrick. Droga. Quem poderia ser? Tudo bem, o garoto havia dito a Mickey e Ema que tinha uma namoradinha. Mas como era possível que, estando num regime de semicativeiro em Londres, ele conhecesse alguém em Nova York? Vai saber.

Patrick e a moça trocaram um abraço rápido e desajeitado, depois entraram no prédio do Ripley's. A esta altura, Big Cyndi já havia voltado para o lado de Myron. Ele já se encaminhava para a bilheteria quando ela o deteve, dizendo:

– O garoto conhece o senhor.

– Você entra no meu lugar?

– O Ripley's é um museu de aberrações, Sr. Bolitar. Quem melhor do que eu para circular lá dentro sem ser percebida? O senhor espera aqui fora e eu vou enviando mensagens para mantê-lo informado.

– Tudo bem – disse Myron.

Fazia uma hora que ele esperava na frente do prédio, apenas observando o vaivém das pessoas. Adorava fazer isso. Apreciar paisagens bucólicas, como lagos, matas e crepúsculos, era ótimo, mas, depois de um tempo, elas acabavam perdendo a graça. Aquilo ali, não. Num lugar como aquele, onde circulava gente de todos os gêneros, raças, credos, tamanhos, cores e formatos, não existia monotonia.

Seu telefone vibrou com a primeira mensagem de Big Cyndi: "SAINDO AGORA." Suas mensagens eram sempre em maiúsculas.

De cabeça baixa, Patrick saiu à rua com a moça ao seu lado e Big Cyndi alguns passos atrás. Os dois adolescentes se despediram com beijinhos no rosto e cada um foi para um lado. Big Cyndi olhou para Myron, pedindo instruções. Myron sinalizou para que ela fosse atrás de Patrick e, abrindo caminho na multidão, partiu ao encalço da garota.

Sem imaginar que estava sendo seguida, ela subiu a Sétima Avenida, atravessou o Central Park pela 59th Street, dobrou à esquerda e seguiu pela Quinta Avenida. Caminhava com passos firmes, sem nenhuma hesitação. Myron deduziu que ela conhecia o caminho, provavelmente morava na cidade.

Myron Bolitar, o grande Mestre da Dedução. Era muito talento para uma pessoa só.

Na altura da 61th Street, a moça dobrou para leste, atravessou a Park Avenue e parou diante de um prédio elegante e antigo para tirar as chaves da bolsa. Ela abriu o portão de ferro e entrou.

Um prédio desses nas imediações da Park Avenue? A garota deve ser rica, pensou Myron.

De novo: Myron Bolitar, o grande Mestre da Dedução. O cara era bom mesmo!

Ele parou na calçada e cogitou o que fazer em seguida. Antes de qualquer outra coisa, digitou para Big Cyndi: "E aí?"

Big Cyndi: "PATRICK ENTROU NO ÔNIBUS. IMAGINO QUE VÁ VOLTAR PARA CASA."

Myron: "Quem faz as deduções aqui sou eu, o Mestre."

Big Cyndi: "?????"

Myron: "Deixe para lá."

Ele ficou olhando para a porta do prédio, na esperança de que a garota voltasse à rua e... E o quê? Ele ia abordar uma desconhecida na calçada e perguntar que tipo de relação havia entre ela e o garoto com quem acabara de se encontrar no Ripley's da Times Square? Myron não era policial. Não tinha uma ordem judicial nem qualquer outra justificativa para se aproximar dela. Seria apenas um coroa esquisitão abordando uma menor de idade na rua. Sequer sabia o nome dela. Aliás, não sabia nada a respeito da garota. Não, melhor pensar em outra coisa.

Ele ligou para Esperanza.

– Oi – disse ela.

– Estou aqui, num prédio perto da Park Avenue e...

– Ah, é? E eu estou aqui no meu cafofo de Hoboken, feliz da minha vida.

– Engraçadinha.

– Obrigada. Mas e aí? O que você quer?

– Segui uma adolescente até esse endereço.

– Ué, não está mais noivo?

– Rá-rá-rá. Ela estava com Patrick. Preciso saber quem ela é.

– Deixe comigo.

Myron passou o endereço do prédio e desligou. Pouco depois recebeu uma ligação de Terese.

– Fale, minha linda.

– Puxa, você é tão galante...

– Acha mesmo?

– Não – disse Terese. – Aliás, de galante você não tem nada. Por isso é assim tão sexy. Mas adivinhe...

Myron estava retornando para Times Square, onde havia deixado o carro.

– O quê? – perguntou.

– A emissora me mandou de volta num jatinho particular.

– Uau!

– Acabei de pousar em Teterboro.

– E conseguiu o emprego?

– Vão me dar a resposta depois.

Myron parou de repente, cogitando se não seria melhor tomar um táxi.

– Você está indo para o apartamento? – perguntou ele.

– Sim.

– Está a fim de fornicar um pouquinho?

– Caramba. Retiro o que eu disse. Não tem ninguém mais galante do que você.

– Devo tomar isso como um "sim"?

– Com certeza.

– Estou chegando – disse Myron. – Você não pode ver, mas estou correndo para o carro.

– Corra mais rápido – pediu Terese e desligou.

Myron deixou o carro no estacionamento subterrâneo atrás do Dakota. Já seguia em direção ao elevador quando foi abordado por três homens: Chick Baldwin e dois capangas mal-encarados, um deles com um taco de beisebol em punho.

– Falei para você ficar na sua, não falei? – disse Chick.

Myron suspirou.

– Não estou acreditando, Chick.

– Avisei sobre aquelas mensagens, não avisei?

– Avisou.

– Então?

– Então que eu caguei para o seu aviso. Será que a gente pode acabar logo com isso? Tenho mais o que fazer. Tenho *muito* mais o que fazer.

Correndo a mão pelos cabelos, Chick falou:

– Você achou o quê? Que ia ficar por isso mesmo?

– Sei lá, Chick. Não estou nem aí para você. – Myron apontou para os dois capangas com cara de mau. – E esses macacos, vieram aqui para quê? Para me dar um corretivo?

– Quem você está chamando de macaco? – perguntou o do taco.

– O macaco aqui é você, mané – declarou o outro.

Myron precisou se conter para não perder a paciência.
– Estão vendo aquilo ali no alto? – disse.
Assim que os dois macacos ergueram os olhos, ele desferiu um chute na virilha do primeiro e roubou o taco do homem antes que ele desabasse no chão feito uma cadeira dobrável. Brandindo o taco no alto, encarou o segundo, e este, esperto que era, partiu em disparada de volta para a rua. Jogo rápido.
– Você não precisava ter feito isso – protestou Chick.
– Por que você veio com eles?
– Para obrigar você a me ouvir.
– Sou todo ouvidos.
Chick se aproximou do macaco caído, ajudou-o a se levantar e depois disse a Myron:
– Você é mais parecido com aquele primo maluco da Brooke do que eu imaginava.
– Chick... Realmente tenho mais o que fazer. Algo muito especial. Se você não sair da minha reta agora, não vou pensar duas vezes antes de quebrar esse taco na sua cara.
– Tudo bem.
Observando melhor o rosto do homem, Myron se deu conta de algo.
– Você ficou puto porque falei com Nancy Moore sobre aquelas mensagens.
– Falei que era para você esquecer essa história, não falei? Praticamente implorei.
– Foi ela quem contou? Claro que foi – disse o grande Mestre da Dedução. E para o macaco que ele próprio acabara de mutilar: – Está fazendo o que aqui? Seu amiguinho está esperando lá fora. Anda, vaza!
Lá se foi o capanga, mancando ligeiramente rumo à saída. Myron voltou sua atenção para Chick.
– Isso significa que você e Nancy têm conversado sobre as tais mensagens – observou, irrefreável no seu rompante de lógica. – Isso significa que elas não são tão insignificantes quanto ambos afirmam.
– Você precisa largar esse osso, cara – suplicou Chick, já sem a arrogância inicial. – Faça o que estou pedindo, por favor...
– E se de algum modo essas mensagens levarem ao paradeiro do seu filho?
– Uma coisa não tem nada a ver com a outra. Se eu achasse o contrário,

seria o primeiro a jogar a merda no ventilador. Por que não acredita em mim?

– Porque você é o pai de Rhys. Não consegue ver as coisas objetivamente.

Chick fechou os olhos.

– Você não vai desistir, vai?

– Não, não vou. E só para dar mais um empurrãozinho: se você não abrir o jogo comigo, vou ser obrigado a contar para Brooke.

Chick fez cara feia, como se tivesse acabado de levar um murro na boca do estômago.

– Antes você precisa entender uma coisa – falou.

– Não preciso entender porra nenhuma, mas vai, fala.

– Eu amo Brooke. Sempre amei. Nossa vida não é perfeita. Sei que o psicopata do primo dela, Win...

– Chick.

– O quê?

– Amigo meu não é psicopata, ok?

– Tudo bem – concordou o outro. – Mas Win... não gosta de mim. Acha que nenhum homem está à altura de Brooke.

Myron olhou o relógio. Terese já devia estar esperando no apartamento.

– Você já disse isso.

– Não exatamente – falou Chick, tão murcho quanto antes. – Você precisa saber que eu amo minha mulher e minha família. Não sou santo. Já fiz muita merda. Mas a única coisa que importa e que pode me redimir de verdade nessa vida é o amor que sinto pela minha família. Por Brooke. Por Clark. – O peito começou a arfar, os olhos ficaram molhados. – E por Rhys.

Então ele começou a chorar. De verdade. Nenhuma encenação, nenhuma crocodilagem.

Myron precisou contar até dez, lembrando a si mesmo que ali estava um pai à procura de um filho sequestrado havia anos. Esperou que ele se acalmasse um pouco, depois disse:

– Sobre o que eram aquelas mensagens, Chick?

– A gente não estava tendo um caso.

– Então era o quê?

– Quero dizer, a gente *ainda* não estava tendo um caso. Mas estávamos caminhando para isso.

– Pensei que você amasse sua mulher.

– Você não é casado, é?

– Noivo.

Chick secou as lágrimas com as mãos e esboçou um sorriso, que saiu triste.

– Na vida, as coisas nunca são brancas ou pretas – explicou ele. – Estão sempre oscilando no espaço cinzento que existe entre as duas. A gente vai ficando mais velho, achando que vai morrer, aí resolve fazer algo antes que seja tarde demais. Mesmo que seja uma grande estupidez. Foi isso que eu e Nancy fizemos. Rolou um flerte. Começamos a fazer planos, porque é assim que esses flertes acontecem. Mas não fomos muito mais longe que isso. Chega uma hora que não dá mais para empurrar com a barriga: ou a coisa vai para a frente ou morre. E, no nosso caso, a coisa morreu.

– E o que foi que aconteceu com o flerte de vocês, Chick?

– Morreu.

– Vocês não quiseram ir adiante?

– Desistimos a tempo.

Myron refletiu um pouco, depois perguntou:

– Quem chutou quem?

– Foi uma decisão tomada de comum acordo.

– Esse tipo de decisão nunca é de comum acordo, Chick.

– A coisa terminou do mesmo jeito que começou: naturalmente, sem dramas.

– Quando?

– Quando o quê?

– Quando foi que vocês terminaram?

– Não sei.

– Quanto tempo antes do sequestro?

– Já falei: uma coisa não tem nada a ver com a outra.

– Quanto tempo antes do sequestro? – insistiu Myron.

– Já disse que não sei.

– E por que esse medo todo de tocar no assunto?

– Não quero que Brooke descubra.

– Ah, é? Mesmo naquela época? Seu filho estava desaparecido e você se preocupava com um assunto sem importância? Mentia para a polícia por causa de um flerte bobo?

– Não era só na minha família que eu tinha que pensar.

– Na família da Nancy também?

– Tenta ver a coisa pelo nosso ângulo, Myron. O que você acha que teria acontecido se a gente contasse tudo para a polícia?

Myron não se deu o trabalho de responder.

– Entendeu agora por que não falamos nada? Quem ia acreditar em nós? A polícia descobre as nossas mensagens, e aí dizemos: "Pois é, *quase* tivemos um caso..." Você acha que eles iam deixar por isso mesmo? E ainda que acreditassem... se Brooke ficasse sabendo, ficaria arrasada. Mais arrasada do que já estava. – Chick desandou a chorar de novo. – Brooke não pode ficar sabendo dessa história. Não pode... Seria o fim do nosso casamento, da nossa família. E a minha família é tudo que eu tenho na vida, Myron. Por favor...

Procurando ignorar o sofrimento estampado no rosto dele, Myron perguntou:

– Quer dizer então que Brooke nunca soube de nada?

– Não.

– Nem Hunter?

– Também não. Você não entende? Se a gente abrisse o jogo naquela época, em meio àquela tragédia toda... nenhum de nós ia resistir a tanta pressão.

– Mas Nancy e Hunter acabaram se separando do mesmo jeito.

– Nosso flerte não teve nada a ver com isso – afirmou Chick.

– Como você pode saber? Como pode ter tanta certeza? – replicou Myron.

capítulo 28

MYRON ABRIU A PORTA do apartamento já tentando entrar no clima. Mas a verdade era que, machismo à parte, ele estava sempre no clima. Volta e meia, uma dessas revistas femininas escrevia sobre o que fazer para seduzir um cara: massagens com óleo, velas, música, etc. Bem, de modo geral, ele não acreditava que fosse necessário complicar tanto. Quer seduzir seu homem? Duas dicas de Myron Bolitar: primeiro, pergunte se ele quer fazer sexo; segundo, sorria quando ele disser "Oba!".

Pensando em sua filosofia um tanto machista e mais relaxado, ele entrou no apartamento e só então se deu conta de tinham uma visita. Esperanza estava lá. Ela foi logo dizendo:

– Desculpe estar empatando.

Myron ignorou-a por um instante e foi direto para os braços de Terese, apertando-a enquanto ela o puxava contra si. Apenas isto: um abraço, simples e profundo.

Esperanza informou:

– Temos uma folga de dez minutinhos, caso vocês... caso vocês queiram que eu espere lá fora.

Myron e Terese desfizeram o abraço, mas ficaram de mãos dadas.

– Dez minutos? – disse ele. – Isso tudo?

– Dá até para caprichar nas preliminares – emendou ela.

– Vocês dois são umas gracinhas – declarou Esperanza, mas num tom de voz que denunciava justamente o contrário. – Casais apaixonados... Existe coisa melhor do que o papo deles? Acho que não.

– Afinal de contas, o que você está fazendo aqui?

– Aquele endereço que você me pediu para pesquisar. Foi mais fácil do que pensei. O prédio inteiro pertence a Jesse e Mindy Rogers. Gente de muito dinheiro. O pai é do mercado financeiro. A mãe tem uma carreira de diplomata. Eles têm uma filha de 16 anos chamada Tamryn.

– Mas por que a gente tem só dez minutos?

– A garota está fazendo um estágio de verão na Fox News, que fica na Avenida das Américas, esquina com a 48. Não dá para entrar no prédio sem um crachá da emissora, claro, mas o turno dela começa às duas da tarde. Portanto, se sairmos agora...

– Podemos tentar falar com ela antes que ela suba.
– Certo.
Myron olhou para Terese.
– Você me espera?
– Melhor do que começar os trabalhos sem a sua presença – respondeu sua noiva.
– Eu não teria tanta certeza assim – interveio Esperanza.
As duas mulheres riram. Myron, não.
– Vamos embora – ordenou ele.

Myron e Esperanza já se achavam diante do espigão da Fox; percebendo algo de errado na expressão da amiga, Myron perguntou:
– O que foi?
– Tom. Ele agora quer negociar a custódia de Hector.
– Puxa, que notícia boa!
Esperanza encarou-o e disse:
– Não faça isso.
– Isso o quê?
– Vai começar a mentir para mim agora, vai?
– Não encostei um dedo nele, juro.
– Então fez o quê?
– Uma visitinha, só isso.
– Tipo as visitinhas de Win?
– Não. Não cheguei nem perto do apartamento dele.
– Onde então?
– Na porta de uma boate – falou Myron. Depois: – Você sabia que seu ex-marido agora usa um coque no cabelo? Ele tem mais de 40, não tem?
– Não mude de assunto. O que você fez?
– Sugeri educadamente que ele fizesse as pazes com você.
– Tom não ia se deixar dobrar só com isso.
– Devo ter falado alguma coisa sobre a volta de Win.
Esperanza procurou não rir quando imaginou a cara do ex-marido ao ouvir a notícia.
– Você não devia ter feito isso sem falar comigo antes.
– Desculpe.
– Foi condescendente da sua parte, sabia?
– Não foi essa a minha intenção.

– E ligeiramente machista também – completou Esperanza. – Se Tom fosse uma mulher, você teria feito a mesma ameaça?

Myron ficou sem resposta. Então perguntou:

– Eu já disse que ele agora usa um coque no cabelo?

Ela suspirou e disse:

– Ok, deixe para lá.

Eles continuaram esperando.

– Lembra quando você perguntou por que não interferi quando você resolveu casar com Tom? – questionou Myron.

– Claro, né? Isso não faz muito tempo.

– Falei que não cabia a mim interferir. Lembra o que você respondeu?

– Lembro. Perguntei: "Então cabe a quem?"

– Exatamente – disse Myron. – Nunca mais vou cometer o mesmo erro outra vez.

Foi então que ele avistou a garota que estivera com Patrick Moore na Times Square. Mostrou-a para Esperanza. Eles já haviam combinado abordá-la juntos, confiando que um casal seria menos ameaçador ou impositivo. Foi Esperanza quem a chamou:

– Tamryn Rogers?

Tamryn parou, olhou para ela, depois para Myron.

– Pois não?

– Meu nome é Esperanza Diaz.

– E o meu é Myron Bolitar.

– Você se importaria se a gente fizesse umas perguntinhas?

A garota recuou um passo.

– Vocês são da polícia?

– Não, não – respondeu Esperanza.

– Tenho 16 anos. Falar com estranhos não é a minha praia. Então... tchauzinho.

Esperanza olhou para Myron, mas não precisou dizer nada. Ambos já haviam constatado que uma abordagem cheia de dedos não chegaria a lugar nenhum. Myron, então, foi direto ao ponto.

– Vi você hoje – disse ele.

– Hein?

– No Ripley's. Algumas horas atrás.

Boquiaberta, Tamryn Rogers falou:

– Vocês estão me seguindo?

– Não. Eu estava seguindo Patrick Moore.

– Quem?

Foi Esperanza quem respondeu:

– O garoto com quem você se encontrou hoje.

– Isso não é... – Ela se calou de repente e recuou mais um passo. – Não me encontrei com ninguém.

– Eu estava lá – informou Myron. – Eu vi.

– Viu o quê?

– Você se encontrou com Patrick Moore.

– Fui ao museu e um garoto veio falar comigo, só isso.

Myron franziu o cenho para Esperanza. Esperanza franziu o cenho para Tamryn.

– Você está dizendo que não conhecia o garoto até então?

– Sim.

– Nunca o viu antes?

– Nunca.

– Você sempre abraça rapazes que nunca viu antes? – questionou Myron. – E se despede com beijinhos?

– Olhe – disse Esperanza –, nossa intenção não é criar problemas. Só queremos saber a verdade.

– Espionando uma garota de 16 anos? E ainda dizem que não querem criar problemas? – devolveu Tamryn. E para Myron: – Que espécie de homem fica seguindo menores de idade por aí?

– Um homem que está tentando encontrar outro menor de idade – respondeu ele. – Um garoto que também tem 16, mas que desapareceu dez anos atrás.

– Não sei do que você está falando.

– Sabe sim – disse Myron. – Como foi que você conheceu Patrick?

– Já disse, foi ele que veio falar comigo.

– Não é verdade.

– Fiquem longe de mim! – berrou Tamryn. – Se não me deixarem em paz, vou começar a gritar!

Antes que ela se afastasse, Myron disse:

– Então vou ter que falar com os seus pais.

– Faça o que quiser – berrou ela novamente, chamando a atenção dos passantes. – Mas me deixe em paz!

Com isso, ela correu e irrompeu prédio adentro. Myron e Esperanza ainda observaram, do outro lado do vidro, quando ela passou seu crachá na roleta e seguiu para os elevadores. Só então Myron falou:

– Mandamos muito bem, você não acha?

– E aí – disse Myron a Esperanza –, como se explica que uma ricaça de Manhattan conheça um garoto que ficou desaparecido por dez anos?

– A explicação mais simples é: ele *não* ficou desaparecido por dez anos.

– Então por onde andou esse tempo todo?

– Ou mais importante que isso: quem é ele? Se realmente for Patrick Moore...

– Você notou como ela ficou confusa quando mencionei o nome dele?

– Como se não fosse esse o nome do garoto – disse Esperanza. – De certa maneira, isso é a única coisa que faz algum sentido. Se ele for mesmo Patrick Moore, sequestrado dez anos atrás, dificilmente conheceria Tamryn Rogers. Mas se for um impostor...

– Aí, sim – concordou Myron. – Mas permanece a pergunta: como é que essa ricaça de Nova York conhece o nosso impostor?

– Essa é mais fácil de responder.

– Sou todo ouvidos.

– Nós, mulheres, adoramos um *bad boy*. Você acha o quê? Que Tamryn Rogers só anda com herdeiros milionários?

Myron refletiu um instante.

– Você acha que ela está fazendo turismo social com o garoto?

– Sei lá. Mas é possível. Antes de mais nada, precisamos descobrir se a pessoa que você resgatou em Londres é Patrick Moore ou não. Como anda aquela história do teste de DNA?

– Deixei as amostras com o Joe Corless, no laboratório – informou Myron. – Ele falou que ia demorar uns dias. Tem algum problema com as amostras. Ele está tendo dificuldade para encontrar um fio de cabelo com uma raiz decente. Também é possível que o material na escova de dentes esteja contaminado. Não sei direito os detalhes. Nesse meio-tempo, precisamos descobrir o que for possível a respeito dessa Tamryn Rogers.

– Vou fazer tudo como manda o manual da espionagem – disse Esperanza. – Mas, como a garota mesmo fez questão de frisar, ela só tem 16 anos.

– E daí?

– Que tal a gente pedir ajuda para o tal de Colherada? De repente ele pode dar uma rastreada nas redes sociais dela.

– Boa ideia.

– Mickey falou que quer me ver – disse Esperanza. – Vou aproveitar a oportunidade e passar os dados da garota para ele.

Myron fez uma careta, dizendo:

– Mickey quer ver você? Para quê?

Esperanza deu de ombros e disse:

– Ele não falou e eu não perguntei. Agora volte lá para aquele apartamento e dê um belo trato na sua noiva.

– Não sou homem de dar trato em ninguém.

– Então não está fazendo direito – retrucou Esperanza, piscando o olho de um modo safado. Deu um beijo no rosto do amigo, depois disse: – Vá pela sombra.

– Você também.

Eles se separaram. Myron pegou um táxi e enviou uma mensagem para Terese: "A caminho. Está preparada?"

E murchou quando recebeu a resposta: "Hum... não..."

Entrando no apartamento, ele deparou imediatamente com Win, que disse:

– Desculpe estar empatando.

capítulo 29

– QUE TAL REPASSARMOS OS fatos? – sugeriu Win, girando sua taça de conhaque.

– Ok, vamos lá – disse Myron.

– Eu começo: Patrick Moore contou a Fat Gandhi que Rhys está morto.

Era a primeira vez, após o hiato de um ano, que os dois velhos amigos conversavam ali naquela sala, sentados nos lugares de sempre. Win bebericou o conhaque e correu os olhos saudosamente pelo cômodo, que mais lembrava um salão de Versalhes. Myron tomava seu Toddynho gelado, nostálgico também.

– Você acredita no cara? – perguntou.

– Em qual dos dois? No indiano ou no garoto?

– No indiano. No garoto. Nos dois.

– Boa pergunta. Mas acho que, no final das contas, tudo se resume a uma questão de interesse.

Terese se retirou para o quarto logo após a chegada de Myron. Chegou a sugerir, agora que Win estava de volta, que ela e Myron vagassem o apartamento para dar privacidade a Win. E ele respondeu dizendo que tivera um ano inteiro de privacidade e que ficaria ofendido se eles saíssem.

– Como assim? – perguntou Myron.

– Que interesse teria o indiano em mentir? Não estou dizendo que ele não seja capaz de mentir, que não seja um mentiroso compulsivo, um ser humano da pior qualidade, um pedófilo desgraçado que vende pedofilia no mercado. Mas não vejo que interesse ele poderia ter em mentir neste caso em particular.

– Talvez ele tenha matado Rhys e queira manter isso em segredo.

– Não deixa de ser uma possibilidade – disse Win –, mas também não vejo motivo para isso. Também é possível que ele tenha escondido Rhys num buraco qualquer para depois usá-lo como barganha. Mas não creio. Fat Gandhi estava com medo.

– Imagino. É esse o efeito que você provoca nas pessoas de vez em quando.

Win fez o que pôde para não rir.

– Pois é – concordou ele. – Mas eu não estava sozinho.

– Estava com quem?

– Um velho amigo nosso. O Zorra.

Myron arregalou os olhos.

– Verdade?

– Não – disse Win, seco feito o conhaque que tinha nas mãos. – Estou inventando a porra toda.

– Você e o Zorra... – falou Myron e deu um gole em sua bebida. – Caramba. Borro as calças só de pensar.

– Ofereci a Fat Gandhi a oportunidade de se redimir dos seus pecados entregando Rhys. Acho que, se estivesse com o garoto, ele aceitaria na mesma hora.

Eles permaneceram calados por um tempo.

– Sempre soubemos que essa era uma possibilidade – observou Myron.

– Que Rhys estivesse morto?

– Sim.

– Claro.

– Mas ainda temos um longo caminho a percorrer – emendou Myron. – Nem sabemos ainda se esse Patrick é mesmo o Patrick.

– Examinamos o início de tudo – disse Win –, depois examinamos o fim.

– Onde foi que leu isso? Num biscoito chinês?

Win não se deu o trabalho de responder.

– O Zorra... – continuou ele.

– O que tem o Zorra?

– Eu o despachei para a Finlândia.

– Atrás da babá?

– *Au pair* – corrigiu Win.

– Vou fingir que não ouvi.

– O nome dela, caso você não se lembre, é Vada Linna.

– Eu me lembro.

– Ela não existe mais.

– Hein? Como assim?

– Hoje estaria com 28 anos. Nessa faixa etária, não há nenhuma Vada Linna na Finlândia. Nem lá nem em qualquer outro lugar.

Myron pensou um instante.

– De repente, ela mudou de nome – disse.

– Puxa, você é um gênio.

– Depois de todo aquele barulho na mídia, não chega a ser uma surpresa.
– Pode ser – disse Win. – Acontece que o pai também não existe mais.
– Talvez tenha morrido.
– Não há registro disso. Ao que tudo indica, os dois sumiram do mapa.
– E qual é a sua tese? – perguntou Myron.
– Ainda não tenho nenhuma. Por isso coloquei Zorra no circuito.
– Tem certeza de que foi uma boa ideia?
– Por que não seria?
– Sei lá. Não acha que está usando um canhão para matar uma formiga?
– Sempre uso canhão.

A mais pura verdade.

Win se recostou no sofá e cruzou as pernas.

– Vamos recapitular a história toda – propôs. – Item por item, ok?

Myron colocou-o a par de tudo que havia acontecido em sua ausência: as visitas à família Moore, a conversa de Mickey e Ema com Patrick, as amostras para fazer DNA que Ema havia roubado (aqui Win abriu um amplo sorriso), a conversa dele com Chick sobre as mensagens, a reação do cara, a conversa com Tamryn Rogers, tudo. Em seguida, eles analisaram juntos o que havia para ser analisado, ventilando teses que de modo geral não levavam a lugar algum. Terminaram mais ou menos no mesmo ponto de onde haviam partido.

– E aí? – perguntou Myron. – Contamos ou não contamos para Brooke o que Fat Gandhi disse?

Win refletiu um pouco, depois declarou:

– Você decide.
– Eu? – disse Myron, surpreso.
– Sim.
– Não entendi. Por que eu?
– Simples. – Win colocou a taça de conhaque sobre a mesa, juntou as pontas dos dedos e só então explicou: – Você é melhor do que eu nessas coisas.
– Sou nada.
– Não precisa ser modesto. Você é mais objetivo. Seu juízo é mais sólido. Faz anos que estamos juntos nisso, ajudando os aflitos, encontrando desaparecidos, resgatando vítimas... É ou não é?
– É.
– E em todas as situações você é o líder. Eu sou apenas o apoio. A força

bruta, por assim dizer. Somos parceiros. Somos uma equipe. E, para não quebrar a analogia, você é o capitão dessa equipe. Já cometi muitos erros.

– Eu também.

Win balançou a cabeça, dizendo:

– Eu não precisava ter matado aqueles três no viaduto. Poderia ter poupado um deles. Poderia ter oferecido dinheiro para que fossem embora. A verdade é a seguinte: sou objetivo o bastante para saber que a objetividade não é o meu forte. Você viu a cara de Brooke?

Myron assentiu.

– Você sabe que poucas pessoas são realmente importantes para mim, não sabe?

Myron não respondeu.

– Sabe também que, quando gosto de alguém, gosto com uma ferocidade que muitas vezes me faz perder a razão, a capacidade de pensar. Se tivemos tanto sucesso no passado, foi porque você estava na liderança.

– Também tivemos insucessos – disse Myron. – Perdemos muita gente.

– Tem razão. Mas os sucessos foram mais numerosos – falou Win, e ficou esperando pela resposta de Myron.

– Acho que Brooke vai querer saber. Acho que devemos contar para ela.

– Tudo bem, então.

– Mas antes vamos confrontar Patrick com isso tudo que já sabemos.

Por telefone não se resolve nada, então Myron e Win pegaram o carro e foram para a casa dos Moores em Nova Jersey. Ninguém atendeu à campainha. Myron espiou através da janela da garagem. Nenhum carro à vista. Win notou a placa de VENDE-SE no jardim.

– Você viu isso? – perguntou.

– Eles vão se mudar para a Pensilvânia para ficar mais perto de Hunter.

– Você tem o endereço de Hunter?

– Tenho.

Myron sacou o celular e consultou um mapa.

– Segundo isto aqui, chegamos lá em uma hora e quinze minutos.

– Então acho melhor eu assumir o volante – disse Win.

Em menos de uma hora eles alcançaram uma estradinha de terra no meio de um bosque. Uma corrente bloqueava a passagem. Uma placa enferrujada informava: LAGO CHARMAINE – PROPRIEDADE PARTICULAR.

Myron desceu do carro. Um cadeado igualmente enferrujado prendia a corrente numa das suas extremidades. Myron chutou-o com o salto do sapato até quebrá-lo.

– Estamos invadindo uma propriedade particular – alertou Win.

– Gostamos de viver perigosamente, não gostamos? Senão seria chato demais.

Mais adiante, o lago surgiu no horizonte em todo o seu esplendor, o sol refletido na superfície da água. Myron consultou o GPS e foi instruído a contorná-lo até a margem oposta. A certa altura, eles passaram por um chalezinho de troncos de árvore, desses que só existem no cinema. Um carro com placa de Maryland se achava estacionado ali. À beira d'água, num deque flutuante, um homem arremessava seu anzol com a graciosidade de uma dança, um poema em movimento. Em seguida, ele entregou a vara ao filhinho e abraçou a mulher pela cintura. Vendo aquela família, os três tão lindos naquele cenário idílico, Myron pensou em Terese. O pai virou-se ao ouvir o barulho do carro e cerrou as pálpebras, estranhando a presença do automóvel no local. Myron acenou da janela para apaziguá-lo. O homem hesitou um instante, mas acabou acenando de volta. A mulher mantinha os olhos pregados na criança.

Mais à frente, eles passaram por um aglomerado de chalés em ruínas, talvez o que sobrara de um acampamento de férias. Ao que parecia, uma casa maior estava para ser construída no mesmo terreno.

– Será essa a nova residência de Nancy Moore? – sugeriu Win.

– Pode ser – disse Myron.

Uma caminhonete se achava estacionada no começo do longo caminho que dava acesso à casa de Hunter Moore, bloqueando a passagem.

– Parece que alguém não quer saber de visitas – falou Win.

Eles deixaram o carro na estrada e desceram. Tudo parecia ecoar no silêncio local: o bater das portas, os passos no cascalho do chão. Myron lera em algum lugar que os sons nunca morrem inteiramente: continuam ecoando, ecoando, cada vez mais distantes, cada vez mais débeis, porém sempre vivos. Ele não sabia dizer se isso era verdade ou não, mas, se fosse, imaginava que um grito à beira daquele lago permaneceria vibrando por muito tempo.

– No que você está pensando? – quis saber Win.

– Em gritos e ecos.

– Sempre soube que você não batia muito bem.

– Nunca me deixe comprar uma casa à beira de um lago.

Eles contornaram a caminhonete de Hunter e seguiram subindo pelo caminho. Mais acima, num jardim com vista panorâmica para o lago, Hunter Moore estava sentado numa confortável cadeira Adirondack. Não se levantou ao avistá-los. Também não acenou. Aparentemente, nem sequer percebera a chegada deles. Uma garrafa de uísque jazia a seu lado. E uma espingarda, no colo.

– Olá, Hunter – disse Myron.

Win se afastou um pouco para o lado, e Myron entendeu o que ele estava fazendo: jamais dê a um atirador dois alvos muito próximos um do outro.

Hunter abriu um sorriso: o sorriso mole dos embriagados.

– Olá, Myron – cumprimentou ele, bloqueando o sol com a mão. – Win? É você?

– Sim, sou eu.

– Voltou?

– Não.

– Hein?

– Brincadeira – disse Win.

– Ah! – exclamou Hunter, e cacarejou uma risada que explodiu o silêncio à sua volta. Myron por pouco não pulou de susto. – Essa foi boa, Win.

Win e Myron se entreolharam. Ambos sabiam que Hunter não representava nenhum perigo. Dificilmente ele conseguiria erguer a espingarda e mirar em alguém antes que Win, que sempre andava armado, atirasse primeiro. Eles se aproximaram.

– Olhem para isso – pediu Hunter, apontando para a vista atrás deles. Myron virou-se para olhar. Win, não. – Inacreditável, não é? É como se Deus tivesse pintado essa grande tela...

– Se você pensar bem – declarou Win –, foi isso mesmo que ele fez.

– Uau! Essa é a mais pura verdade.

Myron cogitou se o homem não havia consumido outras coisas além do álcool.

– Onde está Patrick? – perguntou Myron.

– Não sei.

Myron apontou para a casa.

– Não está lá dentro? – indagou.

– Não.

– E Nancy?

– Também não.

– Podemos entrar?

– Entrar para quê? Não tem ninguém em casa. Um dia lindo desses... a gente tem que aproveitar. Por que vocês não sentam aí e apreciam a vista comigo?

Myron aceitou o convite e se sentou na cadeira ao lado de Hunter, também virada para o lago. Win permaneceu de pé.

– Precisamos falar com Patrick – disse Myron.

– Você ligou para Nancy?

– Liguei, mas ela não atendeu. Onde eles estão?

Ainda com a espingarda no colo, Hunter agora deslizava o dedo pelo cano, movendo-o quase imperceptivelmente na direção do gatilho.

– O garoto precisa de tempo, Myron. Você pode imaginar o que foi a vida dele nesses últimos dez anos?

Win não se conteve.

– Você pode imaginar o que é a vida de Rhys neste exato momento? – devolveu ele.

Ouvindo isso, Hunter espremeu os olhos numa careta de pesar. Myron olhou para a espingarda a seu lado, cogitando roubá-la, mas Win sinalizou para que não o fizesse. Não havia nada que Hunter pudesse fazer com aquela arma. Não com Win ali. E, se eles se precipitassem, era bem possível que o homem reagisse mal, que se fechasse em copas e não dissesse mais nada. Ele que ficasse com seu talismã.

– Vocês conheceram Lionel – disse Hunter. – Quero dizer, o Dr. Stanton. Ele diz que o Patrick precisa se fortalecer um pouco mais para conseguir falar do passado. O que a gente quer para ele agora é uma vida tranquila, uma vida simples.

– E por isso Nancy está se mudando para cá?

Um sorriso brotou nos lábios de Hunter.

– Este lugar é o meu santuário. Sou a terceira geração aqui. Meu avô ensinou meu pai a pescar neste lago. Depois meu pai me ensinou. Quando Patrick era pequenininho, eu ensinei a ele. A gente pegava trutas, robalos...

Win chegou ao limite da paciência. Olhou para Myron como se estivesse prestes a vomitar. Muito açúcar para o seu paladar.

– Imagino como deve ter sido difícil para você – reconheceu Myron.

– Não estou buscando piedade.

– Claro que não.

Com os olhos sempre fixos no lago, Hunter disse:

– É como se... como se eu tivesse vivido duas vidas. Até aquele dia, eu era uma pessoa comum, uma pessoa como outra qualquer... Depois, *puf*! Eu me transformei num homem completamente diferente. Como se tivesse atravessado um desses portais da ficção científica e entrado em outro mundo.

– Tudo mudou – incentivou Myron, tentando soltar a língua do outro.

– Sim, tudo mudou.

– Você e Nancy se separaram.

– Pois é – assentiu Hunter. Sem olhar para baixo, encontrou a garrafa de uísque. – Sei lá. Acho até que a gente ia acabar se separando de qualquer jeito. Mas foi difícil. A lembrança constante do que aconteceu, o horror, e aquela pessoa ali, sua mulher, todo dia do seu lado, cutucando você para não deixar que esquecesse. Sabe como é?

– Sei.

– Chegou um momento em que não aguentei mais a pressão. Sei lá... Se tudo viesse correndo às mil maravilhas antes da porrada, pode até ser que o casamento sobrevivesse. Mas não. E não aguentei. Precisei me mandar. Morei fora durante um tempo. Mas não consegui fugir do passado. O horror, as imagens... Então comecei a beber. Muito. Depois procurei o AA, melhorei um pouco; aí voltei a beber, melhorei de novo... Eu não conseguia sair desse círculo vicioso, entende? Até hoje é assim. – Erguendo a garrafa, ele disse: – Adivinhem em que momento estou agora...

Silêncio.

– Você sabia das mensagens que sua mulher trocava com Chick Baldwin? – perguntou Myron de repente.

O rosto de Hunter se endureceu.

– Quando?

Resposta interessante, pensou Myron. Win pensou a mesma coisa.

– Que diferença faz?

– Nenhuma – disse Hunter. – Não estou nem aí. E ela não é minha mulher.

Virando-se para ele, Myron explicou:

– Estou falando daquela época. Anterior ao sequestro. Nancy e Chick estavam a um passo de ter um caso. Talvez até tenham tido, eu não sei.

Hunter contraiu os dedos em torno da espingarda. Ainda encarava o lago, mas, se estava encontrando algum consolo na beleza da vista, não dava nenhum sinal disso.

– Não estou nem aí – repetiu ele.
– Mas você sabia?
– Não – respondeu, talvez rápido demais.
Myron olhou para Win, que disse:
– Estive com Fat Gandhi.
Pela primeira vez, Hunter olhou para ele.
– Na cadeia?
– Não.
– Então não entendi.
– Ele me disse que Rhys está morto.
– Santo Deus... – falou Hunter, mas com uma surpresa que soou forçada. – Foi esse Fat Gandhi que matou ele?
– Não. Ele nunca esteve com Rhys. Falou que foi Patrick quem contou a ele.
– Contou o quê?
– Por favor, não me obrigue a repetir.
Hunter balançou a cabeça, aparentemente confuso.
– Deixe eu ver se entendi direito – disse. – Esse criminoso psicopata que esfaqueou meu filho... – Ele olhou para Win, depois para Myron, e novamente para Win. – Vocês acreditam nele?
– Sim – respondeu Win.
– Hunter – arriscou Myron –, você não acha que Patrick deve aos Baldwins uma explicação?
– Claro, claro – concordou Hunter. – Vou falar com ele assim que possível.
– Hunter.
Era Win.
– Sim?
– Eu gostaria de usar o banheiro antes de ir embora.
Hunter riu.
– Você ainda acha que eles estão lá dentro, não é?
– Não acho nada – respondeu Win. – Mas preciso urinar.
Fora os médicos, apenas Win usava a palavra "urinar" assim, tão naturalmente.
– Tem um monte de árvore por aí – sugeriu Hunter.
– Não urino em árvores, Hunter.
– Tudo bem.

Assim que Hunter se levantou, Win se adiantou e tomou a espingarda dele com uma facilidade que deixou Myron impressionado. Teria sido mais difícil roubar o doce de uma criança.

– Tenho todas as licenças para usar essa arma – reclamou Hunter. – Posso caçar na minha propriedade. É perfeitamente legal.

Win virou-se para Myron e disse:

– Seria muito idiota da minha parte observar que o nosso Hunter aqui é um *hunter*? Um caçador?

– Seria – respondeu Myron.

– Estou morrendo de rir – rosnou o caçador, e saiu trocando as pernas na direção da casa, resmungando para Win: – Dê sua *urinada* e caia fora daqui.

capítulo 30

De volta ao carro, Myron perguntou:

– E aí, como foi sua *urinada*?

Ele sabia perfeitamente qual havia sido a intenção de Win ao pedir para entrar na casa.

– Eles realmente não estavam lá. Hunter está sozinho em casa, pelo menos por enquanto.

– Mas por que estava com aquela espingarda no colo?

– Talvez estivesse caçando. A propriedade é dele. Ele tem o direito. Talvez seja essa a praia dele.

– Caçar?

– Sim. O dia está bonito, o cara vai para o jardim, senta naquela cadeira, fica admirando a vista, bebendo seu uisquinho... De repente aparece um cervo na sua frente, ele pega a espingarda e *bum!*, adeus cervo.

– É, ele sabe se divertir.

– Não julgue o nosso amigo – disse Win.

– Você não caça.

– Também não julgo os outros. Você come carne. Usa couro. Até mesmo os veganos matam animais quando aram a terra. Poucos, mas matam. Nenhum de nós tem as mãos completamente limpas.

Myron não se conteve e abriu um sorriso.

– Senti muito a sua falta, Win.

– Eu sei, eu sei.

– Durante esse tempo todo, você não voltou aos Estados Unidos nem uma única vez?

– Quem disse que saí daqui? – Win apontou para o som do carro. – Até isso eu vi.

Myron havia colocado uma das suas *playlists* para tocar via Bluetooth. Eles estavam ouvindo a trilha sonora do musical *Hamilton*. Com sua voz límpida e pungente, Lin-Manuel Miranda cantava "*You knock me out, I fall apart...*".

– Espere aí – falou Myron. – Você viu *Hamilton*?

Win não respondeu.

– Mas você odeia musicais. Sempre tentei arrastar você para ver alguma coisa, mas...

– Shh... – chiou Win para silenciá-lo. – Agora vem o melhor.

– O quê?

– O último verso. Escute...

A canção falava da tristeza de Alexander Hamilton ao perder o filho num duelo. Win levou a mão à orelha como se assim pudesse ouvir melhor: "*They are going through the unimaginable.*" Eles estão passando pelo inimaginável.

– Como Brooke e Chick – disse ele. – Também é inimaginável o que eles estão passando.

– Realmente – concordou Myron, emocionado. Sempre ficava com um nó na garganta quando ouvia a música. – Precisamos contar a Brooke o que Fat Gandhi disse.

– Sim.

– Agora mesmo.

– E pessoalmente.

Era Myron quem dirigia de volta. Ele não era tão bom ao volante quanto Win, mas sabia acelerar quando necessário. Eles atravessaram o rio Delaware pela Dingmans Ferry Bridge, entrando novamente em Nova Jersey.

– Tem mais uma coisa que não sai da minha cabeça – disse Myron.

– Articule.

– Fat Gandhi falou que não conhecia Patrick, que Patrick não trabalhava para ele.

– Correto.

– Patrick apareceu lá naquele viaduto, foi abordado pelos capangas de Fat Gandhi, depois fugiu quando você interveio.

– De novo, correto.

– Então essa coisa toda só pode ser uma armação – concluiu Myron.

– Como assim?

– Uma pessoa envia a você um e-mail anônimo dizendo onde e quando você pode encontrar Patrick. Você vai até o local e encontra o garoto lá. Provavelmente é a primeira vez que ele pisa no tal viaduto, caso contrário os capangas de Fat Gandhi já teriam corrido com ele de lá.

– Faz sentido – disse Win.

– Alguém queria que você encontrasse Patrick. Esse mesmo alguém despachou Patrick, se é que o garoto é mesmo Patrick, para aquele viaduto para que você pudesse resgatá-lo.

– Faz sentido – repetiu Win.

– Mas quem poderia ser essa pessoa? Alguma ideia?

– Nenhuma. Mas tem outra coisa que precisamos levar em conta.

– O quê?

– Segundo você me contou, Mickey e Ema ficaram com a impressão de que o garoto não era quem dizia ser.

– Isso.

– Quando fica pronto o teste de DNA?

– Não deve demorar. Joe Corless falou que estava dando prioridade ao caso.

– Vamos supor que o garoto não seja o Patrick. O que poderia estar por trás dessa história toda? – questionou Win.

Na música, Aaron Burr, interpretado por Leslie Odom Jr., está furioso porque Hamilton resolveu apoiar Thomas Jefferson.

– Uma cilada não faz muito sentido; mas só pode ser uma cilada, certo?

– Sim – disse Myron. – Ou não.

– Puxa, muito profundo.

– Resumindo: ainda não temos a menor ideia do que está acontecendo.

Win riu e reconheceu:

– A esta altura a gente já devia estar acostumado.

Eles estavam a uns dez minutos da casa de Brooke quando Win ordenou:

– Vire à direita.

– Onde?

– Na Union Avenue.

– Aonde estamos indo?

– Você vai ver. Pare aqui.

O nome da loja que vendia "Café Orgânico & Crepes" era C. U. Latte. Myron torceu o nariz para o trocadilho com "See You Later". Win achou o máximo.

– Que diabo estamos fazendo aqui?

– Uma surpresinha para você – falou Win. – Venha comigo.

Eles entraram e se dirigiram ao balcão; compraram dois cafés turcos e foram com eles para uma mesa.

– O que está acontecendo? – insistiu Myron, impaciente.

Win conferiu o celular, depois olhou para a porta.

– Agora.

Olhando na mesma direção, Myron viu Zorra adentrar com todo o seu esplendor fashion. O israelense usava uma peruca ruiva tipo Veronica Lake (depois dos anabolizantes), um suéter verde com monograma e uma saia de um tom claro que ele certamente chamaria de "espuma marítima". Assim que avistou Myron, ele abriu os braços e gritou:

– Gaaato!!!

A peruca ameaçava cair a qualquer momento. A barba deixaria o barista ainda mais verde do que já era, porém verde de inveja. Myron lembrou-se de uma cena que o pai lhe havia mostrado certa vez, em que Milton Berle aparecia vestido de mulher. Mais ou menos como o ex-Mossad, mas com um resultado bem menos desastroso.

– Pensei que ele estivesse na Finlândia – cochichou Myron para Win.

– Acabou de pousar em Newark.

– Voo longo demais – desculpou-se Zorra ao se aproximar. – Zorra não teve tempo de retocar. Deve estar um horror.

Myron achou melhor não comentar. Apenas ficou de pé e abraçou o recém-chegado, que exalava o perfume de algum comissário de bordo.

– Quanto tempo! – disse Zorra.

– Pois é – concordou Myron. – Tempo demais.

– Zorra muito feliz em te ver.

– Igualmente. – E Myron foi direto ao ponto: – E aí, o que você descobriu sobre Vada Linna?

– O nome dela agora é Sofia Lampo.

– Esteve com ela?

– Ela trabalha numa lanchonete, gato. Numa cidadezinha perto de Helsinque... como se diz... no meio do nada. Então Zorra foi até lá. Mas o gerente falou que fazia três dias que a moça não aparecia para trabalhar. Fiquei preocupado. Liguei para a casa dela, ninguém atendeu. Então falei com uns caras, velhos conhecidos. Eles descobrem qualquer coisa.

– E aí? – insistiu Myron. – Você esteve ou não esteve com ela?

Zorra abriu um sorriso, que não era muito bonito.

– Vou estar daqui a pouco – informou.

– Não entendi.

– Ontem, Sofia Lampo tomou um avião de Helsinque para Newark. Ela está aqui, gato. Vada Linna, ou Sofia Lampo, está de volta a Nova Jersey.

No carro, Myron disse a Win:

– Vamos começar pela pergunta mais óbvia: que motivo teria a ex-babá para retornar aos Estados Unidos?

– O que a gente vem dizendo desde o início dessa história?

– Que alguma coisa não bate – respondeu Myron. – Que estamos comendo mosca.

– Seja qual for essa mosca – declarou Win –, faz dez anos que ela anda voejando por aí. Desde que os garotos sumiram.

– E agora, o que vamos fazer?

– Você decide.

Myron dobrou a esquina e entrou na rua dos Baldwins.

– Precisamos contar a Brooke o que Fat Gandhi disse a você. Não temos o direito de esconder isso dela. Brooke também precisa saber que a finlandesa voltou.

– É muita coisa – falou Win.

– Acha que ela não vai aguentar?

– Não é isso. Brooke é muito mais forte do que você imagina.

Myron e Win mal haviam descido do carro quando Brooke surgiu à porta da casa, indo ao encontro deles. Antes de dizer qualquer coisa, ela puxou Win para um abraço e ali ficou, muda, a cabeça pousada no ombro do primo. Win não era muito afeito a abraços demorados, mas não se opôs. Nenhum dos dois chorava ou fazia escândalo. Apenas se abraçavam sem nada dizer, quase imóveis. E assim ficaram por um tempo.

– Que bom que você voltou – disse Brooke afinal.

– Obrigado – agradeceu Win, desfazendo o abraço.

Brooke virou-se para Myron e, vendo a expressão no rosto dele, falou:

– Aposto que a notícia não é boa.

– Ainda não temos certeza de nada – observou Win.

– Mas não é boa, é?

– Não, não é.

Eles já se preparavam para entrar quando outro carro parou na rua. Myron reconheceu imediatamente o Lexus que vira na garagem de Nancy Moore. Eles pararam onde estavam, esperando para ver o que era. Nancy desceu do carro. Mas não estava sozinha.

Patrick estava com ela.

Brooke enrijeceu assim que o viu. E falou baixinho:

– Mais notícia ruim.

capítulo 31

ELES FORAM PARA A cozinha, o local onde tudo havia começado.

Patrick, Nancy e Brooke sentaram-se à mesa. Myron e Win permaneceram de pé, próximos o bastante para ouvir a conversa sem participar dela. Patrick sentou-se de costas para as portas e janelas que davam para o jardim. Intencionalmente, imaginou Myron. Nancy segurava a mão dele. Diante de ambos, Brooke esperava para que dissessem o motivo da visita.

Patrick olhou para a mãe. Ela sinalizou para que ele fosse adiante. O garoto baixou os olhos para o tampo da mesa, coçou devagar a cabeça quase raspada e depois disse:

– O Rhys está morto, Sra. Baldwin.

Myron olhou para Brooke, que parecia estar preparada para ouvir o que tinha ouvido. Tanto ela quanto Win permaneceram impassíveis.

– Ele morreu faz muito tempo – prosseguiu Patrick.

– Como? – perguntou Brooke, firme.

Patrick continuava cabisbaixo, as mãos cruzadas à sua frente. Nancy pousava a mão no braço dele.

– A gente foi levado desta cozinha. Não me lembro de muita coisa, mas disto eu me lembro – disse ele, de um jeito pouco natural, quase monocórdio. – Os homens... eles jogaram a gente na traseira de uma van.

– Quantos eram? – perguntou Brooke.

– Brooke, por favor... – Era Nancy. – É a primeira vez que ele se dispõe a falar. Deixe ele continuar, ok?

Brooke preferiu não argumentar. Virou-se para o garoto e falou:

– Desculpe. Por favor, continue.

– Eles jogaram a gente na traseira de uma van – repetiu ele mecanicamente, como se estivesse lendo de um teleprompter. Ou pelo menos foi essa a impressão de Myron. – A gente ficou rodando nessa van por um tempão, não sei direito quanto. Depois descemos numa fazenda não sei onde. Tinha um monte de bicho: vaca, porco, galinha... Rhys e eu dividíamos um quarto na casa dessa fazenda.

Ele se calou de repente, mas não levantou a cabeça. Fez-se um longo e sufocante silêncio. Brooke queria fazer um milhão de perguntas, mas sabia que o momento era frágil. Ninguém falava nem se mexia.

Nancy acariciou o filho para encorajá-lo. Recompondo-se, Patrick disse:

– Foi há muito tempo. Às vezes acho que foi um sonho. Era legal, lá na fazenda. Eles... eles eram gentis com nós dois. A gente brincava o dia todo, corria pela fazenda, dava comida para os bichos... Não sei quanto tempo isso durou. Talvez algumas semanas. Ou meses. Às vezes, acho até que pode ter levado anos. Simplesmente não sei. A gente não tinha um calendário para ir riscando os dias, sabe?

Patrick se calou de novo. Desviando o olhar para o amplo jardim do outro lado das janelas, Myron tentou reproduzir mentalmente o que ele havia contado: os homens invadindo a cozinha, levando-os embora.

– Então, um dia... tudo mudou – prosseguiu o garoto, agora mais hesitante, as palavras saindo num fluxo estranho, irregular. – Vieram uns homens e... eles... abusaram de mim.

Brooke permanecia tão imóvel quanto antes, a mesma expressão fixa no rosto, mas era como se tivesse envelhecido alguns anos com o que acabara de ouvir. Myron podia ver que a mulher estava a um passo de desabar, por mais impassível que se mostrasse.

– O Rhys... era mais forte que eu. Mais corajoso. Ele tentou me salvar. Tentou... Ele não deixava que fizessem a mesma coisa com ele. Seu filho enfrentava os homens, Sra. Baldwin. Lutava com eles. Um dia espetou um lápis no olho do cara. Com toda a força. E aí... – Prostrado, os olhos ainda fixos na mesa, ele encolheu os ombros e disse: – Mataram ele. Com um tiro na cabeça. Depois me obrigaram... – Aqui ele perdeu o controle, começou a tremer. Uma lágrima molhou o tampo da mesa. – Depois me obrigaram a ir com eles até a beira de um penhasco... – O tom monocórdio já havia desaparecido. Ele agora tropeçava nas palavras, sofria com elas. – Me obrigaram a ver...

Nancy abraçou-o, dizendo:

– Calma, filho. Estou aqui com você.

– Eu vi... Eu estava lá... Jogaram ele do penhasco. Como se estivessem jogando lixo fora. Como se Rhys não fosse nada...

Não se contendo mais, Brooke deixou escapar um gemido animal, algo que Myron nunca tinha ouvido antes.

– Sinto muito, Sra. Baldwin...

E ambos irromperam numa violenta crise de choro.

* * *

Nancy puxou o filho e foi levando-o em direção à porta da cozinha, mas Win se interpôs no caminho.

– Precisamos saber mais – disse.

Patrick chorava incontrolavelmente.

– Hoje não – decretou Nancy, empurrando Win para o lado. – O Dr. Stanton disse que isso talvez fosse demais para ele. Vocês agora já sabem a verdade. Eu sinto muito. Sinto mesmo... – disse ela, e disparou porta afora com o filho.

Win sinalizou para que Myron fosse atrás deles, depois sentou-se ao lado da prima.

Myron disparou porta afora atrás dos dois. Já na rua, ele alcançou Nancy e perguntou:

– Desde quando você sabia?

Ela se virou para trás.

– Hein?

– Desde quando você já sabia que Rhys estava morto?

– Do que você está...? Patrick só contou hoje de manhã.

Myron coçou o queixo, dizendo:

– O timing é meio esquisito, você não acha?

Patrick continuava chorando. As lágrimas pareciam reais, mas algo ali não batia...

– O que você quer dizer com isso? – devolveu Nancy.

Myron virou-se para Patrick.

– O que você foi fazer ontem em Manhattan com Tamryn Rogers?

Nancy não deixou o garoto responder.

– O que você tem a ver com isso? – perguntou.

– Você sabia?

– Ele precisava sair um pouquinho.

– Ah, é? Então você sabia.

– Claro que sabia.

– Então por que ele tomou um ônibus? Por que você não o levou de carro?

– Isso não é da sua conta.

– Ele se encontrou com Tamryn Rogers. Vi os dois juntos.

– Estava seguindo meu filho?

– Estava.

Nancy plantou as mãos na cintura, fazendo o possível para demonstrar sua revolta. Myron, no entanto, teve a impressão de que se tratava de uma encenação.

– Você não tem esse direito – protestou Nancy. – Meu filho saiu sozinho e conversou com uma garota da idade dele, só isso. Não procure chifre em cabeça de cavalo.

– Hum... – sussurrou Myron. – Sua história bate com a dela.

– Sim, e daí?

– Até mesmo a contrariedade por eu ter seguido os dois. Tamryn reagiu da mesma forma, quase com as mesmas palavras.

– Você seguiu meu filho e eu tenho todo o direito de estar contrariada.

– Ele é mesmo seu filho?

Patrick parou de chorar quase imediatamente.

– Do que você está falando?

Myron buscou o olhar de Patrick, mas ele baixara a cabeça, olhando para o chão.

– Vocês dois estão sempre um passo na nossa frente, não é, Patrick?

Ele não respondeu, sequer ergueu a cabeça.

– Falei com Tamryn Rogers, e agora, de repente, sua história é a mesma dela. Win e eu contamos ao seu pai que Fat Gandhi tinha dito que Rhys está morto, e, de uma hora para outra, você se sente bem o bastante para vir aqui e falar com a mãe dele.

– Ficou maluco? – disse Nancy, já abrindo a porta do carro com o controle remoto.

Myron dobrou o tronco, tentando obrigar Patrick a fitá-lo nos olhos.

– Você é mesmo Patrick Moore?

Sem nenhum aviso, o garoto cerrou o punho e tentou desferir um murro na cabeça de Myron. Embora estivesse com o tronco dobrado, a ponto de perder o equilíbrio, Myron reagiu a tempo, um macaco velho desviando-se do murro desajeitado e inexperiente de um adolescente. Em seguida, levado pelos instintos, ele aventou as possibilidades de reação: a mais óbvia delas seria aproveitar o desconcerto do garoto para retribuir na mesma moeda e esmurrá-lo na garganta, no nariz ou na virilha. Mas, claro, não havia motivo para tanta violência.

Myron ficou esperando para ver o que Patrick faria depois. E, após o murro no ar, ele aproveitou o embalo e fugiu em disparada rua afora. Myron já se preparava para correr atrás dele quando Nancy avançou para estapeá-lo nas costas, dizendo:

– Deixe o meu filho em paz! O que deu em você? Ficou maluco?

Myron recebeu os tapas sem se mexer, até que ela se afastou e entrou no carro para ir atrás do garoto, que nessa altura já dobrava a esquina.

– Por favor – suplicou ela antes de sair. – Deixe o meu menino em paz.

Myron ainda estava na rua quando recebeu uma ligação de Mickey.

– Descobrimos uma parada sobre Tamryn Rogers. Acho que você vai gostar de saber.

– Onde você está? – perguntou Myron.

– Na casa de Ema.

– Já estou indo.

Win permaneceu com Brooke e relatou à prima os acontecimentos mais recentes, entre os quais, e talvez o mais surpreendente de todos, o retorno de Vada Linna aos Estados Unidos, agora sob o nome de Sofia Lampo.

– Que motivo ela teria para voltar? – perguntou Brooke.

– Não faço a menor ideia – disse Win.

Dois leões de pedra postavam-se à entrada do caminho que levava à mansão onde Ema morava com a mãe e os avós. O portão estava fechado. Myron espichou a cabeça através da janela do carro. Reconhecendo-o, o porteiro abriu o portão para que entrasse.

Na infância de Myron, a tal mansão pertencia a um chefão da máfia local, um mandachuva qualquer do crime organizado. Corriam boatos de que em algum lugar da propriedade havia um forno onde o homem cremava o corpo das suas vítimas. Mais tarde, quando o imóvel foi vendido, descobriu-se que realmente havia um forno nas imediações da piscina, e ainda hoje havia quem afirmasse que o forno não era usado para churrascos.

A mansão era enorme, escura e imponente, um misto de fortaleza medieval e castelo da Disney. O terreno era grande o bastante para dar total privacidade aos moradores. Talvez fosse esse o principal motivo para a presença deles ali. Havia um heliponto, de modo que eles podiam entrar e sair sem serem vistos. A propriedade estava no nome de uma empresa, certamente um recurso para manter o anonimato do real proprietário. Até pouco tempo antes, nem mesmo os amigos mais chegados de Ema sabiam que ela morava ali.

Na porta havia uma aldrava metálica, no formato de uma cabeça de leão. Antes que Myron pudesse fazer uso dela, Angelica Wyatt surgiu para recebê-lo.

– Olá, Myron – disse ela sorrindo.

– Oi, Angelica.

Embora conhecesse a atriz há tempos, e a certa altura já tivesse trabalhado como guarda-costas dela, Myron sempre precisava se esforçar para ver a mulher como uma pessoa de verdade, e não como a imagem perfeita de um pôster de cinema. Muitas vezes ele se perguntou como devia ser estranha a vida daquelas pessoas tão lindas e famosas que nunca eram vistas pelo que realmente eram, mas sempre pelo filtro enganador do estrelato.

Os lábios famosos da mãe de Ema o cumprimentaram com beijinhos no rosto.

– Soube que você vai se casar – comentou ela.

– Pois é, vou – confirmou Myron.

Ao ter sua filha 15 anos antes, Angelica Wyatt havia sofrido uma terrível perseguição por parte dos repórteres e paparazzi de Los Angeles, que não saíam do seu pé, cercando-a com flashes e câmeras enormes sempre que ela saía de casa, querendo saber quem era o pai da criança. Os tabloides estampavam coisas como O ESCÂNDALO DO BEBÊ SECRETO DE ANGELICA WYATT ou FINALMENTE DESCOBRIMOS QUEM É O PAI, depois especulavam sobre algum sultão oriental ou até mesmo, num dos casos, um primeiro-ministro britânico.

Notando que os holofotes assustavam a filha a ponto de lhe causar pesadelos, Angelica decidiu interromper a carreira por dois anos inteiros, fugindo para a França com a menina debaixo do braço. Mas aquilo serviu apenas para alimentar a fábrica de boatos e, lá pelas tantas, insatisfeita com tudo, ela começou a sentir falta do trabalho. Então, sem nenhum alarde, ela voltou aos Estados Unidos, instalou-se naquela mansão isolada e matriculou a filha numa escola pública sob o pseudônimo de Emma Beaumont (que mais tarde seria apenas Ema). Seus pais ficavam com a menina sempre que ela precisava se ausentar para algum set de filmagem. Ninguém, exceto ela própria, claro, sabia quem era o pai da criança. Nem mesmo Ema.

– Fico muito feliz por você – disse Angelica.

– Obrigado. E você, como está?

– Ótima. Amanhã tenho um trabalho em Atlanta. Queria que Ema fosse comigo, mas... parece que ela anda meio ocupada ultimamente.

– Você está falando de Mickey?

– Sim.

– São bons garotos, os dois.

– É o primeiro namorado dela – falou Angelica.

– Fique tranquila. O Mickey é um cara legal.

– Eu sei, mas... Eles crescem tão rápido, não é? Sei que é um clichê, mas não deixa de ser verdade.

– Sempre há um fundo de verdade nos clichês.

– Fico arrasada – brincou Angelica. – Eles estão lá no porão. Você sabe onde fica, não sabe?

– Sei, obrigado.

Pôsteres dos filmes de Angelica Wyatt decoravam as paredes da escada que levava ao porão. Ema os pendurara ali à revelia da mãe. O porão, tal como ela própria já havia explicado, era o único lugar onde não precisava esconder nada de ninguém, o que para Myron fazia todo o sentido. Ema, Mickey e Colherada estavam refestelados em pufes gigantes, cada qual com seu laptop no colo, digitando de modo frenético.

– Olá – disse Myron ao vê-los.

– Oi – resmungaram os três, mas sem interromper o que faziam.

Ema foi a primeira a fechar o computador e ficar de pé. Usava uma blusa de mangas curtas, deixando à mostra os braços quase inteiramente tatuados. Quando a conhecera, Myron se assustara com o excesso de tatuagens. Ela ainda era uma menina, uma colegial. Mas Mickey havia explicado que as tatuagens de Ema eram temporárias, que um tatuador chamado Agent havia usado a garota para testar novos desenhos, os quais desapareceriam no prazo de algumas semanas.

– Ei, Colherada – chamou Mickey.

– Espere aí – disse o outro. – Preciso organizar nossas descobertas. Comecem sem mim.

Ema e Mickey se aproximaram de Myron. Volta e meia ele cogitava se estava fazendo a coisa certa ao envolver adolescentes naquela história, sobretudo aqueles dois que, apesar da pouca idade, já haviam passado por tanta coisa na vida. No entanto, como o próprio Mickey dissera, era isso que eles faziam.

Myron se lembrou de algo.

– Esperanza disse que você queria se encontrar com ela.

– Na verdade, fui eu quem pediu para encontrar com ela – disse Ema.

– Fomos juntos – acrescentou Mickey. – Também falamos com Big Cyndi.

– Sobre?

Mickey e Ema se entreolharam.

– Little Pocahontas e Big Chief Mama... – respondeu ela.

– O que têm elas?

– Pode até ser que um dia elas tenham sido engraçadas, mas agora não são mais.

– É uma coisa meio kitsch, esse lance delas – argumentou Myron. – Um show para saudosistas. Elas não fazem por mal.

– Foi o que Esperanza disse.

– Os tempos mudam, Myron – observou Mickey.

– Dei um toque nela – disse Ema. – Sugeri que procurasse uma amiga minha que é Navajo.

– E aí? Ela procurou?

– Não sei. Ainda não nos falamos.

Do seu pufe, Colherada gritou:

– Pronto! – Ele acenou para Myron. – Venha cá, dê uma olhada nisto.

Myron puxou o pufe vizinho e, lutando com o joelho fraco, esborrachou-se nele. Colherada escorregou os óculos para o alto da cabeça e, apontando para a tela, disse:

– Tamryn Rogers não é muito presente nas redes sociais. Tem perfis no Facebook e no Snapchat, mas quase não entra em nenhum dos dois. Tudo o que ela faz é em contas privadas, talvez por causa do pai, que é um ricaço do mercado financeiro. A família toda é superdiscreta. Até aí, tudo bem? – perguntou a Myron.

– Tudo bem – aquiesceu Myron, pelejando para encontrar uma posição confortável no pufe.

– Sabemos que ela faz um estágio de férias na Fox. Sabemos que tem 16 anos. Sabemos que estuda em regime de internato numa escola de elite na Suíça, um lugar chamado St. Jacques. Você sabia que na Suíça é proibido possuir só um porquinho-da-índia como bicho de estimação?

– Colherada... – suplicou Ema.

– Não, não sabia – disse Myron.

– Você tem que ter no mínimo dois. Os porquinhos-da-índia são animais gregários, portanto é considerado maldade possuir um só. Ou pelo menos é isso que pensam os suíços.

– Colherada! – repetiu Ema.

– Ok, ok. Vamos lá. A única foto de Tamryn Rogers que consegui encontrar foi a do perfil dela no Facebook. Então copiei essa foto e joguei numa busca de imagens. Não encontrei nada, como já imaginava. Essas buscas funcionam apenas com imagens idênticas. Por que outra pessoa teria essa mesma foto do Facebook dela, certo?

– Certo – disse Myron.

– Então resolvi pegar pesado. Encontrei um programa que usa um algoritmo ainda em fase Beta para comparar imagens nas redes sociais. Você já deve ter visto algo parecido no Facebook.

– Não tenho Facebook.

– Você *o quê*?

– Não tenho Facebook – repetiu Myron.

– Mas todo velho tem Facebook! – afirmou o garoto, inconformado.

– Colherada! – rosnou Ema.

– Ok – disse ele. – Então vou explicar o que é. Digamos que você posta uma foto com os seus amigos no Facebook. O Facebook agora tem um novo programa de inteligência artificial, chamado DeepFace, que automaticamente pega essa foto e executa uma busca de verificação facial.

– Como assim?

– O programa reconhece os seus amigos. Você posta a foto, depois o Facebook vai lá, circula o rosto de um deles e pergunta: "Você quer marcar o Fulano de Tal?"

– Jura?

– Juro.

– Isso já está rolando?

– Está.

Myron balançou a cabeça, perplexo com o próprio atraso.

– Observe que eu disse "verificação facial", uma tecnologia capaz de reconhecer um mesmo rosto em duas ou mais imagens, o que é diferente desses programas mais comuns de reconhecimento facial que tentam apenas dar nome aos bois. É uma grande diferença. Então joguei a foto de Tamryn Rogers nesse tal programa Beta para ver se encontrava alguma coisa. "Beta" significa que o programa ainda está em fase de testes. – De repente ele bateu na própria testa e disse: – Puxa, eu já ia esquecendo! Primeiro usei uma foto do Patrick Moore, um fotograma da entrevista que ele deu na televisão. Pensei: uau, de repente alguém tirou uma foto do garoto. Talvez eu consiga descobrir alguma coisa sobre ele e, por conseguinte, sobre Rhys também.

– E...?

– Nada. Tiro n'água. A não ser... Bem, é melhor eu mostrar. – Colherada clicou algo no laptop, uma foto na qual apareciam umas vinte pessoas da mesma idade, meninos e meninas. A legenda era: TURMA DO DÉCIMO ANO e embaixo vinha o nome de todos. – Isto estava num site de ex-alunos da St. Jacques, a tal escola suíça. – Usando o cursor, ele apontou um rosto no grupo e disse: – Esta moça aqui... você está reconhecendo?

– É Tamryn Rogers – disse Myron.

– Parabéns, Myron. Você é muito observador.

Myron olhou para Ema para confirmar se o garoto era assim mesmo ou se estava apenas zoando com ele. Ema encolheu os ombros como se dissesse: "O que é que eu posso fazer?"

– E, como você já deve ter notado – prosseguiu o nerd, novamente apontando com o cursor –, esta lista contém apenas o primeiro nome dos alunos. Imagino que seja por conta de alguma norma de privacidade da escola, mas não posso jurar. O nome da garota está aqui: o quarto da segunda linha.

Myron leu onde o garoto apontou. Lá estava o nome dela: Tamryn.

– E daí? – perguntou.

– Foi isso que a gente pensou inicialmente – disse Colherada. – Na verdade... confesso que não sou muito bom com os detalhes. Sou desses que preferem uma visão geral das coisas, entende?

– Digamos que sim.

– Foi a nossa Ema aqui que... Ema, você não quer mostrar a ele?

Ema apontou com o dedo para o garoto que se achava de pé atrás de Tamryn Rogers. Myron aproximou o rosto do computador e apertou as pálpebras para enxergar melhor.

Colherada não deixou barato:

– Não precisa machucar os olhos, Myron. Sobretudo na sua idade. Posso dar um zoom.

Ele foi clicando na foto para aumentá-la. A foto original era razoavelmente boa, tirada recentemente com uma câmera decente, mas, ao ser ampliada, ficou um pouco granulada. Myron estudou-a por alguns segundos, depois disse:

– Vocês acham que pode ser o...

– Não sabemos – falou Colherada.

– Eu sei – afirmou Ema.

Myron procurou pelo nome do garoto na lista abaixo da foto.

– Ele se chama Paul.

Paul tinha cabelos louros, compridos e ondulados, um filhinho de papai tentando afirmar a própria individualidade. Patrick Moore tinha cabelos escuros, cortados bem rente. Paul parecia ter olhos azuis; os de Patrick eram castanhos. Os narizes também eram diferentes: o de Paul era menor, tinha um contorno diferente.

No entanto...

Myron não teria percebido se não tivessem chamado sua atenção, mas agora, olhando melhor...

– Sei o que está pensando – disse Ema. – E provavelmente concordo. Todo adolescente é mais ou menos parecido, tudo bem. Eu não teria ficado intrigada se não fosse uma escola assim, tão pequena. Essa turma tem apenas 23 alunos. Patrick Moore foi se encontrar com Tamryn Rogers lá em Manhattan, certo? Mas por quê? Porque estava se sentindo sozinho. Deu para sacar isso quando estivemos com ele.

– É muita coincidência, Myron – interveio Mickey. – Quero dizer... corte o cabelo desse cara aí; coloque uma lente para mudar a cor dos olhos dele; imagine uma cirurgia plástica no rosto, sei lá. Quando Ema chamou minha atenção, primeiro achei que ela estava viajando, mas depois... – Apontando para o garoto da foto, ele disse: – Acho que esse Paul aí, colega da Tamryn, agora se chama Patrick Moore.

Myron correu para o carro e ligou para Esperanza.

– Precisamos levantar o que for possível sobre um garoto chamado Paul que estuda numa escola suíça chamada St. Jacques, perto de Genebra. O sobrenome é o mais importante de tudo. Nome dos pais... enfim... tudo.

– Não vai ser fácil – disse Esperanza. – A escola deve estar fechada para as férias, não temos nenhum contato na Suíça e o mais provável é que seja uma daquelas instituições supersigilosas.

Mais uma vez ela estava certa.

– Veja o que consegue – pediu Myron. – O Colherada vai mandar a foto do garoto para você.

– O e-mail dele chegou antes mesmo de você ligar. Você sabia que a senha mais comum para contas de e-mail é 123456?

Myron riu.

– Esse é Colherada.

– Estou comparando as duas fotos, a desse Paul e a de Patrick na entrevista. Olhando bem, eles até que são parecidos; mas você acha mesmo que podem ser a mesma pessoa?

– Não – respondeu Myron. – Mas essa é justamente a ideia.

– Ah, encontrei aquele cara que você pediu, o tal que foi professor do Clark e da Francesca no décimo ano.

Myron não reagiu de imediato, mas logo lembrou.

– O Sr. Dixon?

– Rob Dixon, ele mesmo.

– E aí?

– E aí que ele ainda dá aulas na Collins. Marquei uma hora para você falar com ele hoje, às sete e meia.

– Como conseguiu isso?

– Falei que você tinha ouvido dizer que ele era ótimo professor e que você estava escrevendo um livro sobre as suas experiências.

– Que experiências?

– Eu não disse. Por sorte o nosso Sr. Dixon viu seu documentário na ESPN. Você é uma subcelebridade, sabia? Isso abre portas, meu amor.

Eles se despediram; logo em seguida Myron ligou para Win para contar o que havia descoberto.

– O garoto é um impostor? – disse Win.

– Sei lá. Ainda há a possibilidade de que sejam apenas dois adolescentes muito parecidos.

– E que por coincidência conhecem Tamryn Rogers?

– Pois é, também não acredito muito em coincidências – declarou Myron. – Tem mais uma coisa: tanto Patrick quanto Tamryn disseram que se conheceram por acaso lá em Times Square. Contaram exatamente a mesma história.

– Se conheceram por acaso?

– Sim.

– Ah, a juventude de hoje... – lamentou Win. – Eles não sabem nem mentir.

– Verdade seja dita: pegamos a garota de surpresa – falou Myron. – E Brooke, como está?

– Em negação. O que talvez seja melhor. Por enquanto, ela está mais interessada em saber por que a finlandesa voltou para os Estados Unidos.

– E o que ela acha? Alguma tese?

– Não, nenhuma. Mas e você, o que vai fazer agora?

– Continuar juntando informações – respondeu Myron.

– Puxa, também não precisava ser tão específico assim.

– Nancy Moore continua jurando de pés juntos que o garoto de Londres é o filho dela.

– Correto.

– Então pensei... E se ela vir essa foto de Paul na Suíça? Será que vai mudar de ideia?

– É para lá que você está indo agora?

– Acabei de chegar.

Myron estacionou o carro e imediatamente avistou o Lexus de Nancy na garagem. Nem cogitou tocar a campainha. Entrou pela garagem aberta e ficou preocupado quando também encontrou aberta a porta interna que dava para a cozinha. Espiando através dela, chamou:

– Alguém em casa?

Nada.

Atravessando a cozinha, ele ouviu uma barulheira no pavimento superior da casa. Não estava armado, o que talvez fosse um vacilo de sua parte, mas a verdade é que ainda não tinha precisado de armas para nada. Myron chegou à escada e foi subindo com cautela. Quem quer que estivesse lá em cima, não fazia a menor questão de passar despercebido.

Chegando ao alto, ele percebeu que o barulho vinha do quarto de Patrick. Esgueirando-se contra a parede, o que nas circunstâncias talvez não adiantasse de nada, lentamente seguiu para a porta. Esperou um segundo, depois espiou dentro.

Nancy Moore estava revirando o cômodo pelo avesso.

– Olá – disse Myron.

Nancy gritou de susto e se virou na direção dele com os olhos esbugalhados, visivelmente fora de si.

– O que você está fazendo aqui?

– Tudo bem com você?

– Estou ótima, não está vendo? – ironizou ela.

– O que houve?

– Você não consegue entender, não é? Acha que... Sei lá o que você acha. Eu estava tentando proteger meu filho. Um menino frágil que comeu o pão que o diabo amassou. Mas você não entende isso, não é?

Myron não disse nada.

– Você faz ideia de como foi duro para ele ir à casa de Brooke e contar aquilo tudo? Reviver todo o horror do que aconteceu a ele? A ele e a Rhys?

– Isso precisava ser feito, Nancy. Pense bem. Se tivesse sido o contrário... se fosse Rhys que tivesse voltado de Londres...

– Brooke Baldwin teria feito o que fosse melhor para o filho dela, não para o meu – disse Nancy, reerguendo-se. – Não tenha dúvida: mães protegem seus filhos.

Uau.

– Mesmo em prejuízo do filho dos outros?

– Patrick ainda não estava preparado para falar. Precisava de mais um tempo para se fortalecer. Que diferença fariam mais alguns dias depois de dez anos? O Dr. Stanton estava certo. Era demais para ele. E depois, como se não bastasse todo o sofrimento daquela conversa, você... – ela apontou um dedo acusatório contra Myron – você veio com aquela história maluca, confrontando o menino.

– Ele não é Patrick.

– O quê?

– Esse garoto que veio de Londres. Não é Patrick.

– *Claro que é!*

– O nome dele é Paul.

– Vá embora daqui – cuspiu Nancy.

– Por que você insiste em não fazer um teste de DNA, Nancy?

– Se é isso que você quer para me deixar em paz, tudo bem, Myron, eu faço a porcaria do teste. Mas agora... vá embora, por favor.

Myron balançou a cabeça, dizendo:

– Preciso que você veja estas fotos aqui.

– Fotos? Que fotos? – perguntou ela, confusa.

Myron entregou as duas fotografias que Colherada imprimira. Por um instante, Nancy permaneceu imóvel, recusando-se a recebê-las, mas acabou cedendo. Examinou-as por alto, depois disse:

– Não estou entendendo.

– Estes são alunos de um internato na Suíça – explicou Myron.

– Sim, e daí?

– Entre eles está um garoto chamado Paul. Ainda não sabemos o sobrenome. A segunda foto é um close dele.

– Continuo não entendendo – falou Nancy. Com as mãos trêmulas, examinou novamente a segunda foto e disse: – Você não pode estar achando que...

– Paul e o seu Patrick são a mesma pessoa.

– Você está enganado – contestou ela, balançando a cabeça.
– Acho que não.
– Eles nem se parecem um com o outro.
– Lembra quando eu perguntei sobre Tamryn Rogers? – Myron pegou as fotos de volta e mostrou. – Esta aqui é a Tamryn. A mesma garota com quem Patrick esteve ontem.
– Já explicamos que...
– Que eles se conheceram naquele momento, na frente do Ripley's. Eu estava lá, Nancy. Eu vi. Não foi um encontro fortuito. Eles já se conheciam.
– Não é possível afirmar uma coisas dessas assim, olhando de longe – argumentou Nancy, mas já com cansaço na voz, denotando um princípio de derrota.
– Agora há pouco enviei uma cópia dessas mesmas fotos para uma antropóloga forense chamada Alyse Mervosh. Ela vai comparar este zoom do Paul com o fotograma do Patrick na entrevista de ontem. Depois vai dizer se eles são a mesma pessoa ou não.
Mais uma vez, ela balançou a cabeça, recusando-se a acreditar.
– Nancy... deixe que eu ajude você.
– Você está achando o quê? Que ele é um impostor? Está enganado. Uma mãe sabe.
– Você acabou de dizer que mães protegem seus filhos – disse Myron, fazendo o possível para manter a serenidade no tom de voz. – É possível que esse desejo ou essa necessidade de ter seu filho de volta esteja cegando você, impedindo que veja as coisas como elas são.
– Ele é Patrick. É o meu filho. Eu sei. Eu *sei*. Não é nenhum impostor. Não é nenhum Paul! – gritou ela, atropelando Myron para poder sair do quarto. Percebendo que ele vinha atrás, ela desceu a escada berrando: – Quando meu filho aparecer de novo, vamos fazer esse teste de DNA para calar a boca de todos vocês. Mas, antes, tenho coisa mais urgente para fazer. – A passos largos, atravessou a cozinha, saiu para a garagem e se acomodou ao volante do Lexus. Antes de fechar a porta do carro, disse: – Suma daqui, Myron. E não volte nunca mais.

Win e Brooke estavam à mesa da cozinha da casa dela, as fotos do internato suíço à frente de ambos. Myron terminava sua ligação com Alyse Mervosh, a antropóloga forense. Assim que desligou, ele disse:
– Na opinião dela, os dois são a mesma pessoa.

Brooke estudou a foto de novo.

Aproximando-se por trás, Myron apontou e falou:

– Este Paul aí cortou e tingiu os cabelos. Quanto à cor dos olhos... nada que uma lente de contato não resolva. O nariz pode ter passado por uma cirurgia plástica.

Ainda com a foto na mão, Brooke perguntou:

– Mas Nancy acha que não é ele?

– Foi o que ela disse. Bateu o pé, dizendo que o garoto é mesmo Patrick.

– Você acredita nela?

– Acredito que é nisso que ela acredita.

– Um caso típico de autoengano?

Myron deu de ombros.

– Sei lá. Pode ser.

Win falou pela primeira vez:

– Precisamos descobrir quem é esse Paul. Onde mora, quem são seus pais...

– Esperanza está cuidando disso. Mas vai demorar.

– Vou ligar para alguns conhecidos meus na Europa. Para ver se conseguimos acelerar o processo.

– Não estou entendendo – disse Brooke. – Ele é um impostor? Está tentando passar a perna na família?

– É possível.

– Li sobre um caso parecido – lembrou-se Brooke. – Quando o filho de alguém desaparece... Bem, isso foi no fim dos anos 1990, eu acho. O filho de um casal texano desapareceu aos 12 ou 13 anos de idade. Três anos mais tarde, um impostor francês se apresentou como o garoto. Enganou muita gente.

Myron recordava-se vagamente da história.

– Qual era a motivação dele?

– Não lembro. Provavelmente dinheiro; mas parece que enganar as pessoas era um divertimento para ele. Acho que não batia bem. Os familiares acreditaram, pelo menos em parte, porque queriam que fosse verdade. – Erguendo os olhos da foto, Brooke perguntou: – Myron... no nosso caso, o que você acha que está acontecendo?

– Não sei.

– Nada disso faz sentido.

– Precisamos de mais informações.

Como se previamente combinado, o celular de Myron tocou.

– É Joe Corless – disse ele a Win. – Do laboratório de genética.

– Coloque no viva-voz.

Myron apertou o botão e deixou o telefone sobre a mesa.

– Joe?

– Oi, Myron.

– Estou aqui com Win.

– Ora! Ele voltou?

– Os resultados, por favor – disse Win.

– Vamos lá – disse Joe, e, para espanto geral: – O garoto é mesmo Patrick Moore.

Myron olhou para Win. Brooke ficou lívida.

– Tem certeza?

– Os fios de cabelo são de um indivíduo do sexo feminino. As amostras encontradas na escova de dentes são de um indivíduo do sexo masculino. Esses dois indivíduos são irmãos de pai e mãe.

– Certeza absoluta?

– Tanta quanto possível.

A campainha tocou. Win foi atender.

– Obrigado, Joe – disse Myron e desligou.

– Ele é mesmo Patrick – disse Brooke, impassível, mas com os lábios ligeiramente trêmulos. – Não é um impostor. É Patrick.

Myron não disse nada.

– Então... por que a finlandesa voltou? Por que Patrick foi se encontrar com Tamryn Rogers?

– A questão é outra, Brooke.

– Como assim?

– Paul não é alguém se fazendo passar por Patrick. Paul é Patrick.

Antes que Myron pudesse se explicar, Win voltou à cozinha acompanhado de Zorra. Se Brooke ficou assustada ao deparar com o abrutalhado travesti, não demonstrou.

– Zorra tem mais informações sobre a ex-babá – falou Win.

– Vada Linna?

– Ela agora se chama Sofia Lampo. Chegou ontem. Alugou um Ford Focus no aeroporto de Newark.

– E então? – questionou Brooke. – Como fazemos para encontrá-la?

– Fácil, gata. Todo carro alugado vem com um sistema de GPS, caso o carro seja roubado. Ou para ver se você não passou para outro estado, porque aí o preço é maior. Coisas assim.

– Mas eles deixam a gente rastrear?

Zorra ajustou a peruca tipo Veronica Lake e riu, deixando à mostra os dentes sujos de batom.

– "Deixar" não é bem a palavra – disse, rindo. – Mas seu primo tem dinheiro. E dinheiro é muito persuasivo.

– E... onde está Vada? – perguntou Brooke.

Zorra sacou seu celular.

– Zorra está rastreando ela com isto aqui – declarou, mostrando no visor do aparelho um pontinho azul que piscava sobre o itinerário do carro.

– Onde é isso exatamente?

O israelense apertou um ícone e o mapa foi substituído por uma imagem de satélite. Myron quase perdeu o ar dos pulmões. O pontinho azul estava cercado de vegetação. Via-se um lago que, mesmo de longe, parecia familiar.

– Lago Charmaine – disse ele. – Vada está indo para a casa de Hunter.

capítulo 32

A JANELA DA SALA DE aula dava para um playground enorme, com escorregadores, balanços, labirintos, túneis, fortes e até um navio pirata. Rob Dixon recebeu Myron com um sorriso e um aperto de mão igualmente firmes. Ele vestia o terno marrom de todos os diretores de escola e uma daquelas gravatas berrantes que Myron associava aos pediatras sem muita noção. Cabelos presos num rabo de cavalo, barba bem-feita.

– Rob Dixon – apresentou-se.

– Myron Bolitar.

Ainda na casa dos Baldwins, eles haviam decidido que Win iria sozinho até a casa de Hunter no lago Charmaine para que Myron pudesse comparecer ao encontro que Esperanza marcara para ele com o professor. Mas Brooke batera o pé, insistindo em ir com o primo e dizendo que conhecia Vada Linna, que podia ajudar. Win nem sequer tentara demovê-la.

– Sente-se, por favor – ofereceu Dixon.

Não havia cadeiras, mas carteiras escolares à moda antiga, com o assento e o tampo unidos na mesma estrutura. Myron precisou se espremer para se acomodar numa delas. A sala em si parecia ter parado no tempo. Por mais que os currículos tivessem mudado, ou que as próprias crianças tivessem mudado, aquela sala não era muito diferente da outra em que Myron havia estudado séculos antes. Acima do quadro-negro se enfileiravam as letras maiúsculas e minúsculas do alfabeto. A parede da esquerda era quase inteiramente coberta com os desenhos e projetos dos alunos. Num quadro de cortiça, havia recortes de jornal espetados sob um cartaz manuscrito no qual se lia: ATUALIDADES.

– Puxa, desculpe – disse o professor.

– Por quê?

– Vi o documentário sobre a sua contusão. Essa carteira aí não foi projetada para adultos com o joelho machucado.

– Não tem problema.

– Não, não. Por favor, sente-se na minha cadeira.

Myron novamente se contorceu para sair da carteira.

– Talvez seja melhor conversarmos em pé mesmo – falou.

– Claro, como quiser. Fiquei curioso com essa sua pesquisa. Aliás... não sei se isso vai interessar ou não a você, mas faz 21 anos que leciono para alunos do décimo ano nesta mesma sala.

– Uau – disse Myron.

– Adoro essa faixa etária. Eles não são mais meninos incapazes de entender conceitos mais complexos, mas também não são adolescentes ainda, não têm os problemas típicos da fase. O décimo ano fica bem ali, na antessala da adolescência, um momento importante de transição.

– Sr. Dixon...

– Por favor, me chame de Rob.

– Rob, tenho certeza de que é um excelente professor. Você tem toda a pinta daqueles professores mais jovens que a gente admirava na escola. Mesmo agora, com tantos anos de profissão, vejo que não perdeu o entusiasmo, o gosto pelo seu ofício. Pelo contrário, certamente é hoje um profissional muito melhor.

– Obrigado. Gostei do jeito que você colocou a coisa.

– Mas preciso confessar algo: o motivo da minha visita não é exatamente uma pesquisa.

– Hum – disse o professor, intrigado.

– Vim para falar sobre um acontecimento específico e trágico.

– Não estou entendendo – falou o outro, recuando um passo.

– Fui eu quem salvou Patrick Moore em Londres – declarou Myron. – Mas ainda estou tentando descobrir o que aconteceu a Rhys Baldwin.

Rob Dixon olhou para a janela. No playground, um garoto aparentando 6 ou 7 anos pendurava-se a uma corda alta, balançando-se nela. Myron ficou se perguntando quando tinha visto tanta alegria assim no rosto de uma criança.

– Mas por que acha que posso ajudar? – perguntou Dixon. – Nenhum dos dois foi meu aluno. E dificilmente teriam sido. É que temos uma política aqui na escola de não repetir professores com irmãos. Não chega a ser uma regra. O diretor acha que não é uma boa ideia, só isso. Para evitar noções preconcebidas, comparações e até mesmo um desgaste na relação com os pais. Portanto, mesmo que eles tivessem permanecido na escola, é bem provável que não tivessem passado pelas minhas mãos.

– Mas você foi professor do Clark Baldwin e da Francesca Moore, não foi?

– Como você sabe disso?

– Clark me contou.

– Sim, mas e daí? – Dixon balançou a cabeça. – De qualquer modo, eu nem devia estar falando de ex-alunos com você. Pensei que trabalhasse com agenciamento de atletas. Pelo menos é o que diz o documentário. Depois da lesão você estudou direito em Harvard e abriu sua própria agência.

– Tudo isso é verdade.

– E por que, então, está envolvido nessa história?

– É isso que faço – informou Myron.

– Mas o documentário...

– O documentário não conta a história toda – interrompeu Myron. Deu um passo adiante e falou: – Preciso da sua ajuda, Rob.

– Ainda não sei como posso...

– Lembra daquele dia?

– Não posso falar sobre isso.

– Por que não?

– Porque é confidencial.

– Rob, um dos garotos ainda está desaparecido.

– Não sei nada sobre o que aconteceu. Você não pode estar achando que...

– Não, não é nada disso. Mas preciso saber: ainda se lembra daquele dia em que os dois meninos foram levados?

– Claro que lembro – disse Dixon. – Quem esqueceria de uma coisa dessas?

Pensando no que perguntar em seguida, Myron achou melhor ir direto ao ponto.

– O Clark e a Francesca estavam aqui?

Rob Dixon piscou os olhos diversas vezes.

– Hein?

– No dia em que os irmãos de ambos foram levados... Clark e Francesca estavam em sua aula? Eles voltaram mais cedo para casa?

– Por que está perguntando isso?

– Estou tentando descobrir o que aconteceu.

– Dez anos depois?

– Por favor, Rob. Você disse que lembrava daquele dia, que ninguém esquece uma coisa dessas.

– E não esquece mesmo.

– Pois então. Minha pergunta é bastante simples: Clark e Francesca estavam presentes naquele dia?

O professor abriu a boca, mas não disse nada. Depois tentou novamente:

– Claro que estavam. Por que não estariam? Era um dia de aula como outro qualquer. Uma quarta-feira, para ser mais exato. – Dixon foi para o fundo da sala e parou numa das últimas fileiras de carteiras. – Clark se sentava exatamente aqui, quase sempre com a camiseta vermelha do time de basquete em que jogava na liga infantil. Pelo menos duas vezes por semana ele aparecia com essa camiseta. – Em seguida ele foi para a carteira da ponta na primeira fileira. – Francesca Moore sentava aqui. Usava uma blusa amarela, sua cor predileta. Sempre desenhava margaridas amarelas nos trabalhos. – Calou-se um instante, depois disse: – Até agora não entendi o porquê das suas perguntas.

– Eles ficaram até o fim da aula?

– Até o fim da aula – repetiu Dixon. – Às duas e meia recebi um telefonema da Sra. Baldwin.

– Brooke Baldwin?

– Sim.

– Ela ligou pessoalmente para você?

– Ligou para o gabinete do diretor e pediu para falar comigo, dizendo que era uma emergência.

– E o que ela disse a você?

– Falou que havia acontecido um incidente e que um policial estava vindo buscar Francesca e Clark. Perguntou se eu podia retê-los até que esse policial chegasse. Eu disse que sim, claro.

– Ela não mencionou o sequestro?

– Não. Mas, afinal... aonde exatamente você está querendo chegar com todas essas perguntas?

Myron não sabia dizer. Poderia repetir a boa e velha história da agulha no palheiro, mas não viu muito sentido nisso.

– Esse policial... chegou numa radiopatrulha?

– Não – disse Dixon. – Aliás, era *uma* policial. Uma mulher à paisana, dirigindo um carro comum. Insisto: continuo sem entender nada.

– O que mais você pode dizer sobre Clark e Francesca?

– Tipo o quê?

– Você sabia que eles agora são colegas de quarto na faculdade?

– Não, não sabia – disse o outro, sorrindo. – Que bacana.

– Já eram próximos naquela época?

– Claro que sim. Acho que foi o trauma comum que os uniu.

– Mas, antes do sequestro, como é que era?

Dixon pensou um pouco, depois respondeu:

– Eram apenas colegas de turma. Não creio que andassem ou brincassem juntos. Mas por sorte tiveram um ao outro para enfrentar juntos aquela situação. Principalmente no caso de Francesca.

Principalmente no caso de Francesca.

Aqui está a agulha no palheiro?

– O que tem Francesca? – perguntou Myron.

– Ela já vinha passando por uma fase difícil.

– O que exatamente?

– Isto não está certo, Sr. Bolitar.

– Por favor, me chame de Myron.

– Isto não está certo, Myron.

– Rob... Dez anos já se passaram desde então. Aquela menina do décimo ano que estava passando por uma fase difícil... hoje é uma universitária.

– Meus alunos confiam em mim. Sempre confiaram.

– Imagino que sim. Você é um cara bacana, generoso, está sempre pensando no bem dos seus alunos. Também tive ótimos professores no primário (como se falava na época). Lembro de todos. Quero dizer, lembro mais deles do que dos professores do ginásio. Os bons professores da nossa infância... esses ficam para sempre no nosso coração.

– Aonde você quer chegar com tudo isso, Myron?

– À verdade. Não estou pedindo que você traia a confiança de ninguém, Rob, mas o problema é o seguinte: além do sequestro, algo de errado aconteceu naquele dia. Algo de muito errado. E, se quisermos chegar à verdade dessa história, precisamos descobrir o que é. Portanto, agora sou eu quem pede a sua confiança. Qual era exatamente o problema de Francesca naquela época?

Rob Dixon demorou alguns segundos para se decidir.

– Os pais dela – falou afinal.

– O que têm eles?

– Estavam passando por um momento difícil no casamento.

– Dá para ser um pouco mais específico?

– O pai encontrou umas mensagens no telefone da mulher.

Myron voltou para o carro e seguiu imediatamente para o campus da Universidade de Columbia. No meio do caminho, ligou para o número que Clark lhe dera em seu último encontro. Clark não demorou para atender.

– Alô?

– Onde está Francesca? – foi logo perguntando Myron.

– Está aqui comigo. No gramado central do campus.

– Não saiam daí. Estou chegando.

– Aconteceu alguma coisa?

– Faça o que estou dizendo. Não deixe Francesca sair daí.

Vendo que o acesso para a ponte George Washington estava congestionado, Myron pegou um atalho pela Jones Road e com isso economizou alguns minutos de viagem. Encontrou a mão invertida na Henry Hudson, então desceu pela Riverside Drive e seguiu até a 120th Street, onde estacionou ao lado de um hidrante, indiferente ao risco de ser rebocado.

Correndo rua afora, ele virou na Broadway, adentrou o campus na altura do Havemeyer Hall e seguiu correndo, sabendo perfeitamente que chamava a atenção da garotada à sua volta. Paciência. Chegando à Low Library, o prédio mais central e imponente do campus, ele parou um instante, localizou-se melhor, então atravessou a colunata grega para descer a ampla escadaria à sua frente, zunindo ao largo da estátua de Atena, saltando os degraus sempre que possível. Bastou atravessar o College Walk para que avistasse Clark e Francesca mais adiante, sentados lado a lado na banda leste da longa esplanada.

Do alto da sua idade, Myron tinha plena consciência de que na vida havia poucos momentos ou lugares tão impermeáveis e protegidos quanto aquele, um papo entre universitários no gramado central de um campus. Seria real essa proteção? Ou seria apenas uma grande ilusão? Tanto fazia. De um jeito ou de outro, ele estava prestes a estourar aquela bolha protetora que envolvia os dois jovens amigos.

Estava muito perto da verdade.

Francesca ergueu a cabeça ao vê-lo chegar. Clark ficou de pé e disse:

– E aí? O que é tão importante assim?

Myron cogitou levá-los para outro lugar onde pudessem conversar a sós, mas decidiu que não havia tempo para esse tipo de amenidade. Além disso, o gramado era suficientemente espaçoso para que eles estivessem a salvo da curiosidade alheia. Ele sentou no chão diante de Francesca. Não precisava ser nenhum Sherlock Holmes para ver que a garota estava abalada. Ela ainda chorava. Os olhos estavam vermelhos e inchados.

– Ela não quer me dizer o que está acontecendo – disse Clark.

Francesca fechou os olhos e baixou a cabeça. Myron pediu a Clark:

– Você se incomoda de deixar a gente sozinho um instante?

– Se ela não se importar...

Ainda de olhos fechados, Francesca sinalizou que não se importava.

– Tudo bem. Vou ficar esperando no café do Lerner Hall.

Clark colocou a mochila no ombro e foi embora. Francesca finalmente abriu os olhos.

– Você precisa me contar a verdade – declarou Myron.

– Não posso – disse Francesca, balançando a cabeça.

– Esse segredo está destruindo você. Destruindo seu irmão. Vou acabar descobrindo o que é, portanto... Eu posso ajudar, Francesca. A gente ainda pode dar um jeito nessa história toda.

Ela deu um risinho de desdém, depois voltou a chorar. As pessoas olhavam de longe, preocupadas. O mais provável era que estivessem vendo nele um coroa dando um pé na bunda na namoradinha universitária ou, menos mal, um professor zeloso dando más notícias à sua dileta aluna. Myron abriu um sorriso na esperança de apaziguá-las. Em seguida anunciou:

– Acabei de falar com o Sr. Dixon.

Francesca olhou para ele, espantada.

– O quê?

– O seu professor do décimo ano.

– Eu sei quem o Sr. Dixon é, mas por que...

Ela não completou a pergunta.

– Me conte o que aconteceu, Francesca.

– Não estou entendendo – disse ela. – O que o Sr. Dixon falou?

– É um cara bacana. Não quis trair sua confiança.

– O que ele falou? – insistiu Francesca.

– Falou que, na época, seus pais estavam passando por um momento difícil no casamento – respondeu Myron. – Parece que você mesma comentou com ele.

Francesca permaneceu muda. Arrancou um pedaço de grama e ficou brincando com ele entre os dedos. Só então Myron percebeu as sardas que a garota tinha na face. Um rostinho de criança, pensou. Quase podia vê-la naquela sala do décimo ano, apavorada com a possibilidade de que seu mundo viesse abaixo a qualquer momento.

– Francesca?

Ela olhou para ele.

– Seu pai encontrou aquelas mensagens no telefone da sua mãe, não foi?

As cores sumiram imediatamente do rosto dela.

– Francesca?

– Não conte nada para Clark, por favor.

– Não vou contar nada a ninguém.

– Eu não sabia... Só fiquei sabendo quando... Merda, Clark nunca vai me perdoar.

Myron se reposicionou de modo que pudesse fitá-la diretamente nos olhos. De um dormitório próximo vinha uma música alta. O vocalista dizia que um dia já havia tido 7 anos de idade e que, num piscar de olhos, já estava com 11... Mais ou menos o que Myron sentia ao olhar para a garota à sua frente.

– Por favor, Francesca, conte o que aconteceu.

De novo, silêncio.

– Seu pai encontrou as mensagens – prosseguiu Myron, tentando fazê-la falar. – Você estava em casa quando isso aconteceu?

– Não. Cheguei um pouco depois.

Mais silêncio.

– Seu irmão estava em casa?

– Não. Estava na aula de natação.

– Tudo bem – disse Myron. – Mas aí você chegou em casa. Estava vindo de onde? Da escola?

Francesca fez que sim com a cabeça.

– Seus pais estavam brigando quando você chegou?

Novamente ela fechou os olhos e deixou a cabeça cair.

– Eu nunca tinha visto ele daquele jeito...

– Seu pai?

– Sim. Eles estavam na cozinha. Papai segurava alguma coisa, não dava para ver o que era. Ele gritava com mamãe e ela tapava os ouvidos, toda encolhida. Nenhum dos dois percebeu minha presença.

Myron tentou imaginar a cena, a menina de 10 anos chegando em casa e deparando com Hunter e Nancy se digladiando na cozinha.

– O que você fez? – perguntou ele.

– Me escondi.

– Onde?

– Atrás do sofá da sala.

– Ok. E depois?

– Depois papai... bateu na mamãe – balbuciou Francesca.

A vida seguia tranquila à volta deles, universitários rindo e zanzando pelo gramado. Dois rapazes sem camisa jogavam frisbee, enquanto o cachorro de um deles latia.

– O papai... evitava beber. Quando ele bebia... era horrível. Naquela altura, acho que eu já o tinha visto bêbado umas três ou quatro vezes. Mas nunca daquele jeito.

– E sua mãe, o que ela fez?

– Xingou ele de tudo quanto era nome. Depois correu para a garagem e saiu com o carro. O papai...

Ela emudeceu de novo.

– Seu pai o quê?

– Papai foi atrás dela. – As palavras agora vinham lentas, bem pensadas. – Mas, antes disso, ele largou o que estava segurando.

Eles se entreolharam.

– O que foi que ele largou? – perguntou Myron.

E sentiu um calafrio na nuca quando ela respondeu:

– Uma arma. – Francesca agora arregalava os olhos como se estivesse revivendo cada minuto daquele dia. – Ele saiu atrás da mamãe, então voltei para a cozinha. A arma estava lá, em cima da mesa. Tremi da cabeça aos pés só de ver aquilo. Eu não sabia o que fazer. Papai estava bêbado. Completamente fora de si. Eu não podia deixar aquela arma ali.

– O que você fez, Francesca?

– Eu só fiquei sabendo agora – disse ela. – Por favor, Myron, você *tem* que acreditar em mim. Eles mentiram esses anos todos. Só fui saber quando Patrick voltou para casa.

– Calma, Francesca, vai ficar tudo bem – afirmou Myron. – O que você fez depois que encontrou a arma?

– Fiquei com medo que o papai voltasse para pegá-la – respondeu ela, aos prantos. – Então a peguei antes dele e levei para o meu quarto.

– Sim, e depois?

– Depois Patrick a encontrou.

capítulo 33

Com brooke ao meu lado, atravesso a Dingmans Ferry Bridge. Zorra ficou para trás, tem outras coisas para fazer. Posso cuidar disso sozinho.

Olho de relance para minha prima. Ela mantém os olhos grudados na estrada. Lembro de umas férias da nossa adolescência. Estávamos na casa do meu avô em Fishers Island, uma ilhota na costa de Connecticut, mas que tecnicamente pertence ao estado de Nova York. Talvez você não conheça. É um lugar pouco afeito a forasteiros.

Certa noite, Brooke e eu ficamos bêbados e chapados na praia. Eu raramente ficava chapado. Myron não gosta, e ele é uma das poucas pessoas que respeito e diante da qual não gosto de perder o controle. Lá pelas tantas, Brooke sugeriu que fizéssemos um passeio de canoa.

E lá fomos nós.

Já era tarde, algo em torno da meia-noite. Remamos até certo ponto, depois nos deitamos sobre a madeira fria e deixamos a canoa vagar. Ficamos conversando sobre a vida. Até hoje me lembro de cada palavra. O céu era um grande domo de estrelas. Uma maravilha.

Perdidos na nossa conversa, hipnotizados pelo céu estrelado e doidões, de repente fomos surpreendidos pelo barulho de um motor. Imediatamente nos levantamos. Era a última balsa do dia vindo na nossa direção, uma embarcação enorme que fazia o traslado de passageiros e carros entre a ilha e o continente.

Vindo na nossa direção, não. Quase em cima da gente!

Não havia tempo para fugir dali remando.

Foi Brooke quem reagiu primeiro. Saltou e me empurrou para que caíssemos juntos na água. Começamos a nadar freneticamente enquanto a balsa se aproximava. Mesmo agora, sentado neste carro, consigo sentir aquele convés passando às minhas costas. Já estive próximo da morte inúmeras vezes na vida. Mas nunca tão próximo quanto naquela canoa.

Não fosse pela reação da minha prima...

Sem tirar os olhos da estrada, ela diz:

– Rhys está morto, não está?

– Não sei. Pode ser que esteja, mas não vou jogar a toalha.

– Está cada vez mais claro para mim. Meu filho está morto. Acho que eu sempre soube disso. Era o que eu sentia no fundo do meu coração. Mas me recusava a acreditar numa simples intuição de mãe. Em geral, confio apenas nos fatos, não na emoção. Desliguei a emoção quando meu filho sumiu dez anos atrás.

– Você tem sido uma ótima mãe para Clark.

– Tenho mesmo, não é? – diz ela, quase sorrindo.

– A melhor.

– Clark é um bom menino. Passou por maus bocados na vida. Lembra do enterro do meu pai?

– Claro.

– Eu estava com 11 anos, você com 12. Não cheguei a ver o corpo. Um infarto fulminante. Mamãe preferiu que o caixão ficasse fechado durante o velório. Afinal, do que adiantaria vê-lo daquele jeito? Era o que todo mundo dizia na época. Mas, anos depois, uma amiga minha, oficial das Forças Armadas, me contou que, por mais arriscado que fosse, eles sempre traziam de volta para casa os corpos dos soldados mortos em combate. Porque os familiares precisavam ver. Precisavam viver o luto para depois tocar a vida adiante. Todo mundo precisa fazer essa despedida, Win. A gente precisa aceitar, por mais terrível que seja, para depois tocar o barco. Eu sabia que Rhys estava morto, mesmo antes de ouvir isso da boca de Patrick. E, no entanto, mesmo sabendo que nunca mais vou ver meu filho, ainda tenho uma pontinha de esperança.

Não encontro o que dizer.

– E eu detesto ter essa esperança – declara Brooke.

Enfim chegamos ao lago Charmaine. Alguém colocou de volta a corrente arrombada por Myron, enrolando-a em torno da estaca. Passo por cima dela sem qualquer dificuldade. A caminhonete de Hunter continua no mesmo lugar, bloqueando o acesso à casa. Novamente confiro no GPS a localização do carro alugado pela finlandesa, que também continua ali. Saco o meu revólver, um Smith & Wesson 460, e olho para Brooke.

– Você me faria a gentileza de permanecer no carro enquanto resolvo essa questão?

A título de resposta, ela abre a porta e desce do carro. Eu já imaginava essa reação, mas achei que não custava nada tentar. Vamos subindo juntos para a casa, do mesmo modo que eu e Myron tínhamos feito antes. Hunter está em sua cadeira Adirondack, a espingarda deitada no colo. Assim que nota nossa presença, fica de pé e aponta para nós.

– Não mate ele – pede Brooke.

Atiro contra uma das pernas e ele cai de joelhos no chão. Atiro no ombro e a espingarda alça voo. Só então nos aproximamos, Brooke alguns passos às minhas costas.

Hunter olha para mim, depois para Brooke. Está chorando.

– Eu sinto muito – diz.

– Onde ela está? – pergunto.

– Eu sinto muito...

Localizo o ferimento no ombro dele e aperto com força. Ele grita.

– Onde ela está?

A porta da casa se abre nesse mesmo instante. Uma moça de cabelos compridos sai por ela. Brooke pousa a mão no meu ombro e fala:

– É Vada.

capítulo 34

MYRON ENCONTROU NANCY MOORE no jardim dos fundos da casa. Ela bebia seu café no gazebo que havia junto das roseiras. Não virou o rosto quando Myron se aproximou.

– Falei para você não voltar aqui – disparou ela.

– Eu sei. Notícias de Patrick?

Nancy fez que não com a cabeça.

– Você não fica preocupada?

– Claro que fico. Mas tudo isso ainda é muito novo para o meu filho. Ele precisa de um tempo para se adaptar, um espaço só dele.

– O garoto ficou sumido por dez anos – disse Myron. – O mais natural seria que ele não quisesse nem pisar na rua.

– Myron?

– Sim.

– Não estou nem aí para o que você acha ou deixa de achar.

Myron permaneceu mudo e imóvel até que ela se dignasse a olhar para ele. Quando isso aconteceu, ele a encarou por alguns segundos, depois falou:

– Eu já sei, Nancy.

– Sabe o quê?

Tratava-se apenas de uma formalidade. Via-se nos olhos da mulher que ela já entendera tudo.

– Francesca me contou.

– Francesca anda muito confusa com esses acontecimentos. A volta do irmão, após dez anos, atrapalhou um pouco o juízo dela.

– Ele está morto, não está? O Rhys?

– Foi o que Patrick contou, não foi?

– Não. Patrick apenas repetiu a história que você mandou que ele contasse. Uma ótima história, diga-se de passagem. A melhor para contar a uma mãe desesperada. Segundo ela, Rhys não chegou a sofrer nenhum tipo de abuso. Era um garoto valente, levava uma vida normal, feliz. Teve uma morte rápida antes que o festival de horrores começasse. Fiquei ouvindo aquilo, prestando atenção. Era bom demais para ser verdade, apesar das circunstâncias.

– Vá embora.

Myron postou-se ao lado dela.

– Sabemos que Vada está lá no lago.

Nancy ergueu a mão para alcançar o celular, mas Myron conseguiu pegá--lo antes que ela o alcançasse.

– Me dê esse telefone.

– Não.

– Você acha que sabe de alguma coisa, mas não sabe de nada, Myron.

– Sei, sim, Nancy. Não foi à toa que você convenceu Chick a não falar sobre aquelas mensagens. Ele achou que fosse apenas para evitar atrasos na investigação. A polícia certamente iria investigar vocês dois, suspeitando, sei lá, de um caso, achando que um dos dois pudesse ter feito alguma bobagem. Mas não era nada disso. Você sabia que tudo havia começado com as mensagens. Mas Chick não sabia.

Nancy Moore se levantou e foi caminhando de volta para casa. Myron foi atrás dela, dizendo:

– Então Hunter ameaçou-a com uma arma. Você sabia que Francesca havia escondido a arma. Isso explicaria o fato de você ter escondido dela toda a história. Ou você preferiu não contar nada porque ela ainda era muito nova e, certamente, jamais conseguiria manter um segredo dessa dimensão. Ou talvez quisesse evitar que ela se sentisse culpada. Afinal, se ela tivesse deixado a arma do pai onde estava, se não tivesse ficado com medo que ele fizesse alguma besteira...

Nancy parou diante da porta dos fundos e fechou os olhos.

– Então ela levou a arma para o quarto. E depois Patrick a encontrou – prosseguiu Myron. – Não sei exatamente quando. Francesca também não. Dias depois, talvez uma semana. E Hunter? Simplesmente esqueceu da arma? Ou será que estava tão apavorado que preferiu se fazer de bobo? Não sei. Também não faz muita diferença. Pois bem. Patrick vai lá e encontra a arma. Você e Hunter andavam brigando muito, gritando um com o outro. De repente, o garoto ouve alguma coisa, entende o que está acontecendo e fica achando que Chick é o culpado de tudo. Ele ou toda a família Baldwin.

– Não! – gritou Nancy. – Não é nada disso.

– Não importa. Estamos falando de um menino de 6 anos. Ele encontra a arma do pai, uma arma carregada, e coloca na mochila da escola. Aí, um dia, talvez até no próprio dia em que encontrou a arma, ele é convidado para brincar na casa de Rhys. Eles estão lá, brincando no jardim. Ou pelo menos foi isso que você contou a Francesca. Vada Linna, a babá finlandesa, não está prestando muita atenção. Ou talvez esteja, sei lá. É uma menina indefesa num país estrangeiro. Não tem muita noção das coisas, certo?

Nancy Moore nem sequer piscava. Talvez sequer respirasse.

– Não sei se eles estavam brincando de polícia e ladrão, não sei se Patrick estava com raiva do Rhys por causa do Chick, não sei se a arma disparou apenas por acidente... Não sei de nada disso. Mas sei que um menino de 6 anos matou o outro.

– Foi um acidente – disse Nancy.

– Pode ser.

– Pode ser, não. *Foi*.

– E depois? O que aconteceu?

– Você não está entendendo nada.

– Acho que estou entendendo, sim, Nancy. Você chega à casa dos Baldwins para buscar seu filho. Imagino que Patrick tenha disparado a arma pouco antes da sua chegada. Segundos antes. Porque se tivesse disparado... uns dez minutos antes, Vada teria ligado para a emergência.

– Cheguei a ouvir o disparo – confessou Nancy. – Estacionei o carro e...

– E correu para ver o que era – disse Myron.

– Vada e eu... corremos juntas para acudir, mas já não havia nada que pudéssemos fazer. O tiro havia atingido Rhys na cabeça.

Silêncio.

– Por que você não chamou a polícia? – perguntou Myron.

– Você sabe por quê. A arma era nossa. Na verdade, era minha. Fui eu que comprei. Hunter e eu... seríamos indiciados. Há precedentes. Li a respeito de um pai que sempre deixava uma arma carregada debaixo da cama. Um dia, o filhinho de 6 anos encontrou a arma e levou-a para brincar com a irmã mais nova. Acabou matando a menina. O pai foi condenado por homicídio culposo e passou oito anos na prisão. Então fiquei pensando nisso. Depois pensei em Patrick. Sim, ele sabia que andávamos brigando. Ele ouvia as nossas discussões. Tinha apenas 6 anos, mas... E se aparecesse alguém para dizer que aquilo não tinha sido acidente, que Patrick tinha matado Rhys de propósito? Patrick jamais se recuperaria desse trauma, desse estigma. O menino que matou o outro. E também havia Chick e Brooke. Você conhece os dois. A transigência não é exatamente a maior qualidade deles.

– Então você inventou a história do sequestro – disse Myron, procurando manter a serenidade na voz.

Nancy não se deu o trabalho de responder.

– O que fez para que Vada compactuasse com vocês?

– Falei que ela seria acusada de negligência pela polícia, pois era obrigação dela tomar conta dos meninos. Se não quisesse ser condenada e presa, devia fazer o que eu mandasse. A garota estava apavorada demais para raciocinar. Quando se deu conta, já estava enrolada até o pescoço.

– Então você limpou o terreno. Imagino que tenha havido sangue.

– Não muito. Tudo aconteceu lá atrás, no jardim, onde tem aquele bosque. Cheguei e limpei.

– Depois repassou a história toda com Vada, amarrou a garota no porão e foi embora. Ligou para Brooke dizendo que tinha passado na casa dela mas que ninguém tinha atendido à campainha.

– Isso.

– E Patrick? – perguntou Myron, perplexo. – O que fez com ele?

– Levei-o para casa e mandei que ficasse escondido até Hunter chegar.

– E Rhys?

Sem nenhuma hesitação, olhando diretamente nos olhos dele, Nancy respondeu:

– Joguei numa caçamba de lixo que ficava no fundo da nossa garagem.

O resto era óbvio.

– Quando Hunter chegou em casa, ele não tentou demover você da ideia?

– Tentou. Falou que devíamos contar a verdade. Mas não dava mais. Eu já tinha inventado a história do sequestro. Essas coisas... vão crescendo feito uma bola de neve. Hunter não tem culpa de nada. É um homem fraco. Não conseguiu lidar com o que eu tinha feito, então começou a beber. O resto você já deve ter imaginado. Hunter levou Patrick para a casa do lago. Não foi difícil conseguir documentos falsos para ele. Demorou, porque a polícia estava sempre por perto, mas enfim conseguimos tirá-lo do país sob o nome de Paul. Paul Simpson.

– Por que resolveram trazê-lo de volta agora?

Nancy deu de ombros, dizendo:

– Porque o cerco estava se fechando. As investigações da segurança da escola suíça ficavam cada vez mais rigorosas. As pessoas começavam a fazer perguntas. Não seria possível sustentar essa mentira para sempre. Francesca precisava saber que o irmão estava vivo. Além do mais, Patrick queria voltar para casa. Então Hunter e eu conversamos sobre isso. Primeiro, pensamos em mandá-lo procurar uma delegacia de polícia e inventar que tinha escapado. Mas isso levaria a mais perguntas.

– Aí tiveram a ideia de mandar um e-mail anônimo para Win.

– Eu sabia que Win ainda não tinha dado o assunto por encerrado. Se ele encontrasse o Patrick e o trouxesse de volta para casa, seria muito mais plausível. Ou, pelo menos, imaginei que sim. Por isso armei para que ele chegasse àquele viaduto na mesma hora que Patrick. Não foi difícil determinar o local. Basta pesquisar na internet para saber os pontos de prostituição em qualquer cidade no mundo.

– Mas as coisas não saíram como você tinha imaginado.

– Pior que isso. O proverbial tiro que saiu pela culatra. Quando Win matou aqueles homens, Patrick fugiu e ligou para mim, apavorado. Mandei que ele encontrasse o hotel mais próximo e ficasse escondido por lá. Mas o tal de Fat Gandhi acabou por encontrá-lo.

– Então... quando você me agradeceu por ter salvado a vida do seu filho...

– Estava sendo sincera. – Nancy fixou os olhos em Myron, procurando nele algum sinal de compreensão ou generosidade. – Você realmente salvou a vida do meu filho. Eu meti os pés pelas mãos. Desde o início. Você pode até perguntar: por que você não agiu dessa forma ou de outra? Não sei responder. Em cada momento, fiz apenas o que julguei melhor para o meu filho. E, até certa altura, realmente achei que tivesse feito a coisa certa. Patrick acabou esquecendo o que havia acontecido. Minha irmã mora na França e sempre o recebia nas férias. Ele adorava a escola, era feliz. Claro, sentia falta dos pais e da irmã. E, sim, essa foi uma das decisões mais difíceis que tivemos de tomar: a de não contar nada a Francesca. Mas, aos 10 anos, ela não seria capaz de guardar um segredo desses. A gente conversava com ela, tentando consolá-la, dizendo que o irmão estava bem... Mesmo assim, ela sofreu muito. Foi uma decisão muito, muito difícil. – Ela se calou um instante, depois perguntou: – No meu lugar, você teria contado a ela?

Myron cogitou dizer que, antes de mais nada, jamais teria tomado um caminho semelhante, mas acabou decidindo que isso seria óbvio demais.

– Não sei – respondeu ele. – Mas no fim das contas você arruinou a vida de todo mundo, não foi? Seu marido não segurou a barra. Brooke, Chick, Clark... todos sofreram muito com o que você fez.

– Rhys estava morto, você não entende? Nada ia trazê-lo de volta. Eu não podia mais salvá-lo. Só podia salvar meu filho.

Ainda na mão de Myron, o celular de Nancy vibrou. Myron leu o número em voz alta para ela.

– É Patrick! – Nancy tomou o aparelho de volta e atendeu a ligação. – Oi, filho!

– Mamãe... – disse ele.

A voz e o jeito de falar eram de alguém bem mais novo.

Myron pôde ouvir que o garoto estava chorando.

– Estou aqui, meu amor...

– Eles sabem o que fiz. Eu... não vou aguentar. Prefiro morrer.

Nancy lançou um olhar acusatório na direção de Myron.

– Filho, escute a mamãe. Tudo vai ficar bem, ok? Só me diga onde você está. Vou aí buscar você.

– Você sabe onde estou.

– Não, meu amor, não sei.

– Me ajude, mamãe...

– Patrick, onde você está?

– Vou me matar. Para ficar junto de Rhys.

– Não, meu amor, escute a mamãe.

– Tchau – disse ele e desligou.

– Meu Deus... – balbuciou Nancy, deixando o telefone cair.

– Ficar junto de Rhys – repetiu Myron para si mesmo. Em seguida, sacudindo Nancy pelos ombros, perguntou: – Onde você jogou o corpo de Rhys?

Imediatamente Nancy desvencilhou-se dele e saiu correndo na direção do carro. Myron partiu atrás e chegou ao volante antes dela.

– Eu dirijo – exigiu. – Onde está o corpo?

Nancy hesitou.

Myron lembrou-se da conversa com Patrick na cozinha dos Baldwins. O garoto havia falado de um jeito duro, monocórdio, como se estivesse mentindo. Mas depois mudara de tom, ficara mais emotivo. "Eu vi... Eu estava lá... Jogaram ele do penhasco. Como se estivessem jogando lixo fora. Como se o Rhys não fosse nada..."

Porque ele estava falando a verdade.

– Você quer que seu filho continue vivo ou não? – berrou Myron. – O penhasco, Nancy. Onde fica?

capítulo 35

Segundo o aplicativo, naquelas condições de trânsito a viagem até o lago Charmaine levaria mais de noventa minutos. A primeira providência de Myron foi ligar para a polícia do condado de Pike e informá-los da situação. Ao ser atendido, foi transferido diretamente para o delegado Daniel Yiannikos.

– Neste momento, estou numa radiopatrulha – disse Yiannikos. – Onde está o garoto?

– Vá para a Old Oak Road, nas imediações do lago Charmaine – disse Myron. – Mais ou menos uns quinhentos metros na direção sul, tem um penhasco.

Após um breve instante de reflexão, Yiannikos disse:

– Sei onde é.

– O nome dele é Patrick. Ele está lá.

– Está ameaçando pular? Não seria o primeiro.

– Pode ser. Ele falou em suicídio.

– Ok. Em oito minutos chego lá. Quantos anos tem esse Patrick?

– Dezesseis.

Nancy vinha tentando ligar para o filho desde que saíra de casa, mas sem sucesso.

– Qual é o nome completo dele? – perguntou Yiannikos.

– Patrick Moore.

– Patrick Moore... Já ouvi esse nome em algum lugar.

– Provavelmente nos jornais das últimas semanas.

– É o garoto que foi encontrado em Londres?

– Sim. Está passando por um momento de muito estresse – informou Myron.

– Tudo bem. Vamos agir com cautela.

– Diga a ele que a mãe está a caminho.

Em seguida, Myron ligou para seu velho amigo Jake Courter, também delegado, mas do condado de Bergen, em Nova Jersey. Explicou a situação e pediu uma escolta policial.

– Deixe comigo – disse Jake. – Continue em frente. Alcançamos você em algum ponto da Route 80.

Passados vinte minutos, Yiannikos ligou de volta. Aflita, Nancy apertou o braço de Myron forte o bastante para deixar marcas.

– Alô?

– Patrick está vivo – informou o delegado.

Myron respirou aliviado.

– Mas está na beira do penhasco com uma arma apontada para a cabeça.

Nancy por pouco não desmaiou.

– Meu Deus... – sussurrou ela.

– Por enquanto a situação está sob controle – prosseguiu Yiannikos. – Ele mandou que ficássemos longe, e é isso que estamos fazendo.

– Pediu alguma coisa?

– Apenas a nossa garantia de que a mãe estava a caminho. Perguntamos se queria falar com ela e ele disse que não, que só queria vê-la. Ameaçou se matar se chegássemos mais perto. E vocês? Ainda estão muito longe?

Como prometido, a escolta da polícia de Bergen juntou-se a eles na Route 80, indo para oeste. Livre do trânsito, Myron pisava fundo no acelerador.

– Chegamos daqui a uns trinta, quarenta minutos.

– Ok – falou Yiannikos. – Volto a ligar se necessário.

Myron desligou, falou rapidamente com Win, depois perguntou a Nancy:

– Por que Vada voltou?

– Por que você acha?

– Leu sobre Patrick nos jornais – sugeriu Myron.

– Exatamente.

– E agora quer contar toda a verdade.

– Foi o que ela disse. Mas eu e Hunter... enrolamos a garota. Nada de muito grave. Conseguimos persuadi-la a nos encontrar no lago para discutir o assunto e, então, confiscamos as chaves do carro dela e pedimos mais alguns dias de prazo. Para tentar convencê-la a não dizer nada.

– E se ela não concordar?

Nancy deu de ombros, dizendo:

– Prefiro pensar que vamos conseguir.

– Hunter estava esperando por ela quando eu e Win estivemos lá.

– Eu sei. Ela chegou pouco depois de vocês saírem.

– Hunter não vai conseguir dobrar Win.

– Imagino que não – disse Nancy. – Você não pode ir mais rápido?

– E Tamryn Rogers?

– Era a namorada do Patrick na escola. Pensei que ele fosse desistir da garota quando voltasse para casa, mas você sabe como são os adolescentes. Seu sobrinho tinha toda a razão quando disse que eles se sentem sozinhos. Precisam falar uns com os outros, e foi isso que Patrick fez: deu uma escapulida para se encontrar com Tamryn. O que teria sido apenas uma estripulia sem maiores consequências se você não estivesse na cola dele.

Eles atravessaram a Dingmans Ferry Bridge. Segundo o aplicativo, estavam a oito minutos do destino final.

– Agora não há mais nada que vocês possam fazer – advertiu Myron.

– Ainda posso salvar meu filho. Só isso importa agora. – disse Nancy. – Depois... Bem, depois só nos resta tocar a vida adiante. A polícia vai acabar localizando o corpo de Rhys naquele vale, e ele finalmente vai ter um enterro decente. Consultei minha advogada há alguns dias. Sabe em quanto tempo prescreve o crime de ocultação de cadáver?

Myron não respondeu. Apertou o volante com mais força ainda, desconcertado, mal acreditando no que ouvia.

– Dez anos – falou Nancy. – Pense bem. No fim das contas, escondi um corpo, contei algumas mentiras para a polícia, obstruí a justiça. Hunter está mortificado de tanta culpa. Vai sobrar para ele também, mas imagino que receba uma sentença bem menor, pode até ser que seja absolvido. Portanto, Myron, se eu conseguir salvar meu filho, vamos enfim conseguir virar essa página.

– Quanta frieza – murmurou ele.

– Não tem outro jeito.

– Nada disso precisava ter acontecido.

– Rhys estava morto. Não podia fazer nada por ele.

– E o que você acha que fez por Patrick, obrigando o menino a mentir dessa maneira?

– Ele tinha apenas 6 anos.

– Então você preferiu varrer a sujeira para debaixo do tapete. Seu marido virou um alcoólatra. Sua filha ficou achando esses anos todos que tinha perdido o irmão. Quanto a Vada... nem consigo imaginar o que foi a vida dela depois dessa história toda. Sem falar em Brooke, Chick e Clark. Você tem ideia do que fez a essas pessoas?

– Não preciso me justificar para você, Myron. Mães protegem seus filhos. Assim é a vida e ponto final. Pois é isso que vou fazer agora. Vou buscar meu menino, conversar com ele, levá-lo de volta para casa. O psiquiatra vai conseguir ajudá-lo, tudo vai ficar bem outra vez.

Myron saiu da via expressa e tomou a Old Oak Road. Quatro carros da polícia achavam-se estacionados no fim do caminho. Yiannikos se apresentou, depois informou:

– Mantivemos distância, como ele pediu. Quer falar com a mãe.

Nancy irrompeu na direção do penhasco e não demorou para notar que Myron a seguia.

– Não! Fique onde está! – gritou ela e se embrenhou no mato.

Myron virou-se para o delegado:

– Não dá para explicar agora, mas não podemos deixar essa mulher sozinha com o menino. Preciso ir atrás dela.

– Vou com você – falou Yiannikos.

Myron assentiu e os dois partiram em disparada pela trilha que serpenteava colina acima. Um gavião grasnou por perto. Mais adiante eles foram avistados por Nancy, que apenas olhou para trás, sem interromper a corrida nem gritar para que eles recuassem. Seu único objetivo era alcançar o filho o mais rapidamente possível.

Mães protegem seus filhos.

No alto da colina, Nancy parou de repente e levou as mãos ao rosto, apavorada com o que encontrou. Myron e Yiannikos apertaram o passo e, chegando à clareira, viram a mesma coisa que ela: Patrick à beira do penhasco com a arma encostada na cabeça. Não parecia descontrolado. Nem mesmo estava chorando.

Pelo contrário, estava sorrindo.

Nancy se adiantou com cautela.

– Patrick...

– Não se aproxime! – gritou ele, a voz límpida e retumbante no silêncio à sua volta.

– Estou aqui, meu amor. Vim levar você para casa.

– Já estou em casa – disse ele.

– Como assim, filho? Não entendi...

– Você realmente achou que eu fiquei no carro?

– Hein? Não sei do que você...

– Você me trouxe junto. Mandou que eu ficasse esperando no carro com os olhos fechados. – Patrick sorriu de novo, a arma ainda fincada na têmpora. – Você acha que obedeci? Eu vi... Eu estava lá... Jogaram ele do penhasco. Como se estivessem jogando lixo fora. Como se Rhys não fosse nada. Fui eu que matei ele. Depois, você jogou ele aqui. E me obrigou a viver para sempre com essa lembrança – disse ele, as lágrimas brotando de seus olhos.

– Isso já passou, filho – explicou Nancy com a voz embargada. – Agora tudo vai ficar bem, confie em mim.

– Não existe um único dia que eu não pense no que aconteceu. Você acha mesmo que é possível esquecer uma coisa dessas? Acha que eu me perdoei? Que perdoei você?

– Patrick, por favor...

– Você também me matou, sabia? Também me jogou do alto deste penhasco. E agora vai ter que pagar o preço.

– Vou pagar, filho, vou pagar... – Nancy correu os olhos em torno de si, procurando desesperadamente por uma tábua de salvação. – Olhe, a polícia está aqui. Eles já sabem de tudo. Agora, baixe a arma, pelo amor de Deus. Estou aqui para levar você para casa. Tudo vai ficar bem, eu prometo.

Patrick fez que não com a cabeça, tão frio como antes.

– Não foi para isso que você veio, mãe.

Nancy caiu de joelhos, implorando:

– Por favor, Patrick, baixe essa arma. Vamos para casa, *por favor*.

– Merda – sussurrou o delegado. – Ele realmente vai se matar.

Essa também era a opinião de Myron. Ele cogitou correr para imobilizá--lo, mas sabia que estava longe demais.

– Minha casa é aqui – declarou Patrick, e engatilhou a arma com mão trêmula.

– Não! – berrou Nancy.

– Não foi para me salvar que chamei você aqui – prosseguiu ele, já começando a pressionar o gatilho –, mas para testemunhar a minha...

Antes que ele pudesse terminar a frase, uma voz feminina gritou ao longe:

– Não faça isso!

Seguiu-se um momento de silêncio e de total imobilidade. Olhando para a esquerda, Myron avistou Brooke Baldwin na outra extremidade da clareira, acompanhada de Win. Ela correu ao encontro de Patrick dizendo:

– Patrick, já passou, já passou...

– Sra. Baldwin... – balbuciou o garoto, surpreso.

– Já passou – repetiu ela.

– Não se aproxime – ordenou ele, a arma sempre em riste.

– Você tinha apenas 6 anos, Patrick. Era um menino. Aquilo foi um acidente. Você não tem culpa de nada. *De nada.* Está me ouvindo, Patrick? – Ela deu mais um passo na direção dele. – Já passou...

– Quero morrer. Quero ficar junto de Rhys.

– Não – protestou Brooke. – Todos nós já sofremos demais. Por favor, não faça isso. Ninguém precisa de mais tristeza. Olhe para mim, Patrick. – Ela estendeu a mão na direção do garoto. – Eu perdoo você, Patrick. Você era uma criança, não teve culpa de nada. O meu filho Rhys... o seu *amigo* Rhys... não ia querer que fizesse uma bobagem dessas. Pense bem, Patrick. Se fosse o contrário... se fosse Rhys que tivesse disparado aquela arma, você também não o teria perdoado?

Patrick não disse nada. A arma tremia na sua mão.

– Teria ou não teria?

Só então ele fez que sim com a cabeça.

– Por favor, Patrick, me dê essa arma.

Ninguém se mexia. Ninguém respirava. Até o vento parecia ter parado de soprar. As árvores observavam de longe, ansiosas também. Brooke se aproximou mais do garoto. Myron ainda temia que ele puxasse o gatilho, mas respirou aliviado quando o viu entregar o revólver e se jogar nos braços de Brooke.

Patrick deu um berro gutural, depois se entregou a uma crise de choro, dizendo:

– Desculpe, desculpe, desculpe...

De onde estava, Brooke podia ver o desfiladeiro onde dez anos antes havia sido jogado o corpo do seu próprio filho. Não se contendo, ela envolveu Patrick ainda mais forte com os braços, fechou os olhos e enfim soltou as amarras, chorando copiosamente junto com ele. Por um bom tempo eles ficaram assim, a mãe apertando contra o peito o garoto que havia matado seu filho.

Nancy Moore foi se aproximando aos poucos e sussurrou baixinho, apenas para Brooke:

– Obrigada.

Brooke respondeu com um gesto de cabeça, mas não desfez o abraço. Não moveria um músculo antes que Patrick parasse de chorar.

capítulo 36

QUATRO HORAS DEPOIS, A polícia recolheu o corpo do desfiladeiro. Hunter Moore achava-se hospitalizado, em razão de ferimentos à bala. Vada Linna estava bem. Ela havia contado toda a verdade a Win e Brooke, e aquele fora, de fato, o motivo do seu retorno. Hunter talvez fosse indiciado por sequestro, mas ainda era cedo para saber.

Nancy Moore havia sido detida e levada para a delegacia, mas, mediante a assinatura de um termo de compromisso, Hester Crimstein, sua advogada, conseguira tirá-la de lá em menos de uma hora. Nancy estava certa: dificilmente ela seria indiciada por algo mais grave.

Win aconselhou Myron a voltar para casa, mas ele não quis. Já havia ficado aquele tempo todo, ficaria mais um pouco.

O corpo em si não passava de um mero esqueleto, mas as roupas estavam intactas: calça jeans e um moletom vermelho. Brooke se aproximou e as alisou com tristeza.

– São de Rhys, sim – confirmou, depois saiu em silêncio na direção do carro. Win seguiu-a, mas ela se virou para ele e disse: – Volte com Myron, por favor. Preciso de um tempo sozinha. E quero ficar a sós com Chick para contar tudo.

– Não acho que seja uma boa ideia – advertiu Win.

– Eu adoro você, primo, mas não estou nem aí para o que você acha ou deixa de achar.

Win e Myron ficaram observando, totalmente desolados, enquanto ela caminhava para o carro com a coluna ereta. Depois também foram embora, Win ao volante.

Em certo momento, Mickey ligou para o tio, querendo saber notícias. Ema e Colherada estavam com ele.

– Acabou – disse Myron.

– Vocês encontraram Rhys?

– Ele está morto.

Myron ouviu quando o sobrinho repassou a notícia a Ema; ouviu também quando ela começou a chorar.

Win estacionou na garagem atrás do Dakota. Quando ele e Myron entraram no apartamento, Terese correu para abraçar os dois simultaneamente.

Os três ficaram assim até que o telefone de Win tocou. Ele pediu licença e se despediu com um boa-noite. Myron fitou Terese, depois disse:

– Não vejo a hora de estarmos casados.

Em seguida, tomaram juntos um longo banho quente. Não conversaram mais. Não era o caso. Mas fizeram amor. Um amor impetuoso, franco, perfeito. Um amor restaurador. Myron não adormeceu nos braços da noiva. Apagou. Não chegou a sonhar, mas ficou assim por um bom tempo. Uma hora. Talvez duas. Até que estremeceu com um frio na espinha.

– O que foi? – perguntou Terese. – Algum problema?

– A arma – respondeu Myron.

– Que arma?

– A arma que estava com Patrick. Onde ela foi parar?

epílogo

Três meses depois

É BEM PROVÁVEL QUE VOCÊ esteja esperando por uma guinada na trama, um final feliz: alguém cometeu algum equívoco, o corpo não era o de Rhys Baldwin e, por obra de algum milagre, o menino foi devolvido aos pais.

Mas, às vezes, não há guinada nenhuma. E muitas vezes não há final feliz.

Hoje, no entanto, é um dia feliz.

Duas semanas atrás, ofereci a Myron o que talvez seja a mais lendária despedida de solteiro de todos os tempos. Lendária por quê? Digamos que ela tenha passado pelos quatro cantos do mundo. Myron, como é do seu feitio, comportou-se direitinho. Eu, por minha vez, aprontei o bastante por nós dois. Esperanza e Big Cyndi também.

Você deve estar dizendo: "O quê? Mulheres numa despedida de solteiro?"

Os tempos são outros, meu amigo.

Hoje estou de fraque para cumprir o papel de padrinho de Myron. É estranho. Desde jovem ele sonhava com este dia – falava em casar e ter muitos filhos com o grande amor da sua vida. Os deuses, infelizmente, haviam lhe reservado outro destino. Quanto a mim, jamais dei corda para esse tipo de conversa. Não acredito muito nessa coisa de "amor".

Ou não acreditava.

Myron é mais do que meu melhor amigo. A garotada de hoje diria que temos um "romance entre amigos", e talvez seja isso mesmo. Amo o Myron. Quero vê-lo feliz. Mais que isso, *preciso* vê-lo feliz. Senti terrivelmente a sua falta nesse último ano, embora estivesse muito mais próximo do que ele imaginava. Na noite em que ele viu o musical *Hamilton*, eu estava lá, três fileiras atrás. Do mesmo modo, quando ele encontrou seu irmão Brad naquele lugar horrível, eu também rondava por ali. Só por garantia.

Amo o meu amigo e quero que ele seja feliz.

Myron teve outros amores na vida, sobretudo uma mulher chamada Jessica. Mas Terese é diferente. Noto isso com clareza quando vejo os dois juntos. Myron e Terese são uma coisa quando estão distantes, mas outra completamente diferente (e maravilhosa) quando estão lado a lado. Em suma, se tudo no amor é uma questão de reação química, como acredito que seja, o composto resultante desses dois elementos é, no mínimo, um composto luminoso.

Bato à porta e Terese me deixa entrar.

– Então? – pergunta ela e vem rodopiando na minha direção.

Por acaso você já viu uma mulher linda e feliz no seu vestido de noiva? Sim? Então sabe como é.

– Uau! – exclamo.

– Você falou igualzinho ao Myron.

Beijo a mão dela, depois digo:

– Só passei para desejar felicidades. E para deixar bem claro: gostem vocês ou não, estarei sempre por perto.

– Eu sei.

– E, se você partir o coração do meu amigo, parto as suas pernas.

– Eu sei, eu sei – diz ela.

Despeço-me com um beijo e saio do quarto.

Você provavelmente deve estar se perguntando o que aconteceu após a descoberta do corpo de Rhys. Então vamos lá. Como você deve ter visto nos jornais e noticiários, toda a verdade do caso veio à tona. Naturalmente, Patrick não está sendo acusado de nada. Como Brooke disse à beira daquele penhasco, ele era apenas uma criança à época do crime.

Na medida do possível, Brooke, Chick e Clark Baldwin vão bem. Myron costuma dizer que mesmo a verdade mais indigesta é preferível à mais palatável das mentiras. Não sei se isso se aplica a tudo e a todos, mas certamente se aplica ao caso em questão. Eles agora sabem. Brooke enterrou o filho no jazigo da família nas imediações de Filadélfia. Tanto ela quanto Chick e Clark choram por ele, mas tocam a vida adiante.

Clark e Francesca continuam grandes amigos e colegas de quarto na universidade. Francesca não sabia de nada antes do retorno de Patrick. Nancy julgou que a filha agora já tinha idade suficiente para entender e lidar com a situação. Estava errada, claro.

Hunter Moore recuperou-se razoavelmente bem dos seus ferimentos. Sem dúvida, será levado a juízo por conta da ameaça de sequestro de Vada Linna. Não sei no que isso vai dar, vamos ter que esperar para ver.

Quanto a Nancy Moore, a polícia diz estar à sua procura. Pelo que sei, após assinar o tal termo de compromisso ela sumiu do mapa. A polícia diz que não vai descansar enquanto não encontrá-la, mas eu não acredito muito que isso vá acontecer.

Myron perguntou se nos envolveríamos nessa história também, ou seja, se ajudaríamos paralelamente na busca por Nancy Moore. Eu disse que não. Tudo o que fizemos foi pela Brooke. Se minha prima já deu o assunto por encerrado, encerrado ele está.

Mas chega disso.

Hoje é o casamento de Myron. Estou no altar com ele, esperando pela noiva.

– Uau! – diz o noivo assim que a vê chegar.

– Concordo – falo baixinho.

Os pais de Terese já morreram, então é Al, o pai de Myron, quem a conduz pelo braço. Big Cyndi é a dama de honra. Esperanza emerge das cortinas atrás do altar. É ela quem vai oficiar a cerimônia daqui a pouco. Ah, você deve estar se perguntando como ficou a situação com os pseudônimos delas, Little Pocahontas e Big Chief Mama. Ambas decidiram aposentar a encenação indígena, para desgosto de muita gente. Não de Esperanza. "Respeitar a cultura alheia nunca matou ninguém", ela mesma me disse outro dia.

Os tempos são outros, meu amigo.

Myron respira fundo. Vendo que ele está com os olhos cheios d'água, pouso a mão em seu ombro, num gesto de amizade e apoio. Também estou emocionado, não vou mentir.

Al entrega Terese a Myron.

Boa parte da cerimônia se reduz a um grande borrão para mim.

A certa altura, Esperanza sinaliza para que eu entregue as alianças a Myron. O cara é meu melhor amigo. Sou louco por ele. Mas sinto muito: tem vezes que uma mentira palatável é preferível à verdade. Jamais vou dizer nada disso a ele. Muito embora desconfie que não seja preciso. Ele sabe.

Na manhã seguinte ao resgate do corpo de Rhys, ele me ligou perguntando:

– Onde foi parar a arma?

– Que arma?

– A arma de Patrick.

– Ah, sim. A polícia confiscou – menti.

Ele hesitou um instante, meio incrédulo, depois disse:

– Ok.

Você acha que a arma está comigo, não é? Pois não está. Foi Brooke quem a tirou das mãos de Patrick, lembra? Quanto à ligação que recebi quando chegamos ao Dakota, era Brooke do outro lado da linha, pedindo que eu voltasse para ajudá-la a se desfazer da arma.

Mesmo passados dez anos, o que restava do corpo bastou para que a polícia identificasse meu primo Rhys. Quanto a Nancy Moore, essa jamais será encontrada. Sempre haverá alguém para dizer que a viu em algum lugar: numa praia em Fiji, num mosteiro nas colinas da Toscana ou em Londres, onde meu amigo Zorra está atualmente, fazendo uma visitinha a certo pedófilo robusto. Mas Nancy Moore jamais sairá do buraco em que se escondeu: permanecerá para sempre um mistério.

A cerimônia chega ao fim. Myron ergue o véu para beijar sua mulher, mas para a meio caminho. Sei exatamente o que ele está fazendo. Conheço meu amigo. Ele não quer se afobar, prefere sorver de forma lenta a magia daquele instante, prolongá-la o máximo possível. Myron é muito bom nessas coisas.

Não sei se concordo com o que Brooke fez. Não sei se teria feito o mesmo no lugar dela. Mas não cabe a mim julgá-la. Tudo bem, a morte de Rhys foi uma tragédia do destino, mas Nancy Moore roubou da minha prima a possibilidade de cicatrizar essa ferida, prolongando por dez anos a tortura de uma esperança que não se realizava nunca. Fez o mesmo com Chick e Clark. E, como se isso não bastasse, jogou o corpo do menino do alto de um penhasco como se fosse lixo.

Que preço ela deveria pagar? Você me diz.

Confesso: talvez eu esteja sendo um pouco machista. Se fosse Hunter, e não Nancy, quem tivesse desovado o corpo de um menino de 6 anos num desfiladeiro, eu não pensaria duas vezes antes de fazê-lo pagar.

Vai entender.

Brooke e eu somos muito parecidos. Temos um laço afetivo, além do familiar. O que nem sempre é bom. Fico pensando se naquele momento ela não agiu por impulso, deixando-se levar, compreensivelmente, por uma espécie de instinto maternal. Teria agido de outra forma se tivesse tido mais tempo para pensar?

Não sei.

Também tenho dúvidas quanto às decisões de Nancy Moore. Por que ela não chamou a polícia naquele primeiro momento? Porque receava ser indiciada por negligência? Porque queria poupar o filho de um trauma maior? Porque temia algum tipo de retaliação mais violenta por parte de Chick?

Talvez temesse uma retaliação ainda pior: a de uma mãe que havia perdido o filho.

Fiel à tradição dos casamentos judaicos, Myron quebra o copo com o pé. As pessoas aplaudem e dão vivas aos recém-casados. Myron Bolitar, agora um senhor casado, desce do altar com sua adorável mulher a tiracolo.

Melhor pularmos a parte dos abraços, lágrimas e cumprimentos e irmos direto para a recepção. Ou, para ser mais específico, para a primeira dança: uma opção um tanto inusitada, digamos assim, mas perfeitamente compreensível em se tratando da família Bolitar.

Myron e a mãe são chamados para a pista. Ellen treme em razão da emoção e do Parkinson. Myron a conduz pela mão e espera a canção começar, uma canção de Bruce Springsteen que ela própria escolheu. *"If I should fall behind, wait for me..."*, canta Big Chief Mama. Se eu ficar para trás, espere por mim. Bem apropriado, eu diria.

Enquanto eles dançam, corro os olhos pelo salão e observo a reação das pessoas. Big Cyndi chora histericamente sem o menor pudor, o que é adorável. A irmã de Myron veio de Seattle. O irmão dele, Brad, e a esposa, Kitty, reataram o casamento e também estão presentes. Mickey e Ema estão ao lado deles, de mãos dadas. Finjo que não estou vendo.

Passado um tempo, o DJ convoca todos para a pista. Mickey assume o lugar de Myron e sai dançando com a avó naquele descompasso de que só os adolescentes são capazes. Esperanza se aproxima e puxa Myron para dançar – meus dois amigos queridos. Outros casais vão enchendo a pista. Fico onde estou, contente por apenas observar.

Assim é a vida, amigos. Até mesmo eu, de vez em quando, me pego sentindo um nó na garganta.

Sinto a presença da garota antes mesmo de ouvi-la falar:

– Você é o Win?

É Ema.

– Sou.

– Mamãe mandou um beijo para você.

Apesar da garganta apertada, digo:

– Mande outro para Angelica.

Ema me encara por alguns segundos, depois diz:

– Quer dançar?

Ela nem sequer imagina como isso é importante para mim. Ou será que imagina? Pensei que Angelica jamais contaria. Também é possível que ela não tenha contado, mas que Ema seja uma garota incrivelmente esperta e perceptiva. Herança genética?

Com um fiapo de voz, respondo:

– Vou adorar dançar com você.

Vamos juntos para a pista. Virados um para o outro, ela pousa uma das mãos no meu ombro direito e a outra na minha mão esquerda. Começamos a dançar. A certa altura ela se aproxima e deita a cabeça no meu peito.

Procuro me mexer o mínimo possível. Se pudesse, nem respiraria.

Quero prolongar infinitamente a magia deste instante.

agradecimentos

O AUTOR, QUE DE VEZ em quando prefere referir-se a si mesmo na terceira pessoa, gostaria de agradecer (em nenhuma ordem específica) às seguintes pessoas: Michelle Singer, Andy Morgan, Rick Kronberg, Linda Fairstein, Ian Rankin (que forneceu a cerveja), Bill Friedman, Rick Friedman (que não são parentes um do outro, ou pelo menos acho que não), Selina Walker, Ben Sevier, Christine Ball, Jamie Knapp, Carrie Swetonic, Stephanie Kelly, Lisa Erbach Vance, Diane Discepolo, Craig Coben e à Dra. Anne Armstrong-Coben.

As histórias de Mickey Bolitar e seus amigos Ema e Colherada podem ser encontradas numa trilogia destinada a jovens leitores cujos títulos são: *Refúgio*, *Uma questão de segundos* e *A toda prova*. Acho que os adultos podem gostar delas também. Myron aparece pontualmente na série, ao menos por uma questão de justiça.

Também é preciso agradecer a Joe Corless, Rob Dixon, Neil Huber, Alyse Mervosh, Denise Nussbaum, Jesse e Mindy Rogers, Chris Alan Weeks e Daniel Yiannikos. Essas pessoas (ou seus entes queridos) fizeram generosas doações a instituições filantrópicas criadas por mim e em troca tiveram os seus respectivos nomes usados como personagens deste livro. Caso você também queira participar no futuro, visite o site HarlanCoben.com ou mande um e-mail para giving@harlancoben.com.

CONHEÇA OUTROS LIVROS DO AUTOR

O medo mais profundo

Na época da faculdade, Myron Bolitar teve seu primeiro relacionamento sério, que terminou de forma dolorosa quando a namorada o trocou por seu maior adversário no basquete. Por isso, a última pessoa no mundo que Myron deseja rever é Emily Downing.

Assim, ele tem uma grande surpresa quando, anos depois, ela aparece suplicando ajuda. Seu filho de 13 anos, Jeremy, está morrendo e precisa de um transplante de medula óssea – de um doador que sumiu sem deixar vestígios. E a revelação seguinte é ainda mais impactante: Myron é o pai do garoto.

Aturdido com a notícia, Myron dá início a uma busca pelo doador. Encontrá-lo, contudo, significa desvendar um mistério sombrio que envolve uma família inescrupulosa, uma série de sequestros e um jornalista em desgraça.

Nesse jogo de verdades dolorosas, Myron terá que descobrir uma forma de não perder o filho com quem sequer teve a chance de conviver.

A grande ilusão

Maya Stern é uma ex-piloto de operações especiais que voltou recentemente da guerra. Um dia, ela vê uma imagem impensável capturada pela câmera escondida em sua casa: a filha de 2 anos brincando com Joe, seu falecido marido, brutalmente assassinado duas semanas antes.

Tentando manter a sanidade, Maya começa a investigar, mas todas as descobertas só levantam mais dúvidas.

Conforme os dias passam, ela percebe que não sabe mais em quem confiar, até que se vê diante da mais importante pergunta: é possível acreditar em tudo o que vemos com os próprios olhos, mesmo quando é algo que desejamos desesperadamente?

Para encontrar a resposta, Maya precisará lidar com os segredos profundos e as mentiras de seu passado antes de encarar a inacreditável verdade sobre seu marido – e sobre si mesma.

CONHEÇA OS LIVROS DE HARLAN COBEN

Não há segunda chance
Até o fim
A grande ilusão
Não fale com estranhos
Que falta você me faz
O inocente
Fique comigo
Desaparecido para sempre
Cilada
Confie em mim
Seis anos depois
Não conte a ninguém
Apenas um olhar
Custe o que custar
O menino do bosque
Win

COLEÇÃO MYRON BOLITAR

Quebra de confiança
Jogada mortal
Sem deixar rastros
O preço da vitória
Um passo em falso
Detalhe final
O medo mais profundo
A promessa
Quando ela se foi
Alta tensão
Volta para casa

editoraarqueiro.com.br